U0097332

古典詩歌研究彙刊

第二七輯

龔鵬程 主編

第 15 冊

同光體代表詩人心路歷程研究（下）

孫 豔 著

國家圖書館出版品預行編目資料

同光體代表詩人心路歷程研究（下）／孫豔 著 — 初版 — 新北
市：花木蘭文化事業有限公司，2020〔民 109〕
目 2+186 面；17×24 公分
（古典詩歌研究彙刊 第二七輯：第 15 冊）
ISBN 978-986-485-985-6（精裝）
1. 清代詩 2. 詩評
820.91　　　　　　　　　　　　　　　　　109000192

ISBN-978-986-485-985-6

9 789864 859856

古典詩歌研究彙刊
第二七輯　第十五冊　　　　ISBN：978-986-485-985-6

同光體代表詩人心路歷程研究（下）

作　　者　孫　豔
主　　編　龔鵬程
總 編 輯　杜潔祥
副總編輯　楊嘉樂
編　　輯　許郁翎、張雅淋　美術編輯　陳逸婷
出　　版　花木蘭文化事業有限公司
發 行 人　高小娟
聯絡地址　235 新北市中和區中安街七二號十三樓
　　　　　電話：02-2923-1455／傳眞：02-2923-1452
網　　址　http://www.huamulan.tw 信箱 hml810518@gmail.com
印　　刷　普羅文化出版廣告事業
初　　版　2020 年 3 月
全書字數　279265 字
定　　價　第二七輯共 19 冊（精裝）新台幣 32,000 元　版權所有・請勿翻印

同光體代表詩人心路歷程研究（下）

孫豔　著

第四章　轉慟江湖容後死，獨飄長鬢看中原——陳三立心路歷程

　　陳三立（1853～1937），字伯嚴，號散原，江西義寧人。少嗜學，有文名。光緒八年壬午科舉人，光緒十二年應丙戌會試因楷法不中律，格於廷試。光緒十五年中進士，授吏部主事，未居官。光緒二十一年，其父陳寶箴出任湖南巡撫，三立隨侍前往，參與湖南新政多所贊畫，「當時談新政者，輒以湘為首倡，治稱天下最。凡此為政求賢，皆先生所贊勤而羅致之者也」〔註1〕。同年，強學會成立，三立亦列名其內。戊戌政變後，與其父同被革職，永不敘用。光緒三十年開復原職，有疆吏欲薦起用者，堅謝之。自言「憑欄一片風雲氣，來作神州袖手人」。光緒三十一年曾籌辦南潯鐵路。宣統繼位，屢徵不出。辛亥後，以遺老終世，雖曾受清廷嚴譴，仍守其孤忠。1937 年盧溝橋事變爆發，日本帝國主義悍然進犯北平。陳三立乃憂憤成疾，拒不服藥而死，時年 85 歲。有《散原精舍詩集》、《散原精舍文集》傳世。

　　陳三立為同光體贛派詩人翹楚，執光宣詩壇牛耳。其詩學杜、韓、黃、梅、陳，猶致力於黃庭堅，其詩「避熟避俗」〔註2〕，「不肯作一

〔註 1〕 吳宗慈：《陳三立傳略》，陳三立著，李開軍校點：《散原精舍詩文集》附錄上，上海古籍出版社 2003，第 1195 頁。
〔註 2〕 陳衍撰：《石遺室詩話》，卷十四，張寅彭、戴建國校點：《民國詩話叢編》本，上海書店出版社 2002，第 204 頁。

習見語」〔註3〕，對近代詩壇影響甚巨。但其詩「源雖出於魯直，而莽蒼排奡之意態，卓然大家，非可列之江西社裏也」〔註4〕。時人對其評價極高，「近時名輩講求作詩者，多學宋人黃山谷、梅宛陵一派，力矯平弱浮淺之習，可謂知所務矣。惟學識不富，才力不敵，多有寒儉枯澀之病。惟義寧陳伯嚴所著《散原精舍詩》，瑰麗奇特，足以自成一家」〔註5〕；「五十年來，惟吾友陳散原稱雄海內」〔註6〕。汪辟疆在其《光宣詩壇點將錄》中更以及時雨宋江目之，將其置於第一。

第一節 「胸中雲夢仍飛出，誤汝蘭橈一斷腸」〔註7〕
——慷慨任事銳意變革的新政時期

咸豐三年（1853），陳三立出生於江西義寧州竹墩里。時逢太平天國起義，戰亂頻仍，其出生歲餘即經歷險厄：「咸豐三年，不孝三立生，歲餘避粵寇走鄰縣界，夫人常繈負不孝，夜群奔。一夕逢亂兵，伏道旁林中，同行嫗語夫人持絮塞兒口，夫人恐兒死，不聽，兒幸不啼」〔註8〕。陳三立六歲入私塾，後又入自家四覺草堂讀書。除卻外出應試外，其由幼及長的大部分時間均留家中侍親、讀書。

陳三立祖上出自江州義門陳氏，後遷閩。至高祖陳騰遠時復由閩上杭遷徙至義寧竹墩里。陳氏秉承詩禮傳家、孝悌爲本之家風，經幾代積累，到三立之父陳寶箴時，已爲義寧望族。累世家風對陳三立之

〔註3〕陳衍輯：《近代詩鈔·陳三立》，商務印書館 1923 鉛印本，第 984 頁。
〔註4〕鄭孝胥：《散原精舍詩序》，陳三立著，李開軍校點：《散原精舍詩文集》附錄中，上海古籍出版社 2003，第 1216 頁。
〔註5〕南村：《摭懷齋詩話》，陳三立著，李開軍校點：《散原精舍詩文集》附錄中，上海古籍出版社 2003，第 1227 頁。
〔註6〕陳衍撰：《石遺室詩話續編》卷三，張寅彭、戴建國校點：《民國詩話叢編》本，上海書店出版社 2002，第 578 頁。
〔註7〕陳三立：《高觀亭春望》，陳三立著，潘益民、李開軍輯注：《散原精舍詩文集補編》，江西人民出版社 2007，第 82 頁。
〔註8〕陳三立：《誥封一品夫人先妣黃夫人行狀》，陳三立著，李開軍校點：《散原精舍詩文集》，上海古籍出版社 2003，第 839 頁。

思想影響甚大，三立曾祖陳克繩「修髯洪音，敦裕豁達，用孝義化服鄉里」〔註9〕；祖父陳偉琳猶以其言傳身教對三立之父陳寶箴影響甚巨，這種影響又經由陳寶箴延及陳三立。陳偉琳爲人簡重，幼習章句即能「通曉聖賢大旨」〔註10〕，長嗜陽明心學，甚有心得。後科舉不利，遂隱鄉里。「務以德化其鄉人，尤相獎以孝友」〔註11〕，「生平爲學，不求仕與名，獨慷慨懷經世志」〔註12〕。其在桑梓行醫以助鄉人、興學以備人才、辦團練以拒亂保鄉，「不憚勞，不計名，諸所以利人甚眾」〔註13〕。其對陳寶箴之教育亦與流俗迥異：當陳寶箴中舉後，並未催促其速應會試，反而「益督以學，戒無遽試禮部。日取經史疑義相詰難，及朱、陸之學所以異同，而言：『學須豫也。脫仕宦，虛疏無以應，學又弗及，悔何追矣』」〔註14〕，陳偉琳不重虛名、講求實學之精神，後皆爲子孫所承繼。

　　家族中對陳三立思想影響最大的自然是其父陳寶箴。陳寶箴於同治初年候補湖南知府，舉家遷長沙後，陳三立便常侍其父左右。光緒六年（1880），陳寶箴授河北道，三立隨侍至任所。光緒八年（1882）秋，陳寶箴擢浙江按察使，三立又隨至杭州。數月後陳寶箴因前河南獄事免官，三立遂隨父歸長沙閒居。光緒十五年（1889）陳三立得中進士，以主事分司吏部。「在部覺浮沉郎署，難有展布，未幾遂修然

〔註 9〕　陳三立：《皇授光祿大夫頭品頂戴賞戴花翎原任兵部侍郎都察院右副
　　　　都御史湖南巡撫先府君行狀》，陳三立著，李開軍校點：《散原精舍
　　　　詩文集》，上海古籍出版社 2003，第 845 頁。
〔註10〕　郭嵩燾：《陳府君墓誌銘》，郭嵩燾著：《養知書屋詩文集》卷二十一，
　　　　近代中國史料叢刊第十六輯，文海出版社 1968，第 1198 頁。
〔註11〕　郭嵩燾：《陳府君墓誌銘》，郭嵩燾著：《養知書屋詩文集》卷二十一，
　　　　近代中國史料叢刊，文海出版社 1968，第 1198～1199 頁。
〔註12〕　郭嵩燾：《陳府君墓誌銘》，郭嵩燾著：《養知書屋詩文集》卷二十一，
　　　　近代中國史料叢刊文海出版社 1968，第 1199 頁。
〔註13〕　郭嵩燾：《陳府君墓誌銘》，郭嵩燾著：《養知書屋詩文集》卷二十一，
　　　　近代中國史料叢刊文海出版社 1968，第 1200 頁。
〔註14〕　郭嵩燾：《陳府君墓誌銘》，郭嵩燾著：《養知書屋詩文集》卷二十一，
　　　　近代中國史料叢刊文海出版社 1968，第 1201 頁。

引去，侍親任所」〔註15〕。陳三立隨父日久，乃父之思想祈向、立身行事自能心領神會、身體力行。

　　陳寶箴於咸豐元年（1851）中辛亥恩科舉人，時年二十一。中舉之後並未急於應會試，而是隨父治鄉團以禦太平天國之亂，時太平軍一翼據九江，圍南昌不克。湖北之太平軍欲取道義寧，策應九江，故攻義寧甚急。義寧團練在阻擊太平軍進攻中出力甚多，在血與火的實戰考驗中，陳寶箴逐漸形成了講求實效、注重實績的經世作風。咸豐十年（1860），陳寶箴應庚申會試不第後留京三載，多與四方豪傑俊異之士交。時英法聯軍攻陷北京、咸豐出奔熱河，圓明園火數日不息，寶箴於酒樓遙望，乃「鎚案大號，盡驚其坐人」〔註16〕。陳寶箴痛感於國勢危殆、舊法難倚，遂有志革積弊、思所以報國。陳寶琛後以軍功候補湖南知府，方正式入仕，得以稍展志意。其為官地方均盡職盡責、治績斐然。寶箴治軍治民之幹才，雖為時所稱，大吏交薦，然浮沉宦海多年，年逾花甲始授方面大員。光緒二十一年（1895），陳寶箴授湖南巡撫。時甲午新敗，馬關議成，陳寶箴「以國勢不振極矣，非掃敝政興起人材，與天下更始，無以圖存」〔註17〕，力行新政，遂使湖南風氣為之丕變。三立侍父任所於新政裏助贊畫、奔走幕後，與有力焉。父子同心致力於變法開新、改革弊政，為國立富強根基。戊戌變法失敗後父子二人同遭嚴譴、永不敘用，「獨往往深夜孤燈，父子相語，仰屋欷歔而已」〔註18〕，父親對三立之影響可謂至矣。

〔註15〕徐一士著：《一士類稿·談陳三立》，第 126 頁，近代中國史料叢刊本。

〔註16〕陳三立：《皇授光祿大夫頭品頂戴賞戴花翎原任兵部侍郎都察院右副都御史湖南巡撫先府君行狀》，陳三立著，李開軍校點：《散原精舍詩文集》，上海古籍出版社 2003，第 846 頁。

〔註17〕陳三立：《皇授光祿大夫頭品頂戴賞戴花翎原任兵部侍郎都察院右副都御史湖南巡撫先府君行狀》，陳三立著，李開軍校點：《散原精舍詩文集》，上海古籍出版社 2003，第 852 頁。

〔註18〕陳三立：《皇授光祿大夫頭品頂戴賞戴花翎原任兵部侍郎都察院右副都御史湖南巡撫先府君行狀》，陳三立著，李開軍校點：《散原精舍詩文集》，上海古籍出版社 2003，第 856 頁。

陳三立自幼居家讀書侍親，長輩慈愛、兄弟和睦，更兼友朋款洽。深山中之四覺草堂幽靜安寧，義寧山野之風光怡人。居此不染塵囂之境，修習聖賢正心誠意之道，其性情亦磊落真摯、超於流俗。伯父樹年對其愛護倍加甚於己子：「旦暮涼燠之變必亟時其衣襦，飲啖必預謀適其所嗜」〔註 19〕；二弟三畏與其相處無間，兄弟二人相伴同讀之歡樂情景直至多年後仍歷歷在目清晰如昨：「方春夏時，風霧合雷雨飄震，樓壁危動，群山沉沉然。余則持君瑟栗呼：『弟無恐。』君陽高吟，雜以笑語，欲以亂吾意。此俱爲兒子尋常耳，自今思之，天穹地遼，何可忘也」〔註 20〕。摯友知交往遊過從，意氣相投：「嘗與君（朱雲翾）登郭後雞鳴山寺，方春時，花樹蘺竹，蔭被崖徑，紫彩翠光，葳蕤蕩摩，香藹四極，兩人者徙倚陟降，以雜哦吟，竟日晏不顧返」〔註 21〕。天真爛漫無憂無慮的童年瑣事、意氣風發率性而行的少年情懷，這些寶貴的記憶都成爲陳三立深藏心底的慰藉，在日後獨自咀嚼鬱結於心之深哀巨痛時，帶給他些許清涼的安慰。

陳三立隨父遷居湖南後，時郭嵩燾亦從廣東巡撫任上卸職還家，郭嵩燾與三立之父寶箴時相過從、深相契厚。陳寶箴在郭嵩燾「方言洋務，負海內重謗」〔註 22〕之時，獨推其爲「孤忠閎識殆無其比」〔註 23〕；而郭嵩燾亦稱賞陳寶箴「於事務最爲諳練，所言多中肯綮」〔註 24〕；「此

〔註 19〕 陳寶箴：《誥授奉政大夫陳公滋圃墓表》，陳寶箴著，汪叔子、張求會編：《陳寶箴集》卷三十九《文錄二》，中華書局 2005，第 1894 頁。

〔註 20〕 陳三立：《弟繹年義述》，陳三立著，李開軍校點：《散原精舍詩文集》，上海古籍出版社 2003，第 784 頁。

〔註 21〕 陳三立：《朱雲翾墓誌銘》，陳三立著，李開軍校點：《散原精舍詩文集》，上海古籍出版社 2003，第 830 頁。

〔註 22〕 陳三立：《皇授光祿大夫頭品頂戴賞戴花翎原任兵部侍郎都察院右副都御史湖南巡撫先府君行狀》，陳三立著，李開軍校點：《散原精舍詩文集》，上海古籍出版社 2003，第 855 頁。

〔註 23〕 陳三立：《皇授光祿大夫頭品頂戴賞戴花翎原任兵部侍郎都察院右副都御史湖南巡撫先府君行狀》，陳三立著，李開軍校點：《散原精舍詩文集》，上海古籍出版社 2003，第 855 頁。

〔註 24〕 郭嵩燾撰：《郭嵩燾日記》第二卷，同治十年二月初一日，湖南人民出版社 1981，第 645 頁。

公見解高出時流萬萬」〔註25〕；並通過讀陳寶箴《疏廣論》一文，斷言其他日建樹「必更有大過人者」〔註26〕。光緒六年，陳寶箴改官河北，郭嵩燾親往送行，始見陳三立。在此之前，作爲鄉賢耆宿之郭嵩燾已然閱過後起湖湘青年俊彥之文章，對陳三立早已是讚賞有加，寄予厚望：「批註閭季蓉、朱次江文十餘篇，頗持直論，自度非宜。季蓉雲即回石門，頃詢知尚留省城。其志趣高遠，文筆亦俊，與陳伯嚴、朱次江，皆年少能文，並爲後來之秀，而根底之深厚，終以陳伯嚴爲最」〔註27〕。此後，陳三立遂時常從郭氏遊，相與論文論學，且「雜論王霸及域外政俗術業相樂也」〔註28〕。郭氏學貫中西、深察內外形勢，陳三立從彼處受益良多。直至晚年仍念念不忘：「老有不可忘，褰裳飲文字。綺歲遊湖湘，郭公牖我最。其學洞中外，孤憤屏一世，先覺昭群倫，肫懷領後輩。破篋拾遺幅，俯仰幾流涕……今亦不再得，一身贅天地。獨坐並摩挲，感舊耿燈穗」〔註29〕。

　　陳三立隨父時久，雖承襲了乃父穩健持重之作風，然天具傲骨，不囿於流俗，鬱勃之氣時以眞性情出之。在傳統社會，讀聖賢書循學優則仕之路，以科舉爲進身之階來實現經世之志，是無數士人必經之正途。清王朝爲應付太平天國起義，維持統治，被迫起用漢族士人辦地方團練以靖亂，遂使一批士人以軍功入仕。但這種入仕途徑只是非常時期的權宜之計，經由科舉入仕仍是當時士林所公認的正途。陳三立自幼受傳統儒家教育，身負家族期望，自然也不會偏離當時社會主

〔註25〕郭嵩燾撰：《郭嵩燾日記》第二卷，同治十三年五月初四日，湖南人民出版社 1981，第 824 頁。

〔註26〕郭嵩燾撰：《郭嵩燾日記》第二卷，同治十年十二月十五日，湖南人民出版社 1981，第 694 頁。

〔註27〕郭嵩燾撰：《郭嵩燾日記》第四卷，光緒六年四月三十日，湖南人民出版社 1983，第 49 頁。

〔註28〕陳三立：《湘鄉陳子峻墓誌銘》，陳三立著，李開軍校點：《散原精舍詩文集》，上海古籍出版社 2003，第 992～993 頁。

〔註29〕陳三立：《留別墅遣懷》，陳三立著，李開軍校點：《散原精舍詩文集》，上海古籍出版社 2003，第 436 頁。

流，雖然他的入仕之路並不平坦。其同治初年即應州試，同治十二年
（1873）、光緒五年（1879）先後赴南昌應舉皆不中。在學優則仕的
科舉時代，研習制藝之文、熟悉科場規範、乃或揣摩前科入闈試卷，
都是萬千舉子必修必備、絲毫不陌生的常課，陳三立當然也不會例
外，而且他屢應舉試，更該較他人爲熟稔。可是他於光緒八年（1882）
再次應舉時，卻並未按八股程式答卷，而以古文出之，幸好主考陳寶
琛恐有遺才見棄，親於落卷中檢其文，閱之乃擊節歎賞以爲棟樑，亟
時拔擢，陳三立才得以中舉。此段軼事後成晚清詩壇一段佳話。其恃
才傲物之名士心性於此可窺。光緒十二年（1886），陳三立應丙戌會
試「以楷法不中律，格於廷試」〔註30〕。因楷書不中繩墨而致此次會
試失利，陳三立亦頗耿耿於懷，在《與陳伯弢書》中他憤作牢騷語：
「鄙人乃殫精三年，字過十萬，而一等二等，懸絕如此，豈保和殿上
果有寫字鬼，能作威福耶」〔註31〕。科場規範之嚴苛，要想中式，縱
飽學名士亦須俯首低眉。無可如何之下，經過「殫精三年，字過十萬」
之楷法訓練，陳三立終於在光緒十五年得中進士。然只列三甲四十五
名〔註32〕，以主事分司吏部。未入翰林，亦不免讓「少博學，才識通
敏，倜儻有大志」〔註33〕且久負盛名的陳三立爲之懊惱。更兼其時「部
吏弄權，勢成積重」〔註34〕，朝政沉痾日久、積弊重重。陳三立以二
十餘載光陰致力於科舉，頗望入仕一展長才，實現其用世抱負。然而
現實卻慘澹難爲，想到自己將以六品京官微職輾轉郎署部曹，徒耗時
日，而志業終難遂。陳三立不由悒悒，失望之餘，旋即離去。科舉一

〔註30〕陳三立：《與許振褘書》，陳三立著，李開軍校點：《散原精舍詩文集》，
　　　　上海古籍出版社 2003，第 1172 頁。
〔註31〕陳三立：《與陳伯弢書》，陳三立著，李開軍校點：《散原精舍詩文集》，
　　　　上海古籍出版社 2003，第 1171 頁。
〔註32〕江慶柏編著：《清朝進士題名錄》中冊，中華書局 2007，第 1210 頁。
〔註33〕吳宗慈：《陳三立傳略》，陳三立著，李開軍校點：《散原精舍詩文集》
　　　　附錄上，上海古籍出版社 2003，第 1195 頁。
〔註34〕徐一士著：《一士類稿·談陳三立》，第 126 頁，近代中國史料叢刊
　　　　本。

途本爲崎嶇小道，困守場屋皓首窮經之人多矣，千辛萬苦得中進士，卻不爲區區京官之職措意，棄去侍親，此種作爲，固非常人所能爲，其兀傲負氣、鋒芒頗盛之眞性情於此亦現。

對於胸懷天下，志在用世的傳統士人而言，最不堪困守下僚、懷才不遇，何況是陳三立這樣自負才學、性情狂狷直率之名士，抑鬱於心自免不了表露於外，其「嘗醉後感時事，譏議得失輒自負，詆諸公貴人，自以才識當出諸公貴人上」〔註35〕，然滿腔抱負，無由施展，只能記之於心，待之於時。

甲午戰敗後喪權辱國的《馬關條約》簽訂，舉國士人爲之義憤塡膺、痛心疾首，陳氏父子亦然。陳寶箴曾痛感此後「無以爲國矣」〔註36〕，深憾李鴻章。只是當大多數士人將戰敗之責歸咎於李鴻章時，陳寶箴的著眼點倒顯得與眾不同，可見其老成持重、力求穩健之思想特徵：「勳舊大臣如李公，首當其難，極知不堪戰，當投闕瀝血自陳，爭以生死去就，如是十可七八回聖聽。今猥塞責望謗議，舉中國之大，宗社之重，懸孤注，戰付一擲，大臣均休戚，所自處寧有是邪？其世所蔽罪李公，吾蓋未暇爲李公罪矣」〔註37〕。陳寶箴於此更爲注重的是不堪戰而戰的戰前決策，認爲以李鴻章其時之聲望地位，本應不計個人榮辱得失以國家社稷爲重，力諫聖聽避免開戰，以盡爲人臣子的職責本分。而不是首鼠兩端，以致倉促應戰，卒敗於斯。而陳三立則甚爲激進，以一未就職之六品主事，致電張之洞，請其聯合各大督撫，奏請中樞誅李鴻章以謝天下。黃濬在《花隨人聖庵摭憶》中曾言：「蓋義寧父子，對合肥之責難，不在於不當和而和，而在於不當戰而戰。

〔註35〕陳三立：《故妻羅孺人狀》，陳三立著，李開軍校點：《散原精舍詩文集》，上海古籍出版社2003，第762頁。

〔註36〕陳三立：《皇授光祿大夫頭品頂戴賞戴花翎原任兵部侍郎都察院右副都御史湖南巡撫先府君行狀》，陳三立著，李開軍校點：《散原精舍詩文集》，上海古籍出版社2003，第852頁。

〔註37〕陳三立：《皇授光祿大夫頭品頂戴賞戴花翎原任兵部侍郎都察院右副都御史湖南巡撫先府君行狀》，陳三立著，李開軍校點：《散原精舍詩文集》，上海古籍出版社2003，第852頁。

以合肥之地位，於國力軍力之蔡審，明燭其不堪一戰，而上迫於毒後仇外之淫威，下劫於書生貪功之高調，忍以國家爲孤注，用塞羣昏之口，不能以死生爭。義寧之責，雖今起合肥於九京，亦無以自解也」〔註38〕。陳氏父子痛時局之危殆、國勢之日非，益思改弦更張、以變革圖富強。

　　光緒二十一年（1895），陳寶箴授湖南巡撫。其久官湖南，平素亦思用於湘人。且感「湖南據東南上游，號天下勝兵處，其士人率果敢負氣可用，又土地奧衍，煤鐵五金之產畢具，營一隅爲天下倡，立富強根基，足備非常之變」〔註39〕，因此上任不久即力行變革，掀起了一場爲時矚目振奮人心的維新運動。而陳三立則活躍其間，往來奔走，爲其父招賢納士、贊襄庶務。

　　對陳寶箴在湖南的具體舉措，陳三立在爲其父所作行狀中有過細述：

　　　　府君承困敝之後，綱紀放馳，吏益雜進，貪虐瘝偸之風相煽，而公私儲藏既耗竭，萬事壞廢待理方不可勝數。府君以謂其要者在董吏治、辟利原，其大者在變士習、開民智、敕軍政、公官權。於是察劾府縣以下昏墨不職二十餘人，而代以干良者，復劾顯僚豪最幕有氣勢者二人。桃源令貪暴無人理，上其罪至遣戍，羣吏凜然，遂改觀。既設礦務局，別其目曰官辦、商辦、官商合辦。又設官錢局、鑄錢局、鑄洋圓局……又通電竿接鄂至湘潭……又濬城北河，使舟有所泊，且興商利……而時務學堂、算學堂、湘報館、南學會、武備學堂、製造公司之屬，以次畢設。又設保衛局，附遷善所，以鹽法道黃君遵憲領之。又屬黃君改設課吏館，草定章程。又選取赴日學校生五十人待發。其他蠶桑局、工商局、水利公司、輪舟公司，以及丈勘沅

〔註38〕黃濬著：《花隨人聖庵摭憶》，上海古籍出版社1983，第214頁。
〔註39〕陳三立：《皇授光祿大夫頭品頂戴賞戴花翎原任兵部侍郎都察院右副
　　　　都御史湖南巡撫先府君行狀》，陳三立著，李開軍校點：《散原精舍
　　　　詩文集》，上海古籍出版社2003，第852頁。

江漲地數十萬畝,皆已萌芽發其端。由是規模粗定。〔註40〕

面對其時大旱之後,民生凋敝、百廢待興的狀況,陳寶箴以「董吏治、辟利原」為要,整飭吏治,廣開利源。並漸及「變士習、開民智、救軍政、公官權」。其在湖南的諸多舉措,涉及當時社會生活的方方面面:課農桑、興水利;辦學堂、育人才;創實業、振工商。這些舉措在傳統經世致用方略中加入了採西學、重洋務之新元素。

整飭吏治,毋為貪墨、毋擾百姓,以此取信於民。其後勸農桑、興水利,致民富足。這些本是在儒家思想濡染之下一個傳統循吏的必然作為。在保證傳統農業社會的根基穩固之後,然後興學育才使民知禮義臻於治化,亦為其題中應有之義。只是陳寶箴此時設立之時務學堂、算學堂、湘報館、南學會之屬以及選派學生留學之舉,已經包含有新式教育的內容,有別於傳統了。在晚清變局之下,採西學、興洋務、創實業、振工商,變法開新已是一時風會,尤其是甲午戰敗後,無論守舊還是趨新之士人均知舊法不足倚,亟思補救之道,維新變法救亡圖存已成士林共識。而陳寶箴之新政立足傳統,輔以新變,故得到了士人階層的一致支持和擁護。其又選用幹練之員任事:「江君標為學政,徐仁鑄繼之,黃君遵憲來任鹽法道,署按察使,皆以變法開新治為己任」〔註41〕,使新政在湖南穩健有序地推進,為全國所矚目。「其士紳負才有志意,復慷慨奮發,迭起相應和,風氣幾大變,外人至引日本薩摩、長門諸藩以相比。湖南之治稱天下」〔註42〕。

「中丞東閣貪賓客,公子西園賞好春。楚士英英多入彀,十梅禮

〔註40〕陳三立:《皇授光祿大夫頭品頂戴賞戴花翎原任兵部侍郎都察院右副都御史湖南巡撫先府君行狀》,陳三立著,李開軍校點:《散原精舍詩文集》,上海古籍出版社2003,第853~854頁。

〔註41〕陳三立:《皇授光祿大夫頭品頂戴賞戴花翎原任兵部侍郎都察院右副都御史湖南巡撫先府君行狀》,陳三立著,李開軍校點:《散原精舍詩文集》,上海古籍出版社2003,第854頁。

〔註42〕陳三立:《皇授光祿大夫頭品頂戴賞戴花翎原任兵部侍郎都察院右副都御史湖南巡撫先府君行狀》,陳三立著,李開軍校點:《散原精舍詩文集》,上海古籍出版社2003,第854頁。

絕平原賓」〔註43〕，新政期間，陳三立作為其父不可或缺之左右手，為湖南延攬各類仁人志士，在一應事務中聯絡傳達，往來協調。其在新政中之作用，時人早有所述：「陳伯嚴吏部，義寧陳撫軍之公子也，與譚瀏陽齊名，有『兩公子』之目。義寧湘中治績，多其所贊畫」〔註44〕；「右銘翁在湖南巡撫任上，勵精圖治，舉行新政，丁酉戊戌間，湘省政績爛然，冠於各省，散原之趨庭贊畫，固與有力」〔註45〕。而在曾任時務學堂總教習之梁啓超眼中，這位義寧公子儼然可以代父行事：「伯嚴約集諸公於堂中，坐次述世丈之言，謂時局危促，至於今日，欲與諸君子商一破釜沉舟萬死一生之策，彼時同坐諸公，咸為動容」〔註46〕。陳三立在新政中之影響已然可見。

　　光緒二十三年（1897）十月，陳寶箴禮聘梁啓超任時務學堂中文總教習，希望在新政已初見成效的形勢下，進一步「變士習、開民智」。此舉由陳氏父子與地方實力士人共同商定：

　　　　查去年初立學堂，延聘梁卓如為教習，發端於公度觀
　　　　察（黃遵憲），江建霞（江標）、鄒沅帆（鄒代鈞）及齡（熊
　　　　希齡）與伯嚴皆贊成之，繼則張雨珊（張祖同）、王益吾
　　　　（王先謙）師亦稱美焉。卓如初至之時，賓客盈門，款待
　　　　優渥，學堂公宴。王益吾師、張雨珊並謂須特加熱鬧，議
　　　　於曾忠襄祠張宴唱戲，昏請各紳以陪之，其禮貌可謂周
　　　　矣。〔註47〕

　　由熊希齡之記述可知，當時陳氏父子及湖南士人對梁啓超備加禮遇、寄望殷切，甚欲時務學堂在其主持下，對新政起到良好的推動促

〔註43〕曾廣鈞：《天運篇》，錢仲聯主編：《近代詩鈔》第三冊，江蘇古籍出
　　　　版社2001，第1436頁。
〔註44〕梁啓超：《飲冰室詩話》，梁啓超著：《飲冰室合集》文集四十五上，
　　　　中華書局1988，第9頁。
〔註45〕徐一士著：《一士類稿‧談陳三立》，第126頁，近代中國史料叢刊本。
〔註46〕梁啓超：《上陳寶箴書》，楊家駱主編：《戊戌變法文獻彙編》第二冊，
　　　　臺灣鼎文書局1973，第533頁。
〔註47〕熊希齡：《上陳右銘中丞書》，楊家駱主編：《戊戌變法文獻彙編》第
　　　　二冊，臺灣鼎文書局1973，第585頁。

進作用。而陳氏父子和一眾士人沒有料到的是，梁啓超在赴湘之前早已另有打算：

> 任公於丁酉冬月將往湖南任時務學堂時，與同人等商進行之宗旨：一漸進法；二急進法；三以立憲爲本位；四以徹底改革，洞開民智，以種族革命爲本位。當時任公極力主張第二第四兩種宗旨。其時南海聞任公之將往湘也，亦來滬商教育之方針。南海沉吟數日，對於宗旨亦無異詞。所以同行之教員如韓樹園、葉湘南、歐矩甲皆一律本此宗旨，其改定之課本，遂不無急進之語。〔註48〕

梁啓超想要以激進之手段，迅速在湖南打開局面。爲此他就任之後，一方面力圖說服陳寶箴據湖南以自立：

> 啓超以爲天下事，思之而己之力不能爲者，勿思焉可也；言之而所與言之人權力不能行者，勿言焉可也。嗚呼，今日非變法萬無可以圖存之理，而欲以變法之事，望政府諸賢，南山可移，東海可涸，而法終不可得變。然則此種願望之念，斷絕焉可也，願望既絕，束手待斃，數年之後，吾十八省爲中原血，爲俎上肉。寧有一幸。故爲今日計，必有腹地一二省可以自立，然後中國有一線之生路……今以明公蒞湘以來，吏治肅清，百廢具舉，維新之政，次第舉行，已爲並時封疆之所無矣。而啓超必謂非存自立之心，不足以善其後者……我公明德者碩，爲後帝所倚重，政府所深知，德澤在湘，婦孺知感，有所興舉，如慈母行令於其愛子，公度、研甫皆一時人才之選，殆若天意欲使三湘自立以存中國，而特聚人才於一城以備公之用者，蓋不乏人也。〔註49〕

而另一方面，他向學生大量灌輸民權、平等、大同之思想。其時教學形式「除上堂講授外，最主要者爲令諸生作箚記，師長則批答而

〔註48〕丁文江、趙豐田編：《梁啓超年譜長編》，上海人民出版社 1983，第87～88頁。

〔註49〕梁啓超：《上陳寶箴書》，楊家駱主編：《戊戌變法文獻彙編》第二冊，臺灣鼎文書局 1973，第533頁。

指導之，發還箚記時，師生相與坐論」〔註50〕。梁啓超之於教學用力甚勤，其「每日在講堂四小時，夜則批答諸生箚記，每條或至千言，往往徹夜不寐」〔註51〕，而這批答之箚記內容言論激烈、鋒芒畢露：

　　今日欲求變法，必自天子降尊始，不先變去拜跪之禮，上下仍習虛文，所以動爲外國訕笑也。〔註52〕

　　屠城、屠邑皆後世民賊之所爲，讀《揚州十日記》尤令人髮指眥裂。故知此殺戮世界非急以公法維之，人類或幾乎息矣。〔註53〕

　　二十四朝，其足當孔子王號者無人焉，間有數霸者生於其間，其餘皆民賊也。〔註54〕

　　議院雖創於泰西，實吾五經諸子傳記，隨舉一義，多有其義者，惜君統太長，無人敢言耳。〔註55〕

　　臣也者，與君同辦民事者也。如開一鋪子，君則其鋪之總管，臣則其鋪之掌櫃等也。〔註56〕

而時務學堂之學生爲封閉性住宿，平時與外界幾無接觸，耳濡目染梁啓超之激進言論，思想幾爲之變。梁啓超後來回憶說：「當時學生四十人，日日讀吾所出體裁怪特之報章，精神幾與之俱化」〔註57〕。

〔註50〕 丁文江、趙豐田編：《梁啓超年譜長編》，上海人民出版社 1983，第83～84 頁。

〔註51〕 梁啓超撰、朱維錚導讀：《清代學術概論》，上海古籍出版社 1998，第85 頁。

〔註52〕 梁啓超批：《時務學堂課藝批》，楊家駱主編：《戊戌變法文獻彙編》第二冊，臺灣鼎文書局1973，第548 頁。

〔註53〕 梁啓超批：《時務學堂課藝批》，楊家駱主編：《戊戌變法文獻彙編》第二冊，臺灣鼎文書局1973 版，第548 頁。

〔註54〕 梁啓超批：《時務學堂課藝》，楊家駱主編：《戊戌變法文獻彙編》第二冊，臺灣鼎文書局1973，第548 頁。

〔註55〕 梁啓超批：《時務學堂課藝》，楊家駱主編：《戊戌變法文獻彙編》第二冊，臺灣鼎文書局1973，第549 頁。

〔註56〕 梁啓超批：《時務學堂課藝》，楊家駱主編：《戊戌變法文獻彙編》第二冊，臺灣鼎文書局1973，第550 頁。

〔註57〕 丁文江、趙豐田編：《梁啓超年譜長編》，上海人民出版社 1983，第84 頁。

而譚嗣同、唐才常等人又設南學會、《湘報》、《湘學報》,大肆宣揚激進言論,與梁啓超互通聲氣、暗中策應,其私下印刷分發具有排滿思想之《明夷待訪錄》、《揚州十日記》等禁書,煽動種族革命,沸沸揚揚聲勢日大。當學堂諸生年假歸家,其箚記批答語卒被外間所知,一經披露,立刻激起千層巨浪,致使全湘大嘩。

對於深受儒家思想支配的士人而言,綱常名教,聖人之道乃是萬世恒長、亙古不滅的無上天理,也是士人們世世代代安身立命的根本準則。梁啓超等人的危言激行,大失陳氏父子所望,也招致湖南多數守舊士人之強烈不滿,視之爲大逆不道、妖言惑眾。湘中士人上書嶽麓書院山長王先謙,切責其出面干預:

> 吾人捨名教綱常,別無立足之地;除忠孝節義,豈有教人之方?今康梁所用以惑世者,民權耳,平等耳。試問權既下移,國誰與治?民可自主,君亦何爲?是率天下而亂也。平等之說,蔑棄人倫,不能自行,而顧以立教,眞悖謬之尤者。戴德誠、樊錐、唐才常、易鼐等,承其流風,肆行狂煽,直欲死中國之人心,翻亙古之學案,上自衡永,下至岳常,邪說浸淫,觀聽迷惑,不解熊、譚、戴、樊、易諸人,是何肺腑,必欲覆我邦家也。夫時務學堂之設,所以培植年幼英才,俾兼通中西實學,儲備國家之用,煌煌論旨,未聞令民有權也,教人平等也。即中丞設學之意,亦未嘗欲湘民自爲風氣,別開一君民共治之規模也。朝廷官長不言,而諸人以此爲教,則是藉講求時務行其邪說耳。夫合中西爲學堂,原欲以中學部相涉也。中學所以爲教,人皆知之,無待別求門徑也。而梁啓超等自命西學兼長,意爲通貫,究其所以立說者,非西學,實康學耳⋯⋯果爾今之爲學堂學會,非徇警路人之木鐸,直吹散子弟之楚歌,朝廷詰諭頻仍,大吏多方籌畫,而以成就如許無父無君之亂黨,果何爲哉⋯⋯夫子名流領袖,若再緘默不言,上負君國,下誤蒼生,問心何以自解?務祈函達中丞,從嚴整頓,辭退梁啓超等,另聘品學兼優者爲教習,我省幸甚,

學校幸甚。〔註58〕

於是王先謙乃聯合湘中實力士紳劉鳳苞、汪鑅、蔡枚功、張祖同、葉德輝、鄭祖煥、黃自元、嚴家暢等一同向陳氏父子施壓，要求摒退梁啓超等人。而張之洞也對湘學報日益激進的發展勢頭感到不滿，飭令陳寶箴迅速遏止：

> 《湘學報》中可議處，已時有之。至近日新出《湘報》，其偏尤甚。近見刊有易鼐議論一篇，直是十分悖謬，見者人人駭怒。……此等文字，遠近煽播，必致匪人、邪士，倡爲亂階，且海內譁然，有識之士，必將起而指謫彈擊，亟宜諭導阻止，設法更正。……事關學術人心，不敢不以奉聞，……鄙人撰有勸學篇一卷，大意在正人心、開風氣兩義。日內送呈並祈賜教。〔註59〕

事實上，陳寶箴對梁啓超等人的激進做法亦不贊同。只是其素來穩健持重，不願新舊之爭影響到新政大局，故盡力調和新舊矛盾以維持三載辛苦經營的既成局面。其「深觀三代教育理人之原，頗採泰西富強所已效相表裏者，放行其法」〔註60〕。陳寶箴之變革思想是以傳統儒家思想爲本原，兼採西學中已見成傚之制度措施。在時局危殆，亟需變法圖強之際，欲融會新舊，各採其長。故「不復較執爲新舊，尤無所謂新黨舊黨之見」〔註61〕。陳三立亦是「務張泰西之美，而痛中國之所由敝。以爲富強自立之術，宜教育人材，師夷所長，去拘墟之見，除錮蔽之習」〔註62〕。陳氏父子以「求諸己」，「自修其政，自

〔註58〕《賓鳳陽等上王益吾院長書》，楊家駱主編：《戊戌變法文獻彙編》第二冊，臺灣鼎文書局1973，第638～639頁。

〔註59〕張之洞：《致長沙陳撫臺、黃臬臺》，張之洞著，苑書義、孫華峰、李秉新主編：《張之洞全集》卷二百二十四，電牘五十五，河北人民出版社1998，第7581頁。

〔註60〕陳三立：《崝廬記》，陳三立著，李開軍校點：《散原精舍詩文集》，上海古籍出版社2003，第858頁。

〔註61〕陳三立：《皇授光祿大夫頭品頂戴賞戴花翎原任兵部侍郎都察院右副都御史湖南巡撫先府君行狀》，陳三立著，李開軍校點：《散原精舍詩文集》，上海古籍出版社2003，第855頁。

〔註62〕陳三立：《羅正誼傳》，陳三立著，李開軍校點：《散原精舍詩文集》，

飾其俗，內靖吾心」〔註63〕之思想來應對其時「泰西富強所已效」之
形勢，致力於修明內政，通過維新變法，革除積弊以達到自主富強之
目的。對於梁啟超等積極鼓吹西方之民權、平等思想，以激進之態度
倡言革命並不認同。陳三立曾言：「余嘗觀泰西民權之制，創行千五
六百年，互有得失。近世論者或傳其溢言，痛拒極詆，比之逆叛，誠
未免稍失其真。然必謂決可驟行而無後災餘患，亦誰覆信之……余意
民權之說，轉當萌芽其間，而並以漸以維君權之敝。蓋天人相因，窮
無復之至大勢備於此矣」〔註64〕。

　　而且對於康有為以今文經學重新闡釋經典，附會孔子改制為變法
張本之說，陳氏父子亦不以為然。陳寅恪在回顧此段舊事時說：「當
時之言變法者，蓋有不同之二源，未可混一論之也。咸豐之世，先祖
亦應進士舉，居京師。親見圓明園干霄之火，痛哭南歸。其後治軍治
民，蓋知中國舊法之不可不變。後交湘陰郭筠仙侍郎嵩燾，極相傾服，
許為孤忠閎識。先君亦從郭公論文論學，而郭公者，亦頌美西法……
至南海康先生治今文公羊之學，附會孔子改制以言變法。其與歷驗世
務欲借鏡西國以變神州舊法者，本自不同。故先祖先君見義烏朱鼎甫
先生一新《無邪堂答問》駁斥南海公羊春秋之說，深以為然。據是可
知余家之主變法，其思想源流之所在矣」〔註65〕。在國家面臨瓜分豆
剖、亡國滅種之危機下，致力於經世致用的傳統士人無不思自強之法
以上報君國、下濟黎庶，分歧只在於變法之具體舉措的異同。多數士
人持穩健持重之漸進態度，主張在中國固有之政治制度、思想文化的
基礎之上，參以西學西法，以其所長補己之短。而康有為以為變法理
論之《孔子改制考》、《新學偽經考》諸篇，在浸淫儒學多年之飽學士

　　　　上海古籍出版社 2003，第 777 頁。

〔註63〕陳三立：《郭侍郎荔灣話別圖跋》，陳三立著，李開軍校點：《散原精
　　　　舍詩文集》，上海古籍出版社 2003，第 792 頁。

〔註64〕陳三立：《清故光祿寺署正吳君墓表》，陳三立著，李開軍校點：《散
　　　　原精舍詩文集》，上海古籍出版社 2003，第 844～845 頁。

〔註65〕陳寅恪：《讀吳其昌撰梁啟超傳書後》，陳寅恪著：《寒柳堂集》，三
　　　　聯書店 2001，第 167 頁。

人眼中根本經不起推敲。同樣有志於維新變法之鄭孝胥，在閱看《新學僞經考》後即評：「見康祖詒長素所著《新學僞經考》，歷詆漢以來經學之士，以爲東漢所尊諸經，皆出劉歆僞撰。類病狂者之所爲。余乃曰，世之學者能糾宋本諸書之得失者，乃爲能讀古書；能正本朝諸儒之當否者，乃爲能通漢學。輕於發言，殆有狂易之咎矣」〔註66〕。並在戊戌變法日益高漲之際斷言：「按其學術，則襲西國之皮毛以開空疏剽竊之習。小人量淺，易致驕盈；躁進不已，必至覆涑。涓涓不塞，將成江河；因噎廢食，禍延賢者」〔註67〕。

　　學術上雖迭遭質疑，但康有爲輩絲毫不爲所動，激進之態勢變本加厲、漸趨狂悖。「或言康有爲字長素，自謂長於素王，其弟子或稱超回、軼賜」〔註68〕，「以長素爲教皇，又目爲南海聖人，謂不及十年，當有符命」〔註69〕。康、梁諸人以狂妄之態度、激進之手段來推動維新變法狂飆突進，此種做法自難得到多數士人認同，守舊士人詰責反對，贊同維新之士人亦有微詞。而此時之陳寶箴，在先國家之急的宗旨下，使盡渾身解數力圖補過持平、彌合新舊，與各方求同存異，以保湘省改革在既有局面下繼續實施：

　　　　湘報、學堂所不合，必過其漸，董理更張之即，亦不
　　　　欲動阿俗議，示不廣乖任事心。康有爲之初召對也，即疏
　　　　言其短長所在，推其疵弊，請毀其所著書曰《孔子改制考》。
　　　　四章京之初直軍機亦然，曾疏言變法事至重，四章京雖有
　　　　異才，要資望輕而視事易，爲論薦張公之洞總大政，備顧
　　　　問。及士民上書之詔下，愈惶急，以爲求言誠是也，今以
　　　　無智無學之中國責之，使言而蕩無限度，則且壞綱維燼亂

──────────────

〔註66〕中國國家博物館編，勞祖德整理：《鄭孝胥日記》第一冊，中華書局
　　　　1993，第517頁。
〔註67〕中國國家博物館編，勞祖德整理：《鄭孝胥日記》第二冊，中華書局
　　　　1993，第677頁。
〔註68〕湯志鈞編：《章太炎年譜長編》，中華書局1979，第38頁。
〔註69〕章太炎：《致譚獻書》，楊家駱主編：《戊戌變法文獻彙編》第二冊，
　　　　臺灣鼎文書局1973，第583頁。

天下，此有累聖聰不細，方草奏極諫請必收成命，以政變而止〔註70〕。

與此同時他亦不以言廢人，在其能力所及之範圍內盡力迴護激進之維新派。王先謙在閱其請毀康有爲《孔子改制考》書板之疏稿後，就說陳氏「釐正學術之中，仍寓保全人才之意」〔註71〕，但對其包容康有爲之做法並不贊成，在寫與陳寶箴之信中，王先謙直言不諱：「康有爲心跡悖亂，人所共知，粵中死黨護之甚力，情狀亦殊叵測。若輩假西學以自文，旋通外人以自重，北胡南越，本其畜念，玉步未改，而有仇視君上之心，充其伎倆，何所不至？我公盛德君子也，如康因此疏瓦全，不可謂非厚幸，但恐留此禍本，終成厲階，有傷知人之明，或爲大名之累」〔註72〕；狄葆賢在論及時務學堂事時也曾談到陳寶箴對梁啓超等人之救助：「改定之課本，遂不無急進之語。於時王先謙、葉德輝輩，乃以課本爲叛逆之語，謂時務學堂爲革命造反之巢窟，力請於南皮。賴陳右銘中丞早已風聞，派人午夜告任公，囑速將課本改換。不然不待戊戌政變，諸人已遭禍矣」〔註73〕。

然而陳氏父子這種苦心孤詣顧全大局的行爲，既沒有得到湘中士人的認同，激進維新之士人也並沒有體諒陳寶箴之用意。陳氏父子反而成了矛頭所向、眾矢之的，遭到了來自新舊雙方的攻訐彈劾。隨著戊戌政變的發生，陳寶箴以湘省爲模楷以期推動全國改革的理想卒告破滅。陳氏父子的政治生命亦隨維新變法的失敗而徹底終結：「湖南巡撫陳寶箴，以封疆大吏，濫保匪人，實屬有負委任，陳寶箴著即行

〔註70〕陳三立：《皇授光祿大夫頭品頂戴賞戴花翎原任兵部侍郎都察院右副都御史湖南巡撫先府君行狀》，陳三立著，李開軍校點：《散原精舍詩文集》，上海古籍出版社2003，第855頁。

〔註71〕王先謙：《致陳中丞書》，楊家駱主編，《戊戌變法文獻彙編》第二冊，臺灣鼎文書局1973，第637頁。

〔註72〕王先謙：《致陳中丞書》，楊家駱主編，《戊戌變法文獻彙編》第二冊，臺灣鼎文書局1973，第637頁。

〔註73〕丁文江、趙豐田編：《梁啓超年譜長編》，上海人民出版社1983，第88頁。

革職，永不敘用。伊子吏部主事陳三立，招引姦邪，著一併革職」〔註74〕。隨後湖南新政諸舉措次第廢除，陳氏父子「凡累年所腐心焦思廢眠忘餐艱苦曲折經營締造者，蕩然俱盡」〔註75〕，「攀天斫地椎心瀝血者」〔註76〕莫過於此。光緒二十四年冬（1898），陳三立侍父歸南昌，築室西山、偕隱崝廬。

　　陳三立一生詩學取徑亦經數變。其早年探源漢魏，亦頗涉獵唐宋。汪辟疆曾言：「散原早年習聞湘綺詩說，心竊慕之。頗欲力爭漢魏，歸於鮑謝，惟自揣所制，不及湘綺，乃改轍以事韓黃」〔註77〕。其早年所作詩頗有漢魏流風，六朝韻致。內容多述羈旅行役、遊子思婦之意，情思婉轉、清新流麗。如：

　　　　君不見，東園日滿煙光紅，童童桑葢飄春風。美人嬌嬈爲春起，惆悵闌干誰與同。芳心盡教啼鶯弄，零露瑤叙記寒重。香夢分明掛一絲，捲簾飛去桐華鳳。〔註78〕

　　　　　　　　　　　　　　　　　　　——《春曉曲》

　　　　畫院風光燕初對，蔥蒨花枝暖瑤佩。芳畫游絲絢一簾，蘭淚淫淫姣相愛。獨自尋春錦樹園，鶯飛草長戀清尊。空憶關山歸不得，飄盡珠樓曉夢痕。〔註79〕 ——《春畫曲》

　　　　靈怨訴蘭釭，怲忪不自降。只今良夜怯，空令豔作雙。

〔註74〕《清實錄·德宗景皇帝實錄》卷426，光緒二十四年八月下，中華書局1987影印本，第615頁。

〔註75〕陳三立：《皇授光祿大夫頭品頂戴賞戴花翎原任兵部侍郎都察院右副都御史湖南巡撫先府君行狀》，陳三立著，李開軍校點：《散原精舍詩文集》，上海古籍出版社2003，第854頁。

〔註76〕陳三立：《皇授光祿大夫頭品頂戴賞戴花翎原任兵部侍郎都察院右副都御史湖南巡撫先府君行狀》，陳三立著，李開軍校點：《散原精舍詩文集》，上海古籍出版社2003，第856頁。

〔註77〕汪辟疆：《近代詩派與地域》，汪辟疆撰：《汪辟疆說近代詩》，上海古籍出版社2001，第27頁。

〔註78〕陳三立：《春曉曲》，陳三立著，潘益民、李開軍輯注：《散原精舍詩文集補編》，江西人民出版社2007，第17頁。

〔註79〕陳三立：《春畫曲》，陳三立著，潘益民、李開軍輯注：《散原精舍詩文集補編》，江西人民出版社2007，第17頁。

玉漏搖搖喚春酌，啼罷胭脂鏡中落。金屋銀屏照影嬌，宛
孌芳心倘相若，夢醒城頭亂飛鵲。〔註80〕 ——《春夜曲》

以錯金縷玉、瓣香浣花之語寫思婦閒愁，香軟情濃、綺麗纏綿，
讀來甚有齊梁之風。想來除卻追慕王闓運詩風之故，亦與此期流連詩
酒之優游生活有關。同治七年（1868），陳三立離開江西義寧老家隨
父遷往長沙，得與當時湖湘諸青年才俊交遊。夏敬觀在其《學山詩話》
中載有一首袁緒欽與陳三立、易順鼎往來唱和之作：「裙屐當年畫戟
門，閒園花樹綠成村。聽鸝水榭銅釭焯，試馬春城玉勒喧。慧眼人天
金屋豔，詩心仙佛錦囊魂。黃衫年少函樓客，各有東風斷夢存」〔註
81〕。由這首《酬伯嚴兼柬實甫》之詩即可知其時包括陳三立在內的
諸宦家子弟意氣昂揚、志得意滿的閒適生活狀態。

其後陳寶箴授河北道、浙江按察使等職，陳三立都隨侍任所，其
間又回贛應試。南來北往的奔波，陳三立之視野亦隨閱歷之增長大為
開闊。且隨父任職各地，更多的接觸到地方民情、百姓疾苦，思想漸
趨於成熟。詩作中亦多了些漢魏古風之慷慨蒼涼意味。

沅湘絕重湖，江勢故西來。奔湍浩千里，騁望信悠哉。
佳人期本末，弭檝正徘徊。肅肅洞庭野，隱隱雲夢隈。沖
飆起山川，孤嶼媚樓臺。宵直來帆舉，江清鳴雁哀。方城
鬱嵯峨，唯楚故有材。不見英雄人，高歌奮雲雷。於今爭
戰交，四顧但蒿萊。拊膺激頹景，蕩漾千載懷。何如遠行
遊，翩然凌九垓。〔註82〕

此詩作於從長沙赴武陟任所途中，獨立船頭，騁望著浩浩蕩蕩的
江水，不由得思接千載。想到自己將從這洞庭之野、雲夢楚地，奔赴
昔日之中原古戰場，不可遏制的豪情似乎頃刻之間將要噴薄而出，滿

〔註80〕陳三立：《春夜曲》，陳三立著，潘益民、李開軍輯注：《散原精舍詩
　　　文集補編》，江西人民出版社 2007，第 17 頁。
〔註81〕夏敬觀撰：《學山詩話》，《民國詩話叢編》第三冊，上海書店出版社
　　　2002，第 69～70 頁。
〔註82〕陳三立：《由荊河口次龍嶼，遂至嘉魚》，陳三立著，潘益民、李開
　　　軍輯注：《散原精舍詩文集補編》，江西人民出版社 2007，第 3 頁。

懷的壯志在胸中激蕩。試問英雄何處，此時唯楚有才。心中對此次遠
行充滿了一種躍躍欲試的期待。地方官職重事繁，時「河堤亙千里，
沁水夾之，尤湍悍」〔註83〕，到任之後，陳寶箴乃治理堤壩，使不爲
患。陳三立親歷其事，亦增歷練。其回贛應試途經黃河時，心生感慨
乃作詩紀之：「沖風絕崑崙，洪流蕩萬里。潺湲緩水維，泛濫齧地紀。
禹功既已遙，殷患自茲始。蕭條瓠子歌，彌縫衛薪恥。哀哉宣防劬，
沉璧詎虛美。時隆道無污，順軌遵北徙。其魚屯憂衰，乃粒烝民喜。
回車霜霰交，廓寥歎觀止。高波赴冥天，鯨鼉駕邐邐。乾坤眩須臾，
精靈聚恢詭。聊持寸抱寬，坐納百川委。逍搖河上情，離心復何企」
〔註84〕。

　　這時的陳三立已年近而立，前此不久迭經喪親之痛，妻、子、伯
父相繼而逝。這些人生中不堪忍受之事，都讓敏感的陳三立備覺人世
之無常，感慨著讓人無奈的離合悲歡，窮通壽夭：

　　　　罷酒忽不樂，招攜出城闈。崔嵬瞻百雉，左右帶崇山。
　　流雲翳景色，凫雁共來還。翔步適廣陌，營眸納平川。沖
　　衿慘寒日，枉渚棲孤煙。良遊洽昔賞，妍廬逐今遷。穹林
　　竄饑狸，荒墟滲陰泉。蕭條勁風來，肝心苦抽崩。百世迅
　　一瞬，聖蠡非天全。偃息重泉下，遑雲返自然。拱木亦已
　　頹，河山響哀蟬。猛志復何取，愴恨不能言。〔註85〕

　　寒日、孤煙、穹林、荒墟、饑狸、陰泉、頹木、哀蟬，冷清的意
象、孤寂之心境。在「百世迅一瞬」，「猛志復何取」的感喟之下，隱
含著對生命的追尋與無奈。不過陳三立畢竟深受傳統儒家胸懷天下、

〔註83〕陳三立：《皇授光祿大夫頭品頂戴賞戴花翎原任兵部侍郎都察院右副
　　　　都御史湖南巡撫先府君行狀》，陳三立著，李開軍校點：《散原精舍
　　　　詩文集》，上海古籍出版社2003，第850頁。
〔註84〕陳三立：《渡黃河作》，陳三立著，潘益民、李開軍輯注：《散原精舍
　　　　詩文集補編》，江西人民出版社2007，第8頁。
〔註85〕陳三立：《偕友遊觀郭外，還經叢冢間，慨然作》，陳三立著，潘益
　　　　民、李開軍輯注：《散原精舍詩文集補編》，江西人民出版社2007，
　　　　第7頁。

經世濟民之思想薰陶，於四方多故之際頗思有爲於世，故此時之情緒亦是一時的消沉沮喪。此後，陳三立益發淬煉於詩文，學益進，少年意氣漸少。郭嵩燾在讀其「寄示所著《雜記》及《七竹居詩存》、《耦思室文存》，並所刻《老子注》、《龍壁山房文集》」〔註86〕之後，即盛讚：「伯嚴年甫及冠而所詣如此，真可畏」〔註87〕。

　　光緒九年（1883）陳寶箴擢任浙江按察使僅數月，即因故劾免。陳三立復隨父歸長沙蛻園閒居。此時之長沙聚集了眾多之名士俊彥，往來酬酢，常作文酒之會，師友酬唱、其意融融：

　　　　名園當春花欲繁，鳴鳩喈喈來喚門。門外遊人自相識，清歌爛漫攜孤尊。東風飛翻袂初舞，雲吹一絲絮黏縷。桃李楊枝映細晴，小立闌干撲春雨。綠波盈盈籠霧隔，西去軒亭倒深碧。萬竹森沉浸畫寒，煙影天痕澹將夕。夕照搖搖欲上衣，還移雙槳趁鴛飛。鴛鴦自飛風自起，剪盡愁痕一池水。何處凌波更渺然，萍絲荇帶鎮相牽。側帽微吟映霄漢，空教世外看神仙。參差石徑苔泥沒，洞壑玲瓏印瑤月。取次紅牆一線通，歌舞樓臺憶慌惚。倦眼依然湘上山，主人戀官去不還。東陵瓜熟風光老，寂寞良辰空閉關。
　　　　〔註88〕

　　這首清麗婉轉、聲調諧美的《春日遊蛻園歌》即是陳三立邀約郭嵩燾等人於蛻園雅集時所作〔註89〕。只是這詩酒流連的悠閒中已漸漸滲入對時局之關注：

　　　　瀟湘灧灧春城夕，幾日看花夢相隔。簾外東風吹細

〔註86〕郭嵩燾撰：《郭嵩燾日記》第四卷，光緒八年正月十五日，湖南人民出版社1983，第254頁。

〔註87〕郭嵩燾撰：《郭嵩燾日記》第四卷，光緒八年正月十五日，湖南人民出版社1983，第254頁。

〔註88〕陳三立：《春日遊蛻園歌》，陳三立著，潘益民、李開軍輯注：《散原精舍詩文集補編》，江西人民出版社2007，第15頁。

〔註89〕參見《郭嵩燾日記》第四卷，光緒十一年三月二十八日：「晚赴陳伯嚴之召，同席鄧彌之、劉定夫、李佐周、張雨珊，並陪諸人一遊蛻園」，湖南人民出版社1983，第549頁。

寒，西園爛漫招吟客。華筵軒館敞清峻，佩影瓊琚映瑤璧。
壓檻桃枝低亞紅，倒池楊柳輕搖碧。草長蜂遊只自媚，拂
拭闌干更相惜。黑雲蒼黃送飛雨，照眼江山失咫尺。主人
解頤工說詩，咳唾珠玉紛葳蕤。翰林博士盡惆悵，大呼脫
帽傾流離。酒酣潦倒百憂集，瀛海飛輪羽書急。已驚哥舒
棄關隴，又見王恢伏馬邑。聖主焦勞促視師，城郭鳴鳴夜
吹笛。將率功名委草莽，江海樓船壓強敵。只今時事已成
冤，相逢花發且開尊。高歌上馬各歸去，送客流螢啼到門。
〔註90〕

　　同樣是花柳交相映、西園華筵開的雅集，賓主盡興歡聲笑語、酒
酣耳熱之際，湧上心頭的卻是邊疆戰急的憂心。曲闌人散、高歌歸去，
心裏潛藏的已是時事日非、盛筵不再的隱憂。

　　而這首《北門歎》則更直接的寫出百姓在動盪時世下經受的苦
難：「北門良家子，徵兵從擊胡。魁梧七尺強，悠悠赴前驅。邊關多
瘴癘，死亡在斯須。同行二十人，白骨餘寒灰。一人脫軍籍，跳身視
妻孥。藏灰篋笥中，生死誓無渝。伶俜宿荒縣，盜突乃見肪。蒼黃尾
盜去，棄灰長路衢。可憐掇遺爐，淖泥溷相污。魂魄會飄散，痛哭返
門閭。寡婦號旁皇，陰風巷中來。翔鴉啞啞鳴，行路立徘徊。我時得
聞之，感歎中腸摧。佳兵爲不祥，黷武幹天災。六合無內外，聖人之
所孩。願言告當軸，軫此生民哀」〔註91〕。無怪乎郭嵩燾讀此詩後感
歎：「誦《北門》詩，可想見衰世之氣象也」〔註92〕。

　　寓居長沙時期，陳三立還與王闓運、郭嵩燾、釋敬安、曾廣鈞等
人立碧湖詩社，爲湖湘一時之盛景。往來酬唱之作頗多，如：《王先
生闓運招集碧狐詩社，以弟喪未與，補賦應教一首》、《酒集碧湖佛寺，

〔註90〕陳三立：《曾公孫廣鈞飲集浩園作》，陳三立著，潘益民、李開軍輯
　　　　注：《散原精舍詩文集補編》，江西人民出版社2007，第16頁。
〔註91〕陳三立：《北門歎》，陳三立著，潘益民、李開軍輯注：《散原精舍詩
　　　　文集補編》，江西人民出版社2007，第26頁。
〔註92〕郭嵩燾撰：《郭嵩燾日記》第四卷，光緒十二年十二月初五日，湖南
　　　　人民出版社1983，第675頁。

贈寄上人》、《九月十九日郭侍郎招集碧湖展重陽作》、《六月三日湘綺
翁招集碧湖消夏，作呈同遊》等。此時之陳三立雖然尊崇漢魏六朝詩
風，卻也留心詩歌領域內的新變，並努力在傳統詩歌體系內探索更加
適合自己的詩歌表達方式和風格。「漢上多佳人，輝發照城樓。金釵
耀首飾，明珠綴履絢。翡翠來巴黎，珊瑚貢琉球。綺羅不足貴，容止
何修修。中情貯芳妍，命瑟揚名謳。一彈雉朝飛，再彈鴻鵠遊，三彈
長歎息，對酒不能酬。對酒不能酬，脈脈復悠悠。借問爾何愁，寧復
似此不。意氣感人心，涕泗忽交流。願言有所思，不見徒離憂」〔註93〕。
詩中「翡翠來巴黎，珊瑚貢琉球」二句就是在傳統的詩歌體式、內容
之中吸收了外來的新興詞彙，透露出一些以舊風格含新意境的意味。

　　光緒十六年（1890），陳寶箴任職湖北，次年陳三立亦隨至。居
留武昌前後，陳三立之詩風亦在變化中：

　　　　腳底花明江漢春，樓船去盡水鱗鱗。憑欄一片風雲氣，
　　來作神州袖手人。〔註94〕

　　　　閒從牆角見山亭，零葉疏枝掛杳冥。歸鵲暮銜城郭影，
　　殘蟬舊倚管絃聽。冷尋梅蕊垂垂白，愁落楊絲漠漠青。木
　　柄長鑱逢一笑，生涯誰問酒初醒。〔註95〕

　　這兩首詩中所展現出的風格已非漢魏遺風、六朝流韻所能包蘊
了，似已從漢魏六朝之清麗流美轉向追求闊大之境、孤傲之緒，及
寒列尖細意象之刻畫〔註96〕。而且此期陳三立對其所為詩頻繁改
動，如「離合十年今夕貴，荒唐終古一燈多」〔註97〕二句中之「荒

〔註93〕陳三立：《有所思》，陳三立著，潘益民、李開軍輯注：《散原精舍詩
　　　　文集補編》，江西人民出版社2007，第13頁。
〔註94〕陳三立：《高觀亭春望》，陳三立著，潘益民、李開軍輯注：《散原精
　　　　舍詩文集補編》，江西人民出版社2007，第82頁。
〔註95〕陳三立：《乃園冬望》，陳三立著，潘益民、李開軍輯注：《散原精舍
　　　　詩文集補編》，江西人民出版社2007，第74頁。
〔註96〕參見陳正宏：《新發現的陳三立早年詩稿及黃遵憲手書批語》，《文學
　　　　遺產》2007年第2期。
〔註97〕陳三立：《夜飲答范仲林》，陳三立著，潘益民、李開軍輯注：《散原
　　　　精舍詩文集補編》，江西人民出版社2007，第69頁。

唐終古」四字，初爲「淒涼萬古」，黃遵憲改爲「笑啼萬緒」，最後才定爲「荒唐終古」〔註98〕。雖說詩作改動乃是詩人鍊字鍛句之常事，但從此期陳、黃二人對陳三立詩作探討之勤、改動之頻亦可窺見其詩風轉變之跡。

> 我家恰去三百里，腳底匡山未經此。憑君四海一閒人，幾年看取彭蠡水。靈巖丹岫何繽紛，飛瀑中騰千丈雲。四時景物不可說，仙異憧憧嘗有聞。君也振奇愛文字，神州蹤跡粗能記。一旦移家絕人世，道是倦遊還倦仕。檻外樓通船萬國，禪海連江問極西。鴻蒙一枕天地間，亞細歐羅付蠶食。有時攜杖聽啼猿，不者採藥蒼煙根。五老香爐笑相問，造化媚我將何言。鄂州見君意蕭瑟，恨別名山五百日。掉頭未肯向世人，聊倩兒曹提畫筆。小年那識其中故，點綴煙雲得少趣。嗟君須堅學道心，莫教飢餓求官去。
> 〔註99〕

此詩神思飛動、氣勢飛騰，以奇氣運奇筆，奇情奇境奇想一氣流貫，頗有包舉宇內之概。詩中透露出的鬱勃兀傲之氣更與陳三立其人之個性氣質深相契合。無怪乎黃遵憲評之爲「睥睨一世，橫掃千人」。而另一首《別范大當世攜眷還通州》：「十年萬里相望處，眞到尊前作弟兄。歌嘯深燈還自了，支離並世已無成。卻憐風霰閒侵座，余聽波濤怒打城。江海浮搖今剩汝，攜來日月獨崢嶸」〔註100〕，顯示出同樣的兀傲氣，頗有「俯唱遙吟，不可一世」之氣魄。

對於陳三立此期之詩作，黃遵憲予以很高評價：「胸次高曠，意境奇雅，當其佳處，有商榷萬古之情，具睥睨一切之概。葛君名士，

〔註98〕參見陳三立：《夜飲答范仲林》之注釋，陳三立著，潘益民、李開軍輯注：《散原精舍詩文集補編》，江西人民出版社2007版，第69頁。

〔註99〕陳三立：《易仲實屬兒子衡恪作匡山草堂圖，爲題長句》，陳三立著，潘益民、李開軍輯注：《散原精舍詩文集補編》，江西人民出版社2007，第69頁。

〔註100〕陳三立：《別范大當世攜眷還通州》，陳三立著，潘益民、李開軍輯注：《散原精舍詩文集補編》，江西人民出版社2007，第117頁。

此足當之」〔註101〕。但由於陳三立尙處於詩風轉變階段，揣摩探索，還未能完全得心應手、融會貫通。故黃遵憲亦誠懇提出建議：「所用一種半虛不實之字，不拾人牙慧，具見懷抱。然亦時有未軒豁、未妥帖、未圓滿、未瀏亮、未均稱、未渾成之處。取古人名篇寫撮數十首，以供諷誦，即當改觀」〔註102〕。如《菱湖行戲贈鄭刑部同年》，黃遵憲雖認爲「眞韓詩」但又言「使昌黎出手爲之，必更恢詭」〔註103〕。此期，陳三立之詩學取徑已從漢魏六朝下窺韓愈、黃庭堅。其《送趙翰林啓霖、黃優貢忠浩還湖南》一詩：「可憐幾日懸吾眼，燭畔尊前更飽看。當代英雄一笑盡，孤篷欸唾萬波寒。會因風霰兼飄泊，各有江湖赴控搏。歸斸岩阿生事了，倘貪夜月倚闌干」〔註104〕，已頗具山谷神韻。乃有「眞山谷詩，神骨氣味，無一不佳」〔註105〕之譽。光緒十九年（1893），陳三立與諸友遊黃州，於楊守敬之廣文書樓借得宋槧《黃山谷內外集》，即以「念余與山谷同里閈，余父又嗜山谷詩，常憾無精刻，頗欲廣其流傳，顯於世」〔註106〕而解資刊刻。

張之洞興辦兩湖書院後，廣爲延攬人才，曾禮聘陳三立「校閱經

〔註101〕 參見陳三立：《飲劉觀察高樓，看月上》之注釋，陳三立著，潘益民、李開軍輯注：《散原精舍詩文集補編》，江西人民出版社 2007，第 61 頁。

〔註102〕 參見陳三立：《飲劉觀察高樓，看月上》之注釋，陳三立著，潘益民、李開軍輯注：《散原精舍詩文集補編》，江西人民出版社 2007，第 61 頁。

〔註103〕 參見陳三立：《菱湖行戲贈鄭刑部同年》之注釋，陳三立著，潘益民、李開軍輯注：《散原精舍詩文集補編》，江西人民出版社 2007，第 86 頁。

〔註104〕 陳三立：《送趙翰林啓霖、黃優貢忠浩還湖南》，陳三立著，潘益民、李開軍輯注：《散原精舍詩文集補編》，江西人民出版社 2007，第 73 頁。

〔註105〕 參見陳三立：《送趙翰林啓霖、黃優貢忠浩還湖南》之注釋，陳三立著，潘益民、李開軍輯注：《散原精舍詩文集補編》，江西人民出版社 2007，第 73 頁。

〔註106〕 陳三立：《山谷詩集注題辭》，陳三立著，李開軍校點：《散原精舍詩文集》，上海古籍出版社 2003，第 1127～1128 頁。

心、兩湖書院卷」〔註 107〕。當是時湖北賓客雲集、群賢齊聚，文酒唱和無虛日。陳三立晚年在爲其友余肇康所作詩集序中亦曾言及此時盛景：「張文襄方督湖廣，兢興學，建兩湖書院，選錄湖南北高才數百人，設科造士，海內通儒名哲就所專長，延爲列科都講，特置提調員，拔君董院事。余以都講或闕，謬承乏備其一人焉。院中前後鑿大池，長廊環之，穹樓復閣臨其上，歲時佳日，輒倚君要遮群彥，聯文酒之會，考道評藝，續以歌吟，文襄亦常率賓寮臨宴雜坐，至午夜乃罷，最稱一時之盛」〔註 108〕。然張之洞詩學「歐陽修、蘇軾、王安石，宋意唐格，其章法聲調，猶襲乾、嘉諸老矩步，於近時詩學，有存舊之思……其生平宗旨，取平正坦直，最不喜黃庭堅，題其集曰：『黃詩多槎牙，吐語無平直，三反信難曉，讀之鯁胸臆。如佩玉瓊琚，捨車徒荊棘；又如佳茶荈，可啜不可食。子瞻與齊名，坦蕩殊雕飾。』幾於徵聲發色，不啻微言諷刺；而見詩體稍僻澀者，則斥爲江西魔派，不當意也」〔註 109〕。陳三立嘗作《九日從抱冰宮保至洪山寶通寺餞送梁節庵兵備》一詩：「嘯歌亭館登臨地，今日都成隔世尋。半壑松篁藏梵籟，十年心跡照秋陰。飄髯自冷山川氣；傷足寧爲卻曲吟。作健逢辰領元老，下窺城郭萬鴉沉」〔註 110〕，之洞即對其中「作健逢辰領元老」之句不滿。二人雖在詩學取徑上分歧較大，但並未影響相互交往。張之洞對陳三立「備極禮敬」，陳三立亦對張之洞之詩稱讚不已，以爲「厚重寬博，在近代諸老之上焉」〔註 111〕。

〔註 107〕錢基博著：《現代中國文學史》，上海書店出版社 2004，第 168 頁。

〔註 108〕陳三立：《余堯衢詩集序》，陳三立著，李開軍校點：《散原精舍詩文集》，上海古籍出版社 2003，第 956～957 頁。

〔註 109〕參見錢基博著：《現代中國文學史》，上海書店出版社 2004，第 168 頁。

〔註 110〕陳三立：《九日從抱冰宮保至洪山寶通寺餞送梁節庵兵備》，陳三立著，李開軍校點：《散原精舍詩文集》，上海古籍出版社 2003，第 162 頁。

〔註 111〕參見錢基博著：《現代中國文學史》，上海書店出版社 2004，第 168 頁。

　　陳三立雖致力於傳統舊詩，但思想並不固守傳統窠臼，並不以一己喜好衡人衡詩。其論詩喜抒眞情、言眞意，獨出機杼。曾在《顧印伯詩集序》中表達了自己對詩歌之看法：「務約旨斂氣，洗汰常語，一歸於新雋密栗，綜貫故實，色彩豐縟，中藏餘味孤韻，別成其體，誠有如退之所謂能自樹立不因循者也。自周漢以來，積數千餘歲之詩人，固應風尚有推移，門戶有同異，輕重愛憎，互爲循環，莫可究極。然嘗以謂凡託命於文字，其中必有不死之處，則雖歷萬變萬哄萬劫，終亦莫得而死之，而有幸有不幸之說不與焉」〔註112〕，故他對新派詩亦能持讚賞之態度。陳三立與詩界革命派詩人黃遵憲交誼甚厚，二人相與論詩，深相契合。陳三立認爲黃詩「馳域外之觀，寫心上之語，才思橫軼，風格渾轉，出其餘技，乃近大家。此之謂天下健者……中國有異人，姑於詩事求之」〔註113〕。而同爲學宋之鄭孝胥則對黃遵憲之新派詩表現出不屑。其日記中有幾則與黃遵憲相關的記載：

　　　　午後，往拜黃公度，談良久。其人甚黠，頗有才氣。
〔註114〕（1895 年 2 月 23 日）

　　　　黃公度在坐，還余詩稿而題曰：「紆徐淡妙，將來可自成一家，爲國朝詩派所無。」黃實粗俗，於詩甚淺，而謬附知音者也。〔註115〕（1895 年 4 月 11 日）

　　　　黃公度邀明日飲，卻之。俄，黃以柬來，示所作五言古詩，伯嚴甚推許之。〔註116〕（1895 年 6 月 17 日）

〔註112〕陳三立：《顧印伯詩集序》，陳三立著，李開軍校點：《散原精舍詩文集》，上海古籍出版社 2003，第 1091 頁。

〔註113〕陳三立：《人境廬詩草序》，陳三立著，李開軍校點：《散原精舍詩文集》，上海古籍出版社 2003，第 1127 頁。

〔註114〕中國國家博物館編，勞祖德整理：《鄭孝胥日記》第一冊，中華書局 1993，第 471 頁。

〔註115〕中國國家博物館編，勞祖德整理：《鄭孝胥日記》第一冊，中華書局 1993，第 481 頁。

〔註116〕中國國家博物館編，勞祖德整理：《鄭孝胥日記》第一冊，中華書局 1993，第 499 頁。

　　黃公度送詩二冊，並借鄭子尹詩。其詩骨俗才粗，非
雅音也。〔註117〕（1895 年 7 月 25 日）

　　兩相對比，更可見出陳三立不以詩學取徑、詩學主張之異同鄙薄
異己者之風範。

第二節　「搔鬢又驚紛餽歲，殘陽斷角立茫茫」〔註118〕
　　　　——傷心世事絕意仕進的「袖手」時期

　　光緒二十四年（1898）冬，陳氏父子偕歸南昌。於西山三立之母
黃夫人墓旁築崝廬以居。其時陳寶箴已年近古稀，罷歸之後「囊篋蕭
然，頗得從婚友假貸自給」〔註119〕。然其「意量超然，無窮達於其
心」〔註120〕。數十年宦海生涯已如浮雲過眼，頗有終老山水之意。
陳寶箴喜西山風物之美，「日夕吟嘯偃仰其中，遺世觀化，瀏乎與造
物者遊。嘗自署門聯，有『天恩與松菊，人境擬蓬瀛』之句，以寫其
志」〔註121〕。陳三立曾對崝廬家居之景，有過詩意般描繪：

　　　環屋爲女牆，雜植梅竹、桃杏、菊、牡丹、芍藥、雞
　　冠、紅躑躅之屬，又闢小坎種荷，蓄鰷魚。有鶴二，犬貓
　　各二，驢一。樓軒窗三面當西山，若列屏，若張圖畫。溫
　　穆杳藹，空翠翁然撲几榻，鬢眉帷帳衣履，皆掩映黛色。
　　廬右爲田家老樹十餘虧蔽之，入秋，葉盡赤，與霄霞落日

〔註117〕中國國家博物館編，勞祖德整理：《鄭孝胥日記》第一冊，中華書
　　　　局 1993，第 507 頁。
〔註118〕陳三立：《除日柬季詞》，陳三立著，李開軍校點：《散原精舍詩文
　　　　集》，上海古籍出版社 2003，第 148 頁。
〔註119〕陳三立：《皇授光祿大夫頭品頂戴賞戴花翎原任兵部侍郎都察院右
　　　　副都御史湖南巡撫先府君行狀》，陳三立著，李開軍校點：《散原精
　　　　舍詩文集》，上海古籍出版社 2003，第 856 頁。
〔註120〕范當世：《故湖南巡撫義寧陳公墓誌銘》，范當世著，馬亞中、陳國
　　　　安校點：《范伯子詩文集》卷 7，上海古籍出版社 2003，第 524 頁。
〔註121〕陳三立：《皇授光祿大夫頭品頂戴賞戴花翎原任兵部侍郎都察院右
　　　　副都御史湖南巡撫先府君行狀》，陳三立著，李開軍校點：《散原精
　　　　舍詩文集》，上海古籍出版社 2003，第 856 頁。

混茫爲一。吾父澹蕩哦對其中，忘饑渴焉。〔註122〕

雖有清幽靜謐不染塵囂之勝景、歸隱林泉退守田園之樂趣，然維新變法之富強夢黯然破滅，平生志業就此毀於一旦，思之又不由痛斷肝腸。此時朝政時局變幻莫測，陳氏父子之隱痛「菀結幽憂，或不易見諸形色，獨往往深夜孤燈，父子相語，仰屋欷歔而已」〔註123〕。

此時的陳三立心裏充溢著對老父的歉疚之情，如排江倒海不可遏止。念及老父數十年仕宦，卻受自己牽累獲罪，革職爲民。致使維新變法致國富強之抱負成空，一生心血付諸東流，自己縱使椎心瀝血亦無以彌補。前事幕幕如在眼前，追根溯源老父獲罪之由肇自自己當初力薦梁啓超之舉，梁啓超諸人之危言激行激起湘中守舊士人之強力抵制，新舊雙方相互攻訐，矛頭才漸漸指向主持新政之老父。這種因己之故陷嚴親於不義之想法，在陳三立心中根深蒂固。直至晚年仍然耿耿於懷。陳寅恪在《讀吳其昌撰梁啓超傳書後》一文中曾記載父親向自己講述當年之時務學堂事：

> 先是嘉應黃公度丈遵憲，力薦南海先生於先祖，請聘其主講時務學堂。先祖以此詢之先君；先君對以曾見新會之文，其所論說，似勝其師，不如捨康而聘梁。先祖許之。因聘新會至長沙。新會主講時務學堂不久，多患發熱病，其所評學生文卷，辭意未甚偏激，不過有開議會等說而已。惟隨來助教韓君之評語，頗涉民族革命之意。諸生家屬中有與長沙王益吾祭酒先謙相與往還者。葵園先生見之，因得挾以詆訾新政。韓君因是解職。未幾新會亦去長沙。此新會主講時務學堂之本末，而其所以至長沙者，實由先君之特薦。其後先君坐「招引姦邪」鐫職，亦有由也。〔註124〕

〔註122〕 陳三立：《崝廬記》，陳三立著，李開軍校點：《散原精舍詩文集》，上海古籍出版社2003，第858～859頁。

〔註123〕 陳三立：《皇授光祿大夫頭品頂戴賞戴花翎原任兵部侍郎都察院右副都御史湖南巡撫先府君行狀》，陳三立著，李開軍校點：《散原精舍詩文集》，上海古籍出版社2003，第856～857頁。

〔註124〕 陳寅恪：《讀吳其昌撰梁啓超傳書後》，陳寅恪著：《寒柳堂集》三聯書店2001，第167～168頁。

在戊戌政變前後，陳三立「招引姦邪」之罪名已成士林公論，以「招引姦邪」之名獲罪，革職之後仍以「招引姦邪」之名繼續招人詬病。陝西道監察御史黃均隆在政變後上摺參劾黃遵憲、熊希齡，言及時務學堂，仍對陳三立不依不饒：「此皆陳寶箴聽信其子、吏部主事陳三立，招引姦邪，及學政江標、徐仁鑄庇護康、梁所致」〔註125〕。在以「孝義」爲家風的陳三立心中，一己榮悴無足輕重，但因自己之「招引姦邪」致使老父丟官卸職，湖南新政功敗垂成。不僅有違孝道更加有負於君國，則其罪之大莫之可恕。自責、歉疚之情如同千鈞重負壓在陳三立的心上，讓其深感苦痛，倍受煎熬。而時論囂然、謠諑不息，即使在陳氏父子罷歸南昌之後，仍嘵嘵不休。陳寅恪曾回憶道：

> 先祖、先君罷職後，歸寓南昌磨子巷。忽接一函，收信人爲「前湘撫陳」。寄信人不書姓名，唯作「湘垣緘」。字體工整。啓視之，則爲維新夢章回體小説之題目一紙，別附七絕數首。其中一段後二句云：「翩翩濁世佳公子，不學平原學太原。」乃用史記平原君及新舊唐書太宗紀。先母俞麟洲明詩夫人覽之，笑曰：「此二句卻佳。」當戊戌時，湘人反對新政者，謠諑百端，謂先祖將起兵，以燒貢院爲號，自稱湘南王。寓南昌時，後有人遺先君以劉伯溫燒餅歌鈔本一冊，以其中有「中有異人自楚歸」句，及「六一人不識，山水倒相逢」，暗藏，「三立」字語。〔註126〕

「家天下」的專制時代，江山社稷爲一家一姓所有，統治者最忌臣民有謀逆篡奪之心。戊戌政變之後，維新人士紛紛獲罪，罷官、發配、逃亡乃至抄家滅門者比比皆是，情勢兇險難測。在陳氏父子已遭嚴譴之後，好事者仍不肯罷休，滋生事端，對陳家而言無異於雪上加

〔註125〕 《掌陝西道監察御史黃均隆褶》，見沈雲龍主編：近代中國史料叢刊《戊戌變法檔案史料》第 473 頁。
〔註126〕 陳寅恪：《清季士大夫清流濁流之分野及其興替》，陳寅恪著：《寒柳堂集》三聯書店 2001，第 216 頁。

霜、屋漏逢雨，稍有不慎立有不測之禍。不堪重負的陳三立強自支撐
到母親黃氏夫人下葬後，終於病倒。甚至一度有求死之念，竟至不肯
服藥，咬碎藥碗。心性之強，肝膽之烈，一至於斯。

　　光緒二十六年（1900）陳三立移家金陵，值北方義和團事起，八
國聯軍進犯北京。國家危殆之際，匹夫尚且有責，何況時刻關注時局
動向，以天下爲己任之儒家士人。陳氏父子雖獲罪革職，卻從不曾置
身局外。陳寶箴「勤勤以兵亂未已、深宮起居爲極念」〔註127〕；陳
三立也致電梁鼎芬，分析局勢、慷慨陳策，希求對時局有所助益：

　　　　讀報見電詞，乃知忠憤識力猶曩日也。今危迫極矣，
　　以一弱敵八強，縱而千古，橫而萬國，無此理勢。若不投
　　間抵隙，題外作文，度外舉事，洞其癥結，轉其樞紐，但
　　爲按部就班，敷衍搪塞之計，形見勢絀，必歸淪胥，悔無
　　及矣。竊意方今國脈民命，實懸於劉、張二督之舉措（劉
　　已矣，猶冀張唱而劉可和也）。顧慮徘徊，稍縱即逝。獨居
　　深念，詎不謂然。頃者，陶觀察之說詞，龍大令之書牘，
　　伏希商及雪澄，斟酌擴充，竭令贊助。且由張以劫劉，以
　　冀起死於萬一。精衛之填、杜鵑之血，盡於此紙，不復有
　　云。〔註128〕

　　當陳三立還在金陵爲時局憂心之時，不意留在崝廬之老父卻猝離
人世。陳三立星夜兼程、趕赴南昌仍「不及侍疾，僅乃及襲斂」〔註
129〕。父親之突然過世成爲陳三立終生恨事，本想移家金陵後，接老
父同往頤養天年，以盡孝道。孰料變故忽生，竟不及見最後一面。想
起當日母親去世之時自己就未能守在身邊，而今老父過世亦是如此，

〔註127〕　陳三立：《皇授光祿大夫頭品頂戴賞戴花翎原任兵部侍郎都察院右
　　　　　　副都御史湖南巡撫先府君行狀》，陳三立著，李開軍校點：《散原精
　　　　　　舍詩文集》，上海古籍出版社 2003，第 856～857 頁。
〔註128〕　陳三立：《陳三立與梁鼎芬密箚》，見汪榮祖著：《史家陳寅恪傳》，
　　　　　　臺灣聯經出版事業公司 1984，第 19～20 頁。
〔註129〕　陳三立：《皇授光祿大夫頭品頂戴賞戴花翎原任兵部侍郎都察院右
　　　　　　副都御史湖南巡撫先府君行狀》，陳三立著，李開軍校點：《散原精
　　　　　　舍詩文集》，上海古籍出版社 2003，第 856～857 頁。

情何以堪。禁不住悲從中來，痛斷肝腸：「嗚呼！孰意天重罰其孤，不使吾父得少延旦暮之樂，葬母僅歲餘，又繼葬吾父於是邪」〔註130〕。回到崝廬的陳三立痛不欲生、觸目所及之一草一木皆使其悲痛不已，崝廬之景之物依舊，父親所作之詩、所寄之信猶存，而父親的音容笑貌卻永不能復見。登樓憑弔父親昔日起居坐臥之處，憶起父子之間諸多情狀。又思此時京城被據、君國蒙塵，自己卻無力報效國家，家國之痛不由齊上心頭。倘若當初稍假時日，新政能成，國勢稍振，或可無今日之禍矣。一念及此更愧悔自己昔日年少之意氣，此時縱想彌補於萬一，而嚴親已逝，時事已非。「俯仰之間，君父家國無可復問，此尤不孝所攀天斫地椎心釃血者也」〔註131〕。自己這「通天之罪，鍛魂剉骨，莫之能贖」〔註132〕。而「崝廬」亦成為陳三立一生家國之痛的象徵：

> 崝廬者，蓋遂永永為不肖子煩冤茹憾、呼天泣血之所矣。嘗登樓跡吾父坐臥憑眺處，犖而向者，山邪？演迤而逝者，陂邪？疇邪？繚而幻者，煙雲邪？草樹之深以蔚邪？牛之眠者門者邪？犬之吠、雞之鳴、鵲鴟群雊之噪而啄、呴而飛邪？慘然滿目，淒然滿聽，長號而下。已而沉冥以思，今天下禍變既大矣，烈矣，海國兵猶據京師，兩宮久蒙塵，九州四萬萬之人民皆危慄，莫必其命，益慟彼，轉幸吾父之無所睹聞於茲世者也。其在《詩》曰：誰生厲階，至今為梗。又曰：莫肯念亂，誰無父母。曰：凡今之人，胡僭莫懲。然則不肖子即欲朝歌暮哭，憔悴枯槁，褐衣老死於茲廬，以與吾父母魂魄相依，其可得哉？其可得

〔註130〕　陳三立：《崝廬記》，陳三立著，李開軍校點：《散原精舍詩文集》，上海古籍出版社2003，第858～859頁。

〔註131〕　陳三立：《皇授光祿大夫頭品頂戴賞戴花翎原任兵部侍郎都察院右副都御史湖南巡撫先府君行狀》，陳三立著，李開軍校點：《散原精舍詩文集》，上海古籍出版社2003，第856頁。

〔註132〕　陳三立：《皇授光祿大夫頭品頂戴賞戴花翎原任兵部侍郎都察院右副都御史湖南巡撫先府君行狀》，陳三立著，李開軍校點：《散原精舍詩文集》，上海古籍出版社2003，第856頁。

哉？〔註133〕

庚子前後數年間所歷事，予陳三立一生最大之打擊。家中迭遭變故：母親過世、自己大病幾死、與自己同齡之堂姐傷痛過度而卒、父親猝逝、子衡恪婦死、妻子俞氏又累病。而國家變法維新失敗，時政益非，外侮進犯，帝后奔逃。家已難家、國將不國，家國之痛相連糾結，深創劇痛莫過於此，讓其刻骨銘心永志難忘：「百憂千哀在家國，激蕩騷雅思荒淫。世言古之傷心者，士有懷抱寧異今」〔註134〕。陳三立後來在與老友廖樹蘅之信中言：「獨家與國相關、身與君同禍之故，實不無幽憤悲哀顛倒輾轉於其心」〔註135〕，其幽憂隱痛鬱結於心，終生無法釋懷。朝廷之腐朽無能已是有目共睹，積重難返之時局千瘡百孔，再無人可力挽狂瀾。傷心政事，心灰意冷之下，陳三立乃絕意仕進，肆力爲詩。「其幽憂鬱憤，與激昂磊落慷慨之情，無所發洩，則悉寄之於詩」〔註136〕。他想要超脫於時局外，以一種理性冷靜甚至漠然無望之眼光審視時局，從此袖手，然而卻常常抑制不住自己的一腔熱血繼續關注著國計民生、社會現實，心中縈繞不去的終究還是儒家士人對社稷蒼生的責任感。

八國聯軍侵佔北京，生靈塗炭，宗社家國面臨覆亡之虞。詩人義憤填膺、奮筆疾書：

九門白日照銅駝，烽火秦關慘澹過。廟社英靈應未泯，親賢夾輔定如何。早知指鹿爲災禍，轉見攀龍盡婥婀。恍惚道旁求豆粥，遺黎猶自泣恩波。

八海兵戈仍禹甸，四凶誅殛出虞廷。匹夫匹婦讎誰復，

〔註133〕 陳三立：《崝廬記》，陳三立著，李開軍校點：《散原精舍詩文集》，上海古籍出版社2003，第858～859頁。

〔註134〕 陳三立：《上元夜次申招坐小艇泛秦淮觀遊》，陳三立著，李開軍校點：《散原精舍詩文集》，上海古籍出版社2003，第5頁。

〔註135〕 陳三立：《與廖樹蘅書》，陳三立著，李開軍校點：《散原精舍詩文集》，上海古籍出版社2003，第1165頁。

〔註136〕 吳宗慈：《陳三立傳略》，陳三立著，李開軍校點：《散原精舍詩文集》附錄上，上海古籍出版社2003，第1196頁。

傾國傾城事已經。蟻穴河山他日淚，龍樓鐘鼓在天靈。愚
儒那有苞桑計，白髮疏燈一夢醒。〔註137〕

　　兵燹戰亂後的帝京殘破不堪，一派亡國景象。百姓慘遭荼毒，無
處呼告。危難之際，朝中卻無賢臣輔政。任由昏聵無能之人顛倒是非
黑白；統治者不察時局，爲一己私欲倉猝交戰。陷國家於危難、置百
姓於水火，最後卻以誅殺大臣來推卸責任，並不惜犧牲國家民族利益
來保全統治。自己空有一腔報效君國之心，卻無處施展，只能在暗夜
裏對疏燈獨傷懷。

　　日俄戰爭在中國的領土上爆發，腐朽無能的清政府宣布局外中
立。陳三立乃痛心疾首，憤懣不已：「滿紙如聞嗚咽辭，看看無語坐
銜悲。黃雲大海初來夢，白月高天自寫詩。已向蒿萊成後死，拼供刀
俎尚逃誰。癡兒只有傷春淚，日灑瀛寰十二時」〔註138〕。國勢衰頹
至此，列強在自己的國土上橫行無忌，清政府卻被迫無奈的宣布中
立。而那些顢頇無能的權貴們卻認爲日俄鷸蚌相爭，自己似可漁翁得
利。陳三立對這種自以爲得計的自欺欺人予以毫不留情的揭露：

萬怪浮鯨鱷，千門共虎狼。早成鼾臥榻，彌恐禍蕭
牆。舉國死灰色，流言縮地方。終教持鷸蚌，淚海一回
望。〔註139〕

逐臣吟付汕頭舶，歸使魂依足尾銅。抑塞襟期問杯酒，
蕭疏鬢影散檐風。恩仇新舊仍千變，合縱連橫已兩窮。孤
注不成成局外，可憐猶睌擲盧紅。〔註140〕

　　內外交困，強敵肆虐，瓜分豆剖，禍亂不已。無論誰勝誰負，對
中國而言都是恥辱，都意味著更大的災難。合縱也好連橫也罷，列強

〔註137〕　陳三立：《孟樂大令出示紀憤舊句和答》，陳三立著，李開軍校點：
　　　　　《散原精舍詩文集》，上海古籍出版社2003，第9頁。
〔註138〕　陳三立：《得熊季廉海上寄書言俄約警報用前韻》，陳三立著，李開
　　　　　軍校點：《散原精舍詩文集》，上海古籍出版社2003，第13頁。
〔註139〕　陳三立：《小除後二日聞俄日海戰已成作》，陳三立著，李開軍校點：
　　　　　《散原精舍詩文集》，上海古籍出版社2003，第96頁。
〔註140〕　陳三立：《近感六次前韻》，陳三立著，李開軍校點：《散原精舍詩
　　　　　文集》，上海古籍出版社2003，第95頁。

各國都是對中國狼子野心虎視眈眈的敵人。無論日俄勝負如何，最後飽受屈辱，受禍最烈的都還是中國。

「國憂家難正迷茫，氣絕聲嘶誰救療」〔註141〕，內憂外患之下，為維繫苟延殘喘的統治，清政府亦進行了預備立憲的新政改革：「爾時北亂逼京闕，西巡方下哀痛詔」〔註142〕。然而在「臣民悔禍露機緘，公卿陳言仍竊剽」〔註143〕的局面下，清王朝的統治已然是日落西山。一直在冷眼觀時局的陳三立，面對著這大廈將傾的局面，再也無法抑制內心深藏的憂慮與悲憤，奮作長篇以抒其憤懣失望之情：

> 紀年三十日已除，兒童鵝鴨相喧呼。高燭照筵雜羹餅，被酒突兀增長鬚。國家大事識一二，今夕何夕能追摹。西南寇盜累數載，出沒蹂躪驕負嵎。東盡黃海北嶺徼，蛟鯨搏噬豺虎趨。雌雄彼此迄未決，發祥郡縣頻見屠。群島萬醜益翮我，陰陽開合方齟齬。當今事勢豈不瞭，奈何餘氣同尸居。自頃五載號變法，鹵莽竊剽滋矯誣。中外拱手徇故事，朝暮三四給眾狙。任蒿作柱亦已矣，僵桃代李胡為乎。宏綱鉅目那訾省，限權立憲供揶揄。何況疲癃塞鈞軸，囁嚅洟泗別有圖。剜肉補瘡利眉睫，舉國顛倒從嬉娛。公然白日受賄賂，韓愈所憤猶區區。吾屬為虜任公等，神明之胄嗟淪胥。極念禹域數萬里，久擲身命憑鞭驅。朋興眾說有由致，欲掃歧異歸夷途。士民覆幕出至痛，地方自治營前模。事急即無萬一效，終揭此義開群愚。歲時胸肊結壘塊，今我不吐誠非夫。聞者慎勿嗤醉語，點滴淚血霑衣襦。〔註144〕

外侮頻仍、內憂迭生，而舉國顛倒不思進取。因循故事、敷衍成

〔註141〕 陳三立：《由靖廬寄陳芰潭》，陳三立著，李開軍校點：《散原精舍詩文集》，上海古籍出版社 2003，第 18 頁。

〔註142〕 陳三立：《由靖廬寄陳芰潭》，陳三立著，李開軍校點：《散原精舍詩文集》，上海古籍出版社 2003，第 18 頁。

〔註143〕 陳三立：《由靖廬寄陳芰潭》，陳三立著，李開軍校點：《散原精舍詩文集》，上海古籍出版社 2003，第 18 頁。

〔註144〕 陳三立：《除夕被酒奮筆書所感》，陳三立著，李開軍校點：《散原精舍詩文集》，上海古籍出版社 2003，第 148～149 頁。

習，朝政腐敗賄賂公行，當權者無關大局的修補措施如同剜肉補瘡根本無補於時。自己鬱塞已久的胸中壘塊在醉後悉數傾吐，卻被聞聽者笑爲醉語，淚血心痛亦只有自知而已。朝堂之上窳敗腐壞如斯，而朝堂之外民生疲敝，民間百姓早已處於水深火熱之中：「昨歲備枯旱，今歲困渺瀰。昨且急箕斂，今且刮骨髓。側聞苛告身，輸縉纇有泚。又聞款議成，糾取充賕賄。官家至是邪，瑣屑掛牙齒」〔註145〕。朝廷橫征暴斂、刮骨吸髓，根本不顧百姓的死活。對外償付列強的巨額賠款、對內窮奢極侈的巨大開銷，統統落到了普通百姓的身上。天災與人禍並行，民已不聊生。「造次省民艱，若疾痛在體」〔註146〕，百姓的疾苦如同自己身上之病痛，而自己卻無能爲力：「合眼風滔移枕上，撫膺家國逼燈前」〔註147〕，國憂民難思來心痛，詩人不由得輾轉反側深夜難眠。

　　時局每況愈下、動盪紛紜，陳三立清醒的意識到風雨飄搖之際，大廈將傾：「禍亂行將及，泉臺任更貧」〔註148〕；「世變大益急，何地寄微管」〔註149〕；「世變如逸馬，孰可挽奔橫」〔註150〕。而在這天崩地坼的巨變將至之際，卻是舉國顛倒，難有作爲。自己感受著末世悲風的洶湧，卻只能是「日日吟成危苦辭，更看花鳥亂余悲」〔註151〕。對於以儒家聖人之道、綱常倫理思想爲安身立命之本的士人而

〔註145〕 陳三立：《崝廬書所見》，陳三立著，李開軍校點：《散原精舍詩文集》，上海古籍出版社 2003，第 38 頁。

〔註146〕 陳三立：《崝廬書所見》，陳三立著，李開軍校點：《散原精舍詩文集》，上海古籍出版社 2003，第 38 頁。

〔註147〕 陳三立：《曉抵九江作》，陳三立著，李開軍校點：《散原精舍詩文集》，上海古籍出版社 2003，第 39 頁。

〔註148〕 陳三立：《哭羅郒峴》，陳三立著，李開軍校點：《散原精舍詩文集》，上海古籍出版社 2003，第 61 頁。

〔註149〕 陳三立：《立春後二日得寶華庵主人寄書賦酬》，陳三立著，李開軍校點：《散原精舍詩文集》，上海古籍出版社 2003，第 294 頁。

〔註150〕 陳三立：《江舟誦林琴南文編益慕其爲人因賦寄》，陳三立著，李開軍校點：《散原精舍詩文集》，上海古籍出版社 2003，第 298 頁。

〔註151〕 陳三立：《次韻答賓南並示義門》，陳三立著，李開軍校點：《散原精舍詩文集》，上海古籍出版社 2003，第 12 頁。

言，「家與國相關、身與君同禍」，個體與君國榮辱與共，休戚相關。
當振衰起弊維新圖強的努力終成一夢後，陳三立以孤憤之心危苦之
辭，審視著衰世弊政，責之切，憂之殷，皆因念之厚。無奈清王朝的
江山社稷已如病入膏肓之軀體，回天乏術。在理智與情感的矛盾中、
在失望與期望的交錯下，此時之陳三立彷彿感覺自己置身於無人之荒
野、獨自徘徊於天地間，仰望蒼穹之寥遠，更覺一己之渺小孤微，四
顧茫茫，縈繞心頭的只是無所適從的茫然，有心無力的悲哀。發之於
筆端的亦是無法抑制的「茫茫」之句：

> 今昔茫然身老大，獨移簾燭泣殘紅。〔註152〕
>
> 此意深微埃知者，若論新舊轉茫然。〔註153〕
>
> 抱關錄錄吟仍健，攬轡茫茫願已違。〔註154〕
>
> 搔鬢又驚紛饋歲，殘陽斷角立茫茫。〔註155〕
>
> 魂夢十年迷玉笛，茫茫開眼此淹留。〔註156〕
>
> 孤負花時數舉觴，歸來殘歲對茫茫。〔註157〕

而這種悲苦孤微的茫茫之感，於崝廬展墓之時最為強烈。只有在
父母墳前，陳三立之幽憂隱痛才會毫無顧忌的盡情抒發宣洩，才更會
有一種強烈的「孤兒」之感。

> 昏昏取舊途，惘惘穿荒徑。扶服崝廬中，氣結淚已凝。
>
> 歲時鬩踽地，空棺了不剩。猶疑夢恍惚，父臥辭視聽。兒

〔註152〕 陳三立：《春夜觀兒童紙燈戲遊作》，陳三立著，李開軍校點：《散
原精舍詩文集》，上海古籍出版社 2003，第 1～2 頁。

〔註153〕 陳三立：《衡兒就滬學須過其外舅肯堂君通州率寫一詩令持呈代
柬》，陳三立著，李開軍校點：《散原精舍詩文集》，上海古籍出版
社 2003，第 8 頁。

〔註154〕 陳三立：《入西山崝廬次韻酬夢湘枉贈二首》，陳三立著，李開軍校
點：《散原精舍詩文集》，上海古籍出版社 2003，第 82 頁。

〔註155〕 陳三立：《除日柬季詞》，陳三立著，李開軍校點：《散原精舍詩文
集》，上海古籍出版社 2003，第 148 頁。

〔註156〕 陳三立：《由九江之武昌夜半轟郵亭待船不至》，陳三立著，李開軍
校點：《散原精舍詩文集》，上海古籍出版社 2003，第 161 頁。

〔註157〕 陳三立：《圜望》，陳三立著，李開軍校點：《散原精舍詩文集》，上
海古籍出版社 2003，第 176 頁。

來撼父床，萬呼不一應。起視讀書幃，蛛網燈相映。庭除
跡荒蕪，顛倒盤與甑。嗚呼父何之，兒罪等梟獍。終天作
孤兒，鬼神下為證。

駕屋為層樓，可以望西山。咫尺吾母墓，山勢與迴環。
龍鸞自天翔，象豹列斑斑。靈氣散光采，機牙森九關。其
上蕭仙峰，形態高且嫻。雨如戴笠翁，妍晴立妖鬟。雲霞
繚繞之，光翠迴面顏。父顧而樂此，日夕哦其間。渺然遺
萬物，浩蕩遂不還。今來倚闌干，惟有淚點斑。

牆竹十數竿，雜桃李杏梅。牡丹紅蹲蹲，胥父所手栽。
池蓮夏可花，棠梨爛漫開。父在琉璃窗，頷唾自徘徊。有
時群松影，倒翠連古槐。二鶴毿毿舞，鳴雜漫驚猜。其一
羽化去，瘞之黃土堆。父為書冢碣，為詩弔蒿萊。天乎兆
不祥，微鳥生禍胎。愴恨昨日事，萬恨誰能裁。

哀哉祭掃時，上吾父母冢。兒拜攜酒漿，但有血淚湧。
去歲逢寒食，諸孫到邱壟。父尚健視履，扶攜迭抱擁。山
花為插頭，野徑逐洶洶。墓門騎石獅，幼者尤捷勇。吾父
睨之笑，謂若小雞誅。驚飆吹幾何，宿草同蓊茸。有兒亦
贅耳，來去不旋踵。

憶從葬母辰，父為落一齒。包裹置壙左，預示同穴指。
埋石鐫短章，洞豁生死理。孰意飽看山，隔歲長已矣。平
生報國心，只以來訾毀。稱量遂一施，堂堂待惇史。維彼
誇奪徒，浸淫壞天紀。唐突蛟蛇宮，陸沉不移晷。朝夕履
霜占，九幽益痛此。兒今迫禍變，苟活蒙愧恥。顛倒明發
情，蹣跚山川美。百哀咽松聲，魂氣迷尺咫。〔註158〕

聲聲哀述，血淚俱下。錐心之痛，憾人心魄。這種撕心裂肺、無
所依託的感覺刻骨銘心，每每於陳三立歸崝廬祭拜掃墓之時便會不可
遏止的噴湧而發，使其淹沒於巨大的傷痛之中無以自拔。嚴親已逝，
家已難家；時事日非，國將不國，而自己只是遊走於天地間一個悲苦

〔註158〕　陳三立：《崝廬述哀詩五首》，陳三立著，李開軍校點：《散原精舍
詩文集》，上海古籍出版社2003，第16～17頁。

無依的「孤兒」：

> 終天作孤兒，鬼神下爲證。〔註159〕

> 壁色滿斜陽，照照孤兒泣。〔註160〕

> 孤兒猶認啼鵑路，早晚西山萬念存。〔註161〕

> 雜花時節春風滿，重到孤兒是路人。〔註162〕

> 坐待村春破荒寄，魂翻眼倒此孤兒。〔註163〕

> 孤兒瞠視眩今昔，掩藹酸涕增汍瀾。〔註164〕

> 明滅簷牙掛網絲，眼花頭白一孤兒。〔註165〕

> 群山遮我更無言，蒢蒢孤兒一片魂。〔註166〕

時局日壞一日，陳三立在灰心失望中也日益憂慮不安：「癡兒謬託桑榆計，種樹書成酒椀空」〔註167〕；「世患令人老，一生餘幾哭」〔註168〕。那種溢於言表、情不自禁的呼天泣血之痛亦漸漸默藏心底，獨對廬冢，與天地山川草木融爲一體，冥然相接，寤寐不忘的家國之思益發的深沉濃鬱：「國家許大事，長跽難具陳。端傷幽獨懷，千山

〔註159〕 陳三立：《崝廬述哀詩五首》，陳三立著，李開軍校點：《散原精舍詩文集》，上海古籍出版社2003，第16頁。

〔註160〕 陳三立：《壬寅長至抵崝廬謁墓》，陳三立著，李開軍校點：《散原精舍詩文集》，上海古籍出版社2003，第55頁。

〔註161〕 陳三立：《返西山墓廬將過匡山賦別》，陳三立著，李開軍校點：《散原精舍詩文集》，上海古籍出版社2003，第35頁。

〔註162〕 陳三立：《清明日墓上》，陳三立著，李開軍校點：《散原精舍詩文集》，上海古籍出版社2003，第65頁。

〔註163〕 陳三立：《崝廬雨夜》，陳三立著，李開軍校點：《散原精舍詩文集》，上海古籍出版社2003，第66頁。

〔註164〕 陳三立：《崝廬牆下所植花盡開甚盛歎成詠》，陳三立著，李開軍校點：《散原精舍詩文集》，上海古籍出版社2003，第112頁。

〔註165〕 陳三立：《廬夜漫興》，陳三立著，李開軍校點：《散原精舍詩文集》，上海古籍出版社2003，第142頁。

〔註166〕 陳三立：《雨中去西山二十里至望城岡》，陳三立著，李開軍校點：《散原精舍詩文集》，上海古籍出版社2003，第143頁。

〔註167〕 陳三立：《崝廬樓夜》，陳三立著，李開軍校點：《散原精舍詩文集》，上海古籍出版社2003，第71頁。

〔註168〕 陳三立：《墓上》，陳三立著，李開軍校點：《散原精舍詩文集》，上海古籍出版社2003，第226頁。

與嶙峋」〔註 169〕。父親忠勤國事、畢生以君國爲念，而時局動盪不休、國家禍變不已，慘酷之狀令人鬱憤，實難有絲毫令人振奮之消息告慰父親在天之靈。遠望千山，只有獨自傷懷。

光緒三十年（1904），因慈禧七十壽辰之故，戊戌黨禍之中除康有爲、梁啓超外，其他諸人皆得開復。復職對陳三立而言，已經沒有多少意義，唯一感到安慰的倒是父親陳寶箴的開復原銜。自己「忍死苟活，蓋有所待」〔註 170〕，雖不能目睹期盼中朝政的煥然一新，但在有生之年能夠等到洗脫父親「濫保匪人」之罪名，也是爲人子應盡之本分，多少可以減輕自己內心對父親的歉疚之情。

「世界皆若漠然者，蓋無一豪精神動人之心，作人之氣，故無論如何只覺有死氣而無生機耳」〔註 171〕，時政雖讓陳三立如此失望，以致心灰意冷不復仕進。但報君國、圖富強乃陳氏父子兩代人一生志意所在，陳三立雖覺王朝之崩潰寢壞已是勢所難免，但未至最後之覆亡，心中總存有殘餘之希望：「老眼還期然死灰，摩挲斜日下樓臺」〔註 172〕；「自知舞袖今無地，微覺神州尙有人」〔註 173〕。

陳三立素來主張採西學之長以融會中西新舊：「務張泰西之美，而痛中國之所由敝。以爲富強自立之術，宜教育人材，師夷所長，去拘墟之見，除錮蔽之習」〔註 174〕。維新變法失敗後，陳三立對以從

〔註 169〕　陳三立：《壬寅長至抵靖廬謁墓》，陳三立著，李開軍校點：《散原精舍詩文集》，上海古籍出版社 2003，第 55 頁。

〔註 170〕　陳三立：《皇授光祿大夫頭品頂戴賞戴花翎原任兵部侍郎都察院右副都御史湖南巡撫先府君行狀》，陳三立著，李開軍校點：《散原精舍詩文集》，上海古籍出版社 2003，第 857 頁。

〔註 171〕　陳三立：《與汪康年書》，陳三立著，李開軍校點：《散原精舍詩文集》，上海古籍出版社 2003，第 1182 頁。

〔註 172〕　陳三立：《和恪士登樓感憤之作》，陳三立著，李開軍校點：《散原精舍詩文集》，上海古籍出版社 2003，第 221 頁。

〔註 173〕　陳三立：《亞蓬旋返京師有枉贈之作依韻奉和》，陳三立著，李開軍校點：《散原精舍詩文集》，上海古籍出版社 2003，第 219 頁。

〔註 174〕　陳三立：《羅正誼傳》，陳三立著，李開軍校點：《散原精舍詩文集》，上海古籍出版社 2003，第 777 頁。

政入仕之途徑來改革弊政已然不抱希望。但他還是積極的吸收西方社會、政治、教育等諸多思想以爲借鑒，希圖有補於時。他在研讀嚴復譯著後有感而發：「吾國奮三古，綱紀匪狡獪。侵尋狃糟粕，滋覺世議隘。夭閼縛制之，視息偷以憖。卓彼穆勒說，傾海挈眾派。砭儒而發蒙，爲我斧天械。又無過物憂，繩矩極顯戒。萌芽新道德，取足持善敗……」〔註175〕，希望通過西方資產階級啓蒙思想的傳播起到對國人砭儒發蒙之作用。並對吸收西方先進的教育思想，以培育人才移風易俗寄予重望：「四海學校昌，教育在釐正……陶鑄堯舜誰，多算有借鏡……起死海外方，撫汝支那病」〔註176〕。他在家設立中西結合的私塾學堂，又送隆恪、寅恪二子赴日留學，「裹糧莽蒼欲何之，手挈兒郎學四夷」〔註177〕；還對女子接受新式教育予以讚賞和鼓勵：「家庭教育談何善，頓喜萌芽到女權」〔註178〕；「安得神州興女學，文明世紀汝先聲」〔註179〕。

「天窮地變必有待，請聽慘惻啼湘娥，世界健者知誰何」〔註180〕，在這種依然「有待」的期望之中，陳三立也曾參與了家鄉南潯鐵路的修建事宜，築路之事頭緒繁多、阻力重重，諸多問題讓陳三立深感「煩苦萬端，無從收拾」〔註181〕。加之「鄉之人以非隸於官，

〔註175〕 陳三立：《讀侯官嚴復氏所譯英儒穆勒約翰群幾權界論偶題》，陳三立著，李開軍校點：《散原精舍詩文集》，上海古籍出版社 2003，第 83 頁。

〔註176〕 陳三立：《日本嘉納治五郎以考察中國學務來江南既宴集陸師學堂感而有贈》，陳三立著，李開軍校點：《散原精舍詩文集》，上海古籍出版社 2003，第 51～52 頁。

〔註177〕 《送饒石頑監督出遊大西洋諸國》，陳三立著，李開軍校點：《散原精舍詩文集》，上海古籍出版社 2003，第 138 頁。

〔註178〕 陳三立：《題寄南昌二女士》，陳三立著，李開軍校點：《散原精舍詩文集》，上海古籍出版社 2003，第 87 頁。

〔註179〕 陳三立：《視女嬰入塾戲爲二絕句》，陳三立著，李開軍校點：《散原精舍詩文集》，上海古籍出版社 2003，第 8 頁。

〔註180〕 陳三立：《次韻答王義門內翰枉贈一首》，陳三立著，李開軍校點：《散原精舍詩文集》，上海古籍出版社 2003，第 9～10 頁。

〔註181〕 陳三立：《致汪康年書》（十九），見上海圖書館編：《汪康年師友箚》

眾可自便，要權利、私干朋、挾無紀，不獲則造作訕謗、拒投資者，牽制排撓，使即於敗」〔註182〕，南潯鐵路之修建終至無成。為一己私利牽制、阻撓、謠諑中傷之惡習，素為陳三立所厭棄，更與其如赤子般之性情相左，經此一事，陳三立殘存的用世之心幾乎耗盡。此後無論是疆吏之保薦，還是朝廷之徵召，他都堅辭不就。甚至對其時名流士紳皆附和的立憲運動也態度淡然，日與友朋詩酒唱和為娛。陳三立雖想不問世事、獨善其身，然「四海都成蟋蟀盆」〔註183〕的時勢，讓他無法置身事外：「問道成孤往，憂天覺漸非」；「恍惚巢由亦憂國，道旁癭木眞吾師」〔註184〕。吟風弄月、詩酒流連的背後隱藏的是對時局無以復加的失望與焦灼，是洞悉大變將來、陸沉即至的憂懼與悲哀：「斯文將喪吾滋懼，微命相依世豈知」〔註185〕；「陸沉幾槧更何辭，剩有人間澈骨悲」〔註186〕。親身經歷最後一個封建王朝的滅亡、親眼目睹著歷史劃時代的巨變，陳三立那曾經慷慨激昂、轟轟烈烈的變革圖強夢終成歷史陳跡。往事只如過眼雲煙，徒留無限的欷歔感慨……

　　庚子事變後，陳三立始肆力為詩，其詩學韓愈、黃庭堅，猶致力於山谷。嘗自言「吾生恨晚生千歲，不與蘇黃熟子游」〔註187〕，並

第二冊，上海古籍出版社 1986，第 1987 頁。
〔註182〕陳三立《清故太子少保銜江寧布政使護理總督李公墓誌銘》，陳三立著，李開軍校點：《散原精舍詩文集》，上海古籍出版社 2003，第 892 頁。
〔註183〕陳三立：《乘電車訪實甫寄廬》，陳三立著，李開軍校點：《散原精舍詩文集》，上海古籍出版社 2003，第 321 頁。
〔註184〕陳三立：《三月廿六日渡江入西山作》，陳三立著，李開軍校點：《散原精舍詩文集》，上海古籍出版社 2003，第 309 頁。
〔註185〕陳三立：《正月二十二日通州南郭外會送肯堂葬》，陳三立著，李開軍校點：《散原精舍詩文集》，上海古籍出版社 2003，第 157 頁。
〔註186〕陳三立：《次韻再答義門》，陳三立著，李開軍校點：《散原精舍詩文集》，上海古籍出版社 2003，第 10 頁。
〔註187〕陳三立：《肯堂為我錄其甲午客天津中秋玩月之作誦之歎絕蘇黃而下無此奇矣用前韻奉報》，陳三立著，李開軍校點：《散原精舍詩文集》，上海古籍出版社 2003，第 51 頁。

評黃詩乃「鑱刻造化手，初不用意爲」〔註 188〕。詩作之中也多有表現對黃山谷仰慕之情的詩句。陳三立論詩主自樹立、不因循、出新意，其曾言：「務約旨斂氣，洗汰常語，一歸於新雋密栗，綜貫故實，色彩豐縟，中藏餘味孤韻，別成其體，誠有如退之所謂能自樹立不因循者也」〔註 189〕。認爲作詩最忌人云亦云、缺乏新意：「末流作者沿宗派，最忌人云我亦云」〔註 190〕。故其爲詩「避俗避熟，力求生澀」〔註 191〕，「不肯作一習見語」〔註 192〕。陳三立繼承黃山谷「奪胎換骨」、「削鐵成金」之精神，力求「以人工造天巧」〔註 193〕。其詩寫常人不寫之景、狀常人難摹之物，多用冷僻新奇生澀瘦硬之意象，觀察細緻、描寫入微，鍛字鍊句出人意表。新奇警怪、冷僻生澀之意象比比皆是：

> 鴉銜缺月在簷端，醜石疏枝負手看。〔註 194〕
> 蟲齧萬松成禿鬢，鼠窺孤缽剩零餐。〔註 195〕
> 料過戰地三宿崖，狐鼠遮藏蝙蝠瞻。〔註 196〕
> 窺尋蝠糞污鼠糧，蘚苔蝕字頑香凍。〔註 197〕

〔註 188〕 陳三立：《漫題豫章四賢像拓本》，陳三立著，李開軍校點：《散原精舍詩文集》，上海古籍出版社 2003，第 119 頁。

〔註 189〕 陳三立：《顏印伯詩集序》，陳三立著，李開軍校點：《散原精舍詩文集》，上海古籍出版社 2003，第 1091 頁。

〔註 190〕 陳三立：《次和伯夔生日自壽專言文事以祝之》，陳三立著，李開軍校點：《散原精舍詩文集》，上海古籍出版社 2003，第 660 頁。

〔註 191〕 陳衍撰：《石遺室詩話》，卷十四，張寅彭、戴建國校點：《民國詩話叢編》本，上海書店出版社 2002，第 204 頁。

〔註 192〕 陳衍輯：《近代詩鈔·陳三立》，商務印書館 1923 鉛印本，第 984 頁。

〔註 193〕 馬亞中師著：《中國近代詩歌史》，臺灣學生書局 1992，第 384 頁。

〔註 194〕 陳三立：《立春夕對月》，陳三立著，李開軍校點：《散原精舍詩文集》，上海古籍出版社 2003，第 93 頁。

〔註 195〕 陳三立：《宿峭盧夜作》，陳三立著，李開軍校點：《散原精舍詩文集》，上海古籍出版社 2003，第 182 頁。

〔註 196〕 陳三立：《廿九日賞雪被酒乾彝過訪值醉臥遂去登下關酒樓疊韻謝之》，陳三立著，李開軍校點：《散原精舍詩文集》，上海古籍出版社 2003，第 285 頁。

〔註 197〕 陳三立：《遊三宿歸飲瞻園次和樊山午詒》，陳三立著，李開軍校點：《散原精舍詩文集》，上海古籍出版社 2003，第 292 頁。

凍鴟縮觜蹲髡枝，瘦犬屈腳臥缺堵。〔註198〕
篷底蜘蛛意絕癡，緣蒿偎槳已多時。〔註199〕
手捫蟻虱聽車過，目笑蛟鼉據海尊。〔註200〕
老藤僵壁蛇留蛻，餘粒拋泥鵲覓糧。〔註201〕

　　陳衍對陳三立之詩頗有微詞，嘗言：「陳散原詩，予所不喜。凡詩必須使人讀得、懂得，方能傳得。散原之作，數十年後恐尠過問者。早作尚有沉鬱孤憤一段意思，而千篇一律，亦自可厭。近作稍平易，蓋老去才退，並艱深亦不能爲矣。爲散原體者，有一捷徑，所謂避熟避俗是也。言草木不日柳暗花明，而日花高柳大；言鳥不言紫燕黃鶯，而日烏鴉鴟梟；言獸切忌虎豹熊羆，並馬牛亦說不得，只好請教犬豕耳」〔註202〕。由於「同光體」內部詩學取徑的差異，陳衍對陳三立的批評不無刻薄之處，但卻非常形象的指出了陳三立詩歌之鮮明特徵。《散原精舍詩》中頻頻出現諸如昏鴉、饑鼠、凍鴟、瘦犬、蜘蛛、蟻虱；酸風、禿楊、疏枝、暗柳、敗蕉、壞椽、枯幾、冷竹、丑石等等意象，營造出一派奇詭冷硬、荒寒蕭索之境。由此既可見出詩人冥搜枯腸、戞戞獨造，一力脫浮俗、棄凡近，不用陳言，以故爲新之詩學追求，亦透露出末世悲風之下其心境之冷寂淒涼。

　　陳三立滿腔熱血投身變革，卻中道遇挫，父子皆遭罷黜。生逢末世，有心報國無力回天，眼看著清王朝大勢已去卻無法匡時救世。家國之痛鬱結於心無法開釋，一出之以詩。在儒家入世思想主導下，士人們胸懷社稷蒼生，渴望上報君國下濟黎庶，建功立業一展抱負。

〔註198〕　陳三立：《大雪酒集桃園水榭疊前韻》，陳三立著，李開軍校點：《散原精舍詩文集》，上海古籍出版社2003，第290頁。
〔註199〕　陳三立：《詠篷底蜘蛛》，陳三立著，李開軍校點：《散原精舍詩文集》，上海古籍出版社2003，第89頁。
〔註200〕　陳三立：《重伯自京師至金陵相見題贈次句》，陳三立著，李開軍校點：《散原精舍詩文集》，上海古籍出版社2003，第129頁。
〔註201〕　陳三立：《園望》，陳三立著，李開軍校點：《散原精舍詩文集》，上海古籍出版社2003，第176頁。
〔註202〕　錢鍾書著：《錢鍾書集‧石語》，三聯書店2002，第479～480頁。

無奈宦海總是生波、挫折打擊常有。士人們仕途蹭蹬，志業不遂的故事古往今來屢見不鮮，陳三立仰慕師法的韓愈、黃庭堅莫不如此。韓愈諫迎佛骨幾至喪命，遠貶潮州；黃庭堅受元祐黨禍牽連，以修神宗實錄不實被貶涪陵。貶謫之人在政治上無所作為，心中幽憂鬱憤之情無以排解，遂以詩文自遣自娛。詩作之風格特色亦與個人秉性氣質緊密相關，韓愈個性宏通堅毅、不以榮悴為意，其為詩莽蒼排奡、氣魄宏大、硬語盤空、險怪奇崛，雖務去陳言、標奇立異，卻不失雄奇闊大之境；黃庭堅受黨禍之累，一生困守下僚鬱鬱不得志，汲汲於一己遭際乃至抑鬱而終。其為詩苦心孤詣、獨出心裁，遣詞造句、取材用典皆刻意求奇，為拗句、險韻、僻典，「寧律不偕，而不使句弱；用字不工，不使語俗」，開宗創派，為後世所師法。韓、黃詩歌藝術上的這種不襲蹈前人，力闢蹊徑之追求，從其黯淡失意之心境、堅執一端之個性而論，亦未嘗不是一種非如此無以化解胸中鬱積不散之幽怨憤懣之氣的方式。讀其詩，知其人，陳三立之師法韓、黃，除卻詩歌藝術上皆欲獨出己意，求奇尚硬的共同之處外，彼此之坎坷遭際、傷心懷抱乃至個性氣質，千百載之下或亦有會心契合之處。

第三節 「天地精神自來往，江湖意興莽蕭疏」〔註203〕 ——任世囂囂與我周旋的守己時期

滅亡早已是意料中事，然而以花甲之年親歷亡國之變，眼睜睜看著曾經為之嘔心瀝血、竭盡全力的君國大業一朝崩坼，情感上終究是無法接受這「鼇柱傾折鴻濛破」〔註204〕的事實。「休將亡國淚，

〔註203〕陳三立：《寄姚叔節》，陳三立著，李開軍校點：《散原精舍詩文集》，上海古籍出版社2003，第117頁。

〔註204〕陳三立：《誦趙堯生胡鐵華楊昀谷夏映廠唱酬之作次韻書其後》，陳三立著，李開軍校點：《散原精舍詩文集》，上海古籍出版社2003，第328頁。

留擬別宮娥」〔註205〕；「此厄古未有，萬劫互尋覓」〔註206〕。昔日強敵兵臨城下、南唐後主屈辱出降，倉皇辭宗廟、垂淚對宮娥；而今同樣是宗社傾覆、亡國之變，情勢卻是古所未有，惡劣百倍。亡國之人「只應受弔不受賀」〔註207〕，對於素持「家與國相關、身與君同禍」信念的陳三立而言，君國覆亡，自己理當忠於前朝以盡臣子本分。當大多數人已經順應時勢的時候，他卻不假思索的選擇以遺民終世，甚至繼續留著其時象徵著頑固、保守、不合時宜的辮髮。鄭孝胥曾在其日記中記載：「陳伯嚴來談。陳猶辮髮，嘗至張園，有革黨欲強剪之；伯嚴斥曰：『必致若於捕房，囚半年乃釋！』其人逡巡逸去」〔註208〕。

民國肇興，以民主共和取代君主專制，開創了中國歷史的新紀元，卻並未能如很多人期望的那樣立致太平，反而是「異人驕子滿宇宙，瞠目咋舌成囁嚅。稼苗蹂踐豺虎過，煙火慘澹雞犬屠」〔註209〕。武人爭權奪利，連年戰亂不休。生靈塗炭、哀鴻遍野，時局更加混亂。避亂於滬上的陳三立每每回到金陵家中，眼前出現的總是兵燹過後的殘破亂離景象：

> 鍾山親我顏，鬱怒如不平。青溪繞我足，猶作嗚咽聲。
> 前年恣殺戮，屍橫山下城。婦孺蹈藉死，填委溪水盈。誰
> 云風景佳，慘澹弄陰晴。簷底半畝園，界畫同棋枰。指點

〔註205〕 陳三立：《晚過恪士園亭看海棠》，陳三立著，李開軍校點：《散原精舍詩文集》，上海古籍出版社2003，第358頁。

〔註206〕 陳三立：《與乙庵寓樓值汪鷗客出示所寫山居園長卷遂以相餉余與乙庵各綴句記之》，陳三立著，李開軍校點：《散原精舍詩文集》，上海古籍出版社2003，第326頁。

〔註207〕 陳三立：《誦趙堯生胡鐵華楊昀谷夏映庵廠唱酬之作次韻書其後》，陳三立著，李開軍校點：《散原精舍詩文集》，上海古籍出版社2003，第328頁。

〔註208〕 中國國家博物館編，勞祖德整理：《鄭孝胥日記》第三冊，中華書局1993，第1417頁。

〔註209〕 陳三立：《古微同年歸鶴圖》，陳三立著，李開軍校點：《散原精舍詩文集》，上海古籍出版社2003，第336頁。

女牆角，鄰子戕驕兵。買菜忤一語，白刃耀柴荊。側眄素髮母，挈嬰哀哭並。叱吒卒不顧，土赤血崩傾。夜樓或來看，月黑燐螢螢。〔註210〕

——《由滬還金陵散原別墅雜詩》1913年春

塞向耿燈火，六尺繩床平。合眼森戈戟，始念屍縱橫。野心極反覆，肉飛天保城。困獸突屢伏，圍獵萬鼓鳴。陷敗卒自脫，宛轉啼孤煢。萬室洗蕩盡，誰問死與生。官兵不如賊，道州矢精誠。一枕心語口，顛倒以屏營。〔註211〕

——《留別散原別墅雜詩》1913年冬

金陵兵戈後，凋瘵屍拊循。流亡暫得歸，猶自連聲呻。醯鹽買長市，但見邏騎陳。奸偷足破寂，益使驚四鄰。誰更慮旱潦，丁此生不辰。日狃牛毛令，割剝垂死鱗。新猷匪吾事，顧趾同所親。坐視供搏弄，遑云風俗醇。霜飆互萬里，換取鼻酸辛。〔註212〕

——《留別墅遣懷》1914年冬

作為一個深受儒家憂國憂民思想影響的士人，這種動盪不寧、民不聊生的亂離局面始終讓陳三立感到揪心。憫時傷亂之餘，他亦思考著這種局面出現的原因所在，他在給內兄俞明震之詩集作序時說：

余嘗以為辛亥之亂興，絕義紐，沸禹甸，天維人紀寢以壞滅，兼兵戰連歲不定，劫殺焚蕩烈於率獸。農廢於野，賈輟於市，骸骨崇邱山，流血成江河，寡妻孤子酸呻號泣之聲，達萬里，其稍稍獲償而荷其賜者，獨有海濱流人遺老，成就賦詩數卷耳。窮無所復之，舉冤苦煩毒憤痛畢宣

〔註210〕 陳三立：《由滬還金陵散原別墅雜詩》，陳三立著，李開軍校點：《散原精舍詩文集》，上海古籍出版社2003，第356頁。

〔註211〕 陳三立：《留別散原別墅雜詩》，陳三立著，李開軍校點：《散原精舍詩文集》，上海古籍出版社2003，第389頁。

〔註212〕 陳三立：《留別墅遣懷》，陳三立著，李開軍校點：《散原精舍詩文集》，上海古籍出版社2003，第435頁。

於詩，固宜彌工而寢盛。〔註213〕

在陳三立看來，正是由於辛亥革命的發生才引起了一切的動亂災難。而辛亥革命之所以爆發，亦是由清王朝內外交困，沉痾日久而當權者又顢頇無能，未能早作綢繆所致：

> 竊維國家興廢存亡之數，有其漸焉，非一朝夕之故也。有其幾焉，謹而持之，審慎而操縱之，猶可轉危而為安，銷禍萌而維國是也。吾國自光緒甲午之戰畢，始稍言變法，當時昧於天下之大勢，怙其私臆激蕩弛驟，愛憎反覆，迄於無效，且召大釁，窮無復之。遂益採囂陵之說，用矯誣之術，以塗飾海內外耳目。於人才風俗之本，先後緩急之程，一不關其慮。而節鉞重臣號為負時望預國聞者，亦復奮舌摩掌，揚其瀾而張其焰，由狗下上狂逞之人心，翹然以自異。於是人紀之防墮，滔天之象成，而大命隨之矣。是故今日禍變之極，肇端雖不一轍，而由於高位厚祿士大夫不過其漸，不審其幾，揣摩求合，無特立之節，蓋十而六七也。豈不痛哉」〔註214〕。

甲午戰敗後舉國倡言變法，本來尚有轉危為安「銷禍萌」、「維國是」的機遇，卻由於部分士人言論激進，躁進冒行而導致維新失敗。八國聯軍侵華後形勢愈加險惡，而在上位者外託忠義、內懷私欲，虛矯以蒙世人，全無救國治本之良策。遂使道德人心敗壞至不可收拾，變亂之象終成。對於清王朝的覆亡，陳三立固然是痛心疾首，但他亦深知一國之興廢存亡乃是數十百年日積月累的過程，非一朝一夕所能造成。清王朝積弊已久、亂象叢生，傾覆亦是大勢所趨。一家一姓之興衰榮辱在數千年未有之變局中，已經無足輕重。君已非君、國已不國，在民主共和的大背景之下，順應時勢，革故鼎新亦無可厚非。對於早已厭棄政治的陳三立來說，無論是袁世凱的稱帝醜劇還是北洋軍

〔註213〕 陳三立：《觚庵詩集序》，陳三立著，李開軍校點：《散原精舍詩文集》，上海古籍出版社2003，第943頁。

〔註214〕 陳三立：《庸庵尚書奏議序》，陳三立著，李開軍校點：《散原精舍詩文集》，上海古籍出版社2003，第885頁。

閥的相互爭戰，都只不過是一場爭權奪利的鬧劇：「從來崩坼成兒戲，贏得荒唐寫客愁」〔註215〕。他更爲憂心的到是支撐世道人心的儒家思想價值觀念的式微：「坐令神器改，聖法隨顛覆」〔註216〕。在陳三立看來正是由於聖人之道的顛覆失落才致使「邪詖交熾，陷溺人心」〔註217〕，才導致了亙古未有之大患。

「世改天地閉，喪亂延歲紀。海隅聚流人，呴濡保暮齒。劫罅依夕社，寫憂破塊壘」〔註218〕。鼎革之後，陳三立與樊增祥、瞿鴻禨、沈曾植、繆荃孫、梁鼎芬、沈瑜慶、吳慶坻、吳士鑒、林開謩、王仁東、周樹模、左紹佐等一干海濱流人結成超社，定期雅集。共抒故國之思、鄉關之念。諸遺老往來唱和、互相安慰亦以道義風節相砥礪：「生逢堯舜爲何世，微覺夷齊更有山」〔註219〕。在這種「痛定感舊摹氣類，圖聚蝸角開煩襟」〔註220〕的文酒之會中，陳三立也頗想寄情詩酒、忘懷世事：「余衰忝託淵明裏，自笑空撫無弦琴。杯酒顏酡騁談謔，餘生一樂千黃金」〔註221〕，奈何深重的亡國之痛、黍離之悲，固結於心，終難散去。即使強自放達，再怎麼「截句索

〔註215〕陳三立：《次和倦知翁近感》，陳三立著，李開軍校點：《散原精舍詩文集》，上海古籍出版社2003，第632頁。

〔註216〕陳三立：《潛樓讀書圖題寄幼云》，陳三立著，李開軍校點：《散原精舍詩文集》，上海古籍出版社2003，第330頁。

〔註217〕陳三立：《桐城馬君墓誌銘》，陳三立著，李開軍校點：《散原精舍詩文集》，上海古籍出版社2003，第1073頁。

〔註218〕陳三立：《哭蒿叟》，陳三立著，李開軍校點：《散原精舍詩文集》，上海古籍出版社2003，第673頁。

〔註219〕陳三立：《無題》，陳三立著，李開軍校點：《散原精舍詩文集》，上海古籍出版社2003，第320頁。

〔註220〕陳三立：《六月二日徐園雅集爲馮蒿庵姚菊坡吳補松沈子封陳庸庵曹耕蓀蘇靜階諸公及余凡八人皆光緒丙戌進士榜同年也庸庵尚書有詩紀事次韻和酬》，陳三立著，李開軍校點：《散原精舍詩文集》，上海古籍出版社2003，第373頁。

〔註221〕陳三立：《六月二日徐園雅集爲馮蒿庵姚菊坡吳補松沈子封陳庸庵曹耕蓀蘇靜階諸公及余凡八人皆光緒丙戌進士榜同年也庸庵尚書有詩紀事次韻和酬》，陳三立著，李開軍校點：《散原精舍詩文集》，上海古籍出版社2003，第373頁。

紙自裁剪」〔註222〕、「剩結素心遣文酒」〔註223〕，字裏行間透露出來的依然是變徵酸楚之音、家國茫茫之感，而且是「極天懸寸恨，風雷不能散」〔註224〕。每每朋儕唱和、酒闌人散之後，自己也只是獨自傷懷：「醉飽摩腹仰天歎」〔註225〕，「只留惘惘在燈前」〔註226〕。

可即使是這種流寓海上、苟活偷歡的日子也經常被隆隆的炮火打斷，袁世凱的倒行逆施，激起革命黨人討袁的「二次革命」，上海亦成爲戰地。其時陳三立恰往遊西湖，歸滬之後，充斥滿眼的又是戰亂後滿目瘡痍的景象：「往臥西湖卻炎暑，日看荷風送飛雨。水光山氣銷樓欄，微傳海畔轟鼙鼓。歸來輦道尋戰跡，野燒血腥雜塵土。賣漿市屋一椽無，入門旅篋拾殘礎。徐出訪舊失顏色，指點流彈突豺虎。秋高日霽兵火稀，破碎吟魂懸幾縷……」〔註227〕，只是苟活於亂世的亡國之人，面對這種兵火連天的局面，空有匡時濟民之願望卻無能爲力：「吾黨掌無吹毛刃，坐令瘡痍吭獷獃」〔註228〕；悲慨之餘，亦只能歎息自己「於國於家成棄物，爲人爲鬼一吟樓」〔註229〕。

〔註222〕陳三立：《九日惠中番館五層樓登高集者藝風樊山補松乙厂止菴濤園子琴黃樓栘及余凡十許人》，陳三立著，李開軍校點：《散原精舍詩文集》，上海古籍出版社2003，第420～421頁。

〔註223〕陳三立：《將別山廬有憶瞿相國往與相國過裏上冢同時發滬瀆且約同還期冀獲遇於江舟云》，陳三立著，李開軍校點：《散原精舍詩文集》，上海古籍出版社2003，第457頁。

〔註224〕陳三立：《別墅閒居寄懷陳仁先李道士》，陳三立著，李開軍校點：《散原精舍詩文集》，上海古籍出版社2003，第471頁。

〔註225〕陳三立：《超社第十二集止菴相國招飲桃源隱酒樓所設食器爲陶文毅公書屋遺制限七古陶字韻》，陳三立著，李開軍校點：《散原精舍詩文集》，上海古籍出版社2003，第386頁。

〔註226〕陳三立：《冬日徐園看殘菊晚歸過乙庵出觀新句》，陳三立著，李開軍校點：《散原精舍詩文集》，上海古籍出版社2003，第386頁。

〔註227〕陳三立：《八月廿八日爲漁洋山人生辰補松主社集樊園分韻得魯字》，陳三立著，李開軍校點：《散原精舍詩文集》，上海古籍出版社2003，第381～382頁。

〔註228〕陳三立：《十月十五日旭莊社集樊園即席得點韻》，陳三立著，李開軍校點：《散原精舍詩文集》，上海古籍出版社2003，第383頁。

〔註229〕陳三立：《病山南歸旋失其子過滬相對黯然無語既還散廬念吾友生

　　民國成立僅數年，欲壑難填的袁世凱就作起了黃袍加身的迷夢，大批的前清士人被其網羅招致，連德高望重的碩儒耆宿王闓運亦出任國史館館長。在功名利祿的吸引下，樊增祥、周樹模、左紹佐相繼奔北京城而去，繆荃孫、吳士鑒亦接連任職清史館。這一連串的再仕行爲不僅導致超社的解散。而且遭到了同樣流寓滬瀆的其他遺老的鄙視嘲笑。章梫在其《答金雪孫前輩書》中言：「若詩酒，乃遺民常事。淵明高節，人人無異詞也；而無日不酒，無詩非酒……現今海上寥寥一二社，偶而酬唱，愧明末甚矣……上海壬子以來，故有超社十人，輪流詩酒；甲寅一年，出山者半。王子畀觀察存善戲謂：『超』字形義，本屬聞召即走，此社遂散」〔註 230〕。此信更被素以名節標榜的鄭孝胥詳細抄錄在日記中，認爲「所論極平允」〔註 231〕。相對於其他遺老的挖苦諷刺，陳三立的反應看起來似乎沒那麼強烈。「前年麥熟時，別君遠赴闕。君言合則留，不合歸宜決。其言最誠懇，吾已刻至骨」〔註 232〕，由周樹模這首《喜陳伯嚴同年自金陵來見過》一詩中的自述之言可知，對於出處問題，陳三立與之有過探討。沒有言辭激烈的痛責，也沒有迂迴曲折的嘲諷，一句「君言合則留，不合歸宜決」裏已經隱含了「邦有道，則仕；邦無道，則可卷而懷之」〔註 233〕的勸勉，立場不言而明。

　　其實，亡國遺民的再仕帶給陳三立的是內心更深層次上的震撼。正是因爲聖人之道的失落，才使得人紀壞滅，甚至使儒家士人對道義風節的持守變得如此脆弱。早在 1913 年，陳三立就在《劉鎬仲文集

　　趣盡矣欲招爲莫愁湖之遊收悲歡忻聊寄此詩》，陳三立著，李開軍校點：《散原精舍詩文集》，上海古籍出版社 2003，第 550 頁。
〔註 230〕中國國家博物館編，勞祖德整理：《鄭孝胥日記》第三冊，中華書局 1993，第 1572 頁。
〔註 231〕中國國家博物館編，勞祖德整理：《鄭孝胥日記》第三冊，中華書局 1993，第 1573 頁。
〔註 232〕周樹模：《喜陳伯嚴同年自金陵來見過》，周樹模撰：《沈觀齋詩》第五冊，第 37 頁，宣統 2 年石印本。
〔註 233〕《論語・衛靈公》，楊伯峻譯注：《論語譯注》，中華書局 1980，第 163 頁。

序》中言道：「二十年之間，屢邁大變，海宇搔然，而衰說詭行，摧壞人紀，至有爲剖判以來所未睹。奮臂群呼，國亦旋覆，而禍難洶洶，猶不知所屆」〔註 234〕。在「國亦旋覆」的感喟中，更讓陳三立憂心的是「有爲剖判以來所未睹」的「邪說詭行，摧壞人紀」，是儒家聖人之道的崩壞。其在詩作之中亦再三表達出對儒家思想價值觀念失落的憂懼擔心：「聖法久彌殘，人綱孰再造」〔註 235〕；「仲尼已死文王沒，乞得閒愁賦落花」〔註 236〕。

　　超社散後，陳三立復與瞿鴻磯、沈曾植等人立逸社繼續集會，只不過此時的逸社更多了一種儒家士人以道自任的意蘊。逸社第一集時，陳三立便以痛心之言寫出儒學沒落之悲、諸人擔承道義之亟：「酒酣悲生腸，八極血仍濺。蝮蛇伺我側，吞噬逼寢薦。束手與偕亡，果驗儒術賤。雁影迷關山，雞聲靜庭院。留此歌泣地，聊許道不變」〔註 237〕。運會轉移、儒學危殆之際，陳三立以「國亡才不亡，重賴扶氣類」〔註 238〕；「轉移運會誰先覺，彈壓山川不廢詩」〔註 239〕的精神，義不容辭當仁不讓的表示要以道自荷：「已迷靈瑣招魂地，余作前儒託命人」〔註 240〕，而事實上，在民初西潮洶湧的大潮中，遺老們的

〔註 234〕陳三立：《劉鎬仲文集序》，陳三立著，李開軍校點：《散原精舍詩文集》，上海古籍出版社 2003，第 887～888 頁。

〔註 235〕陳三立：《留別散原別墅雜詩》，陳三立著，李開軍校點：《散原精舍詩文集》，上海古籍出版社 2003，第 391 頁。

〔註 236〕陳三立：《誦樊山濤園落花詩託戲題一絕》，陳三立著，李開軍校點：《散原精舍詩文集》，上海古籍出版社 2003，第 411 頁。

〔註 237〕陳三立：《正月廿五日止菴相國假乙庵齋作逸社第一集招蒿庵中丞膚庵制府漚尹侍郎病山方伯入社同人咸賦詩》，陳三立著，李開軍校點：《散原精舍詩文集》，上海古籍出版社 2003，第 448 頁。

〔註 238〕陳三立：《顧端文公闈卷遺跡》，陳三立著，李開軍校點：《散原精舍詩文集》，上海古籍出版社 2003，第 552 頁。

〔註 239〕陳三立：《元日用樊山午詒唱酬韻紀興》，陳三立著，李開軍校點：《散原精舍詩文集》，上海古籍出版社 2003，第 295 頁。

〔註 240〕陳三立：《余過南昌留一日渡江來山中適聞胡御史亦至有任刊豫章叢書之議賦此寄懷》，陳三立著，李開軍校點：《散原精舍詩文集》，上海古籍出版社 2003，第 453 頁。

結社雅集客觀上確實起到了文化傳承的作用。以傳統詩文為載體，致力於維繫儒學一脈，「更彈地變天荒淚」〔註241〕的結果恰恰是「成就窮邊一卷詩」〔註242〕。

只是，陳三立的這種努力在革故鼎新的年代卻不斷受到帶有濃重政治色彩的攻擊，從南社到新文化運動，一浪高過一浪。宗唐與宗宋本是詩歌領域內詩學取徑的分歧，因詩法宗尚的不同，宗唐的柳亞子一直對「同光體」詩人中聲名最著的陳三立、鄭孝胥不滿：「鄭陳枯寂無生趣，樊易淫哇亂正聲。一笑嗣宗廣武語，而今豎子盡成名」〔註243〕。後來由於南社內部宗唐宗宋的內訌，柳亞子對陳三立的抨擊進一步升級，漸及政治與人身攻擊，流於意氣之爭：

> 論者亦知倡宋詩以為名高，果作俑於誰氏乎？蓋自一二罷官廢吏，身見放逐，利祿之懷，耿耿勿忘。既不得逞，則塗飾章句，附庸風雅，造為艱深以文淺陋。〔註244〕

> 慨自亡清叔季，文學荒廢，氣節凋喪，侯官鄭孝胥、義寧陳三立，貌飾清流，中懷貪鄙，吐言成章，少蒼涼道上之音，私以艱深自文淺陋，遂提倡所謂江西詩派者。……雖謂其禍甚於洪水猛獸，可也〔註245〕

> 三立本紈絝子，以附康、梁得名，亦以是敗。終滿清之世，仕宦未顯，然總理江西路政，不為鄉里所容，即其人可知。〔註246〕

〔註241〕陳三立：《子言歸自蘭州為題紅柳庵行卷》，陳三立著，李開軍校點：《散原精舍詩文集》，上海古籍出版社2003，第335頁。

〔註242〕陳三立：《子言歸自蘭州為題紅柳庵行卷》，陳三立著，李開軍校點：《散原精舍詩文集》，上海古籍出版社2003，第335頁。

〔註243〕柳亞子：《論詩六絕句》，柳亞子著：《柳亞子選集》，人民出版社1989，第715頁。

〔註244〕柳亞子：《胡寄塵詩序》，柳亞子著：《柳亞子選集》，人民出版社1989，第100頁。

〔註245〕柳亞子：《林述庵先生遺詩》，柳亞子著：《柳亞子選集》，人民出版社1989，第130頁。

〔註246〕柳亞子：《再質野鶴》，柳亞子著：《柳亞子選集》，人民出版社1989，第171頁。

　　何物陳三立，齷齪臭腐，寧及定庵一足趾。而妄相比

擬，刻畫無鹽，唐突西子，罪通於天矣。〔註247〕

　　柳亞子對陳三立等「同光體」耆宿極盡貶低謾罵之能事，引起南

社內部宗宋成員之不滿，引發激烈論爭，最後以朱鴛雛被逐、柳亞子

去職而告一段落。而繼任南社社長之姚光雖認為「夫詩之義備乎三

百，辭則與世而移。李、杜、蘇、黃，要旨有得於《三百》之義者。

故得其義，為唐為宋可也；失其義者皆偽體耳」〔註248〕，有調和唐

宋之意。卻仍然將詩歌風格與政治聯繫起來，視同光體詩人的創作為

亡國之音：

　　余聞聲音之道，與政相通。治世之音，安以樂；亂世

之音，怨以怒；亡國之音，哀以思。……滿清之季，我黨

諸子好為高抗激楚之聲，以收光復之功。清室大夫所作，

多務枯瘠之語，俺無生氣，卒覆其社。此其故可深長思也。

自入民國，彼二三清室大夫，尚以江西立派，拘於格調，

以冒宋詩之名。實則遭逢不偶，歎老嗟卑，其言愈冷，其

中愈熱，鮮不至於失身者，非僅為亡國之音已也。此其害

蓋不在文字，而在性情矣。性情之失，而身名隨之。乃後

生小子，不辨其義，翕然從風，咸為蹇澀之音，以苦其神

思，而汩其性情，此則世道人心之隱憂也已。〔註249〕

　　雖然陳三立對此不置可否，鄭孝胥也只是在其日記中以寥寥數語

提到此事：「上海有南社者，以論詩不合，社長曰柳棄疾，字亞子，

逐其友朱鴛雛。眾皆不平，成舍我以書斥柳。又有王無為《與太素論

詩》一書，言柳貶陳、鄭之詩，乃不知詩者也」〔註250〕。但是這場

〔註247〕　柳亞子：《斥朱鴛雛》，柳亞子著：《柳亞子選集》，人民出版社1989，
　　　　　第176頁。
〔註248〕　姚光：《紫雲樓詩集序》，姚光著：《姚光全集》，社會科學文獻出版
　　　　　社2007，第96頁。
〔註249〕　姚光：《紫雲樓詩集序》，姚光著：《姚光全集》，社會科學文獻出版
　　　　　社2007，第95～96頁。
〔註250〕　中國國家博物館編，勞祖德整理：《鄭孝胥日記》第三冊，中華書
　　　　　局1993，第1678頁。

文學領域內的宗唐宗宋之爭，卻因「遺老」、「亡國之音」等具有濃重政治色彩的字眼，給同光詩派帶來了極其惡劣的影響。

在隨後而來的新文化運動中，陳三立又是首當其衝。1917 年 1 月 1 日，《新青年》第 2 卷第 5 號登載胡適的《文學改良芻議》。胡適在文中提出文學改良八事，具體闡述時便以陳三立爲摹仿古人之反例：

> 今日之中國，當造今日之文學，不必摹仿唐、宋、亦不必摹仿周、秦也。前見《國會開幕詞》，有云：「於鑠國會，遵晦時休。」此在今日而欲爲三代以上之文之一證也。更觀今之「文學大家」，文則下規姚、曾，上師韓、歐；更上則取法秦、漢、魏、晉，以爲六朝一下無文學可言，此皆百步與五十步之別而已，而皆爲文學下乘。即令神似古人，亦不過爲博物院中添幾件「逼眞贋鼎」而已，文學云乎哉！昨見陳伯嚴先生一詩云：濤園抄杜句，半歲禿千毫。所得都成淚，相過問奏刀。萬靈噤不下，此老仰彌高。胸腹回滋味，徐看薄命騷。此大足代表今日「第一流詩人」摹仿古人之心理也。其病根所在，在於以「半歲禿千毫」之工夫作古人的鈔胥奴婢，故有「此老仰彌高」之歎。若能灑脫此種奴性，不作古人的詩，而惟作我自己的詩，則決不致如此失敗矣。〔註251〕

以此爲發端，新文化運動掀起了一場徹底批判傳統儒家思想價值觀念的革命，綱常名教、倫理道德、傳統文化無一逃脫。支撐了傳統社會數千年的儒家思想價值體系就此崩潰。陳三立雖有「究聖哲之蘊，持維防之的」〔註252〕之心，但大勢所趨，無可如何，長久以來的「爟曜垂絕之懼」〔註253〕終於不可避免的來臨。

時代的大潮洶湧向前，而陳三立只是抱定「從占天地閉，我與我

〔註251〕 胡適：《文學改良芻議》，胡適著，歐陽哲生編：《胡適文集》第 2 冊，北京大學出版社 1998，第 7～8 頁。

〔註252〕 陳三立：《桐城馬君墓誌銘》，陳三立著，李開軍校點：《散原精舍詩文集》，上海古籍出版社 2003，第 1073 頁。

〔註253〕 陳三立：《桐城馬君墓誌銘》，陳三立著，李開軍校點：《散原精舍詩文集》，上海古籍出版社 2003，第 1073 頁。

周旋」〔註254〕的信念，固執的堅守著自己的道義節操與文化信仰。默默咀嚼著內心道術無寄、氣類孤微、獨木難撐的悲涼。清末至民初數十年中，一干朋儕流輩已隨時日推移漸漸凋零殆盡，陳三立自己則一直輾轉流徙四處遷移，而世道人心終不可問。其在亡友陳芰潭詩集之序中寫道：「亂作國亡，徒友流散，余亦益衰老。歲時上冢入西山，倚一樹憩一石，輒思與翁徘徊掩泣處，蓬然若四海之廣，千歲之遠，遺此一人焉。蓋所接蒼茫無端與塊獨不自聊之感，蕩魂撼魄，更有在於人國興亡成敗盛衰之外者矣」〔註255〕。神思飛動之際，茫茫渺渺，天地之間似乎只餘自己一人。所思所感於上下古今往來飛越，渾無涯際。當置身於悠遠深邃的宇宙中，個人成敗榮辱、家國興亡盛衰、世道人心丕泰只如電光石火，轉瞬即逝，一念及此，心神俱撼，自身也彷彿與天地萬物化矣。

　　民國初期，佛學曾一度興盛，陳三立亦曾抱著極大熱情參與其中，其與宣導佛學的楊文會多所交往，並捐資籌建「祗洹精舍」。1922年，梁啓超赴東南大學講學，暌隔二十餘年後，與陳三立晤面於散原別墅。昔年彼此意氣風發激揚時事，亦因政見不同頗有齟齬。而今世易時移兩鬢斑白，故人相見卻是倍感親切：「闢地貪逢隔世人，照星酒坐滿酸辛。舊遊莫問長埋骨，大患依然有此身。開物精魂余強聒，著書歲月託孤呻。六家要指藏禪窟，待臥西山訪隱淪」〔註256〕。慷慨任事，為國奔走呼號之往事已成陳跡。撫今追昔，徒留兩叟相對欷歔。往日的是非恩怨早已風流雲散，留下的只是無盡的空茫之感。時梁啓超方治唯識學，二人論及佛學：「散原問何佛書讀免艱苦，任公以《夢遊集》語之。散原乃自陳矢，今後但優游任運以待死，不能思

〔註254〕陳三立：《十月朔雪望》，陳三立著，李開軍校點：《散原精舍詩文集》，上海古籍出版社 2003，第 339 頁。

〔註255〕陳三立：《陳芰潭翁遺詩序》，陳三立著，李開軍校點：《散原精舍詩文集》，上海古籍出版社 2003，第 912 頁。

〔註256〕陳三立：《留別墅遺懷》，陳三立著，李開軍校點：《散原精舍詩文集》，上海古籍出版社 2003，第 435 頁。

索，詩亦不復作也」〔註257〕。

陳三立雖有委運自然，以求得內心解脫之志。然而儒家士人對國家民族的責任感早已根植於心，從不曾淡忘。「一二・八事變」爆發後，他日夜憂心：「於郵局定閱航空滬報，每日望報至，至則讀，讀竟則愀然若有深憂。一夕忽夢中狂呼殺日本人，全家驚醒，於是宿疾大作」〔註258〕。無論是佛家「片念微茫千劫換，一椽人海閱枯禪」〔註259〕的空茫虛無，還是道家「邂逅接道流，求仙崑崙巔。飲我三危露，示我玉檢篇」〔註260〕的灑脫放達，都是其在世事無望，精神迷茫苦悶之際尋求內心解脫的權宜之法，即使「終日不出戶庭，寂坐如枯僧」〔註261〕，皮相之下終難掩藏的還是儒家士人以天下為己任的憂國情懷和維護民族大義的錚錚氣骨。縱使世易時變、風會轉移，傳統儒家的思想價值觀念才是陳三立內心真正之依歸。晚年之陳三立遷居北平後，特去拜會其壬午鄉試座師陳寶琛。其時陳寶琛八十八歲，三立亦八十有三。耄耋之年相見，陳三立仍以師道尊嚴為由堅持向乃師行三跪九叩之大禮，此事除可見出師弟二人情誼之篤外，亦足以說明儒家聖人之道對士人根深蒂固的影響。在陳三立八十壽辰時，陳寶琛曾有詩贈曰：「平生相許後凋松，投老匡山第幾峰？見早至今思曲突，夢清特地省聞鐘。真源忠孝吾猶敬，餘事詩文世所宗。五十年來彭蠡月，可能重照兩龍鍾」〔註262〕。昔年師

〔註257〕 歐陽漸：《散原居士事略》，歐陽漸著：《歐陽竟無集》，中國社會科學出版社 1995 年，第 202 頁。

〔註258〕 吳宗慈：《陳三立傳略》，陳三立著，李開軍校點：《散原精舍詩文集》附錄上，上海古籍出版社 2003，第 1196 頁。

〔註259〕 陳三立：《移居》，陳三立著，李開軍校點：《散原精舍詩文集》，上海古籍出版社 2003，第 3 頁。

〔註260〕 陳三立：《任公講學白下及北還索句贈別》，陳三立著，李開軍校點：《散原精舍詩文集》，上海古籍出版社 2003，第 625 頁。

〔註261〕 歐陽漸：《散原居士事略》，歐陽漸著：《歐陽竟無集》，中國社會科學出版社 1995 年，第 202 頁。

〔註262〕 陳寶琛：《散原少予五歲今年八十矣記其生日亦九月賦寄廬山》，陳寶琛著，劉永翔、許全勝校點：《滄趣樓詩文集》，上海古籍出版社

弟二人以「歲寒松柏」之考題遇合之時，誰也不曾料到數十年中會歷經滄桑巨變。而今風燭殘年再度相見，猶幸彼此均如經霜傲雪之蒼松卓然挺立，無負平生志節。

　　陳三立一生迭遭變亂，數十年間渴盼的莫過於一個太平盛世：「但留微命待澄清，孰必宿憤痛洗刮」〔註263〕；「莫問紛紛鬥蠻觸，癡兒有淚竢河清」〔註264〕；「老味各私眞率會，餘生猶戀太平年」〔註265〕。然而直至垂暮之年，仍然看不到太平安定的希望，耳邊傳來的卻是日本帝國主義攻打盧溝橋的槍炮聲。飽經滄桑的老人，再也不能忍受淪爲異族之虜的事實。憂憤之下，拒不服藥而死。其宿疾大作之時，頻頻詢問戰況。其時「有謂中國終非日本敵，必被征服者，先生憤然斥之曰：『中國人豈狗彘不若，將終帖然任人屠割耶？』背不與語」〔註266〕，磊落肝膽，至老不衰。在民族危難之際，陳三立以生命彰顯了傳統儒家士人的氣節風骨，爲那個災難深重的年代增添了濃烈悲壯的一筆。如吳宗慈所言：「如先生者，使其得時與位，必將改革以致太平，不幸不得志，而牢愁抑鬱，既一寓之於詩，乃至於發憤，以喪其生，可勝慟哉」〔註267〕。

　　陳三立一生心懷君國，志在用世。最終託命文字，以詩名世，固非本願：「生世無所就，賊不得殺，瑰意畸行無足顯天壤，僅區區投命於治其所謂詩者，朝營暮索，敝精盡氣，以是取給爲養生送死之具。其生也，藉之而爲業；其死也，附之而獵名，亦天下之至悲

　　　　2006，第243頁。

〔註263〕陳三立：《十月十五日旭莊社集樊園即席得點韻》，陳三立著，李開軍校點：《散原精舍詩文集》，上海古籍出版社2003，第383頁。

〔註264〕陳三立：《答伯弢自常德鄉居寄示之作》，陳三立著，李開軍校點：《散原精舍詩文集》，上海古籍出版社2003，第512頁。

〔註265〕陳三立：《次韻庸庵同年寄懷》，陳三立著，李開軍校點：《散原精舍詩文集》，上海古籍出版社2003，第636頁。

〔註266〕吳宗慈：《陳三立傳略》，陳三立著，李開軍校點：《散原精舍詩文集》附錄上，上海古籍出版社2003，第1197頁。

〔註267〕吳宗慈：《陳三立傳略》，陳三立著，李開軍校點：《散原精舍詩文集》附錄上，上海古籍出版社2003，第1197頁。

也」〔註268〕。作為一個深受儒家思想文化影響的士人，親眼目睹為之嘔心瀝血的王朝社稷土崩瓦解、視為安身立命準則的聖人之道沒落顛覆，心中之牢愁抑鬱勢所難免。處於前所未有的歷史大變局之下，有志用世，無力回天，不僅僅是陳三立個人的悲哀，也是所有生逢封建末世的傳統儒家士人的悲哀。處於新舊轉折的時代，陳三立最終沒能順應時勢，而是選擇了固守自己的倫理操守和文化信仰，雖有落後於時代之嫌，但其以傳統的儒家思想價值觀念為依歸，甘殉心中至高無上的道，這種終始如一的精神，不計個人利害得失的風節卻值得欽佩。生逢末世，囿於時代，其情可憫，其人可敬。

〔註268〕陳三立：《觚庵詩集序》，陳三立著，李開軍校點：《散原精舍詩文集》，上海古籍出版社 2003，第 944 頁。

第五章　空將節義比斯人，竟作遺民有餘愧——鄭孝胥心路歷程

　　鄭孝胥（1860～1938），字蘇庵、蘇龕、蘇堪、一字太夷，號海藏，福建閩縣人。出生於蘇州胥門，故名孝胥。年八歲喪母，十七歲喪父。二十三歲中光緒壬午鄉試解元，光緒十一年（1885）入直隸總督李鴻章幕，後任內閣中書、鑲紅旗官學堂教習，光緒十八年（1892）任日本築地副領事、神戶、大阪總領事。甲午戰事起，歸國，不久入張之洞幕。光緒二十四年（1898）召對乾清宮，上《敬陳變法大要以備別擇先後緩急》摺，蒙嘉許、擢道員，充總理各國事務衙門章京。後任京漢鐵路南段總辦。義和團運動起，參與籌畫東南互保之計。後充江南製造局總辦，廣西邊防總辦。光緒三十一年（1905），自去職，取蘇軾「惟有王城最堪隱，萬人如海一身藏」意，於滬上築海藏樓，遂以海藏名世。辛亥革命起，歸海藏樓閒居十數年。民國十二年始追隨溥儀。「九‧一八」事變後，率子與溥儀赴東北，未幾齣任僞滿洲國國務總理，走上叛國投敵之路，身敗名裂，成爲民族罪人。民國二十七年卒於長春柳條路宅中，時年 79 歲。工詩，一部《海藏樓詩》譽滿詩界。

　　陳衍在《石遺室詩話》中論及其詩學取徑：「三十以前，專攻五古規摹大謝，浸淫柳州，又洗練於東野；誠摯之思，廉悍之筆，一時

殆無與抗手。三十以後，乃肆力於七言。自謂爲吳融、韓偓、唐彥謙、梅聖俞、王荊公，而多與荊公相近，亦懷抱使然」〔註1〕；汪辟疆曾評：「若就詩論詩，自是光宣朝作手。《海藏》一集，難可泯沒」〔註2〕，乃以不因人廢言故，在其《光宣詩壇點將錄》中以玉麒麟盧俊義配之。

第一節 「秋風愁欲破，池水起潛蛟」〔註3〕——
自命不凡躊躇滿志的青年時期

　　咸豐十年（1860）避亂吳下的鄭守廉夫婦喜獲一子，因其出生於蘇州胥門，故名之曰：孝胥。鄭孝胥四歲入私塾，隨叔祖鄭世恭習《爾雅》。其「丱角背誦《十三經》，如泄瓶水」〔註4〕，深受世恭喜愛。鄭孝胥七歲隨母入京，孰料僅一年之後，母親即過世。十七歲時父親亦喪。父母俱亡後，鄭孝胥返回家鄉復從世恭習舉業。鄭世恭工制藝、亦能誦十三經及注疏，先後任鳳池書院、致用書院山長及主正誼書院講席。爲人耿介、治學嚴謹。鄭孝胥從其習制藝、詩賦，獲益良多。鄭孝胥自幼接受正統儒家思想教育，原本即是要走讀書應舉、學優則仕之路。父母俱亡後，家計陷入困頓。對於傳統社會的士人而言，改變命運、改善環境的唯一途徑就是入仕。故此鄭孝胥對制藝頗爲用功。其文曾得到鄭世恭：「有玄度，風骨高騫，筆勢尤峭拔萬仞。閩中省垣所見，恐無此好筆氣」〔註5〕的好評，並給予進一步的點撥：「然更須放筆透寫，則是『梁棟既構，施以丹堊』，能不令有目共賞耶』」

〔註1〕陳衍撰：《石遺室詩話》，卷一，張寅彭、戴建國校點：民國詩話叢編本，上海書店出版社 2002，第 20 頁。

〔註2〕汪辟疆：《光宣詩壇點將錄》，汪辟疆撰：《汪辟疆說近代詩》，上海古籍出版社 2001，第 53 頁。

〔註3〕鄭孝胥：《闕題》，鄭孝胥著，黃珅、楊曉波校點：《海藏樓詩集》，上海古籍出版社 2003，第 436 頁。

〔註4〕陳寶琛：《鄭蘇龕布政六十壽序》，陳寶琛著，劉永翔、許全勝校點：《滄趣樓詩文集》，上海古籍出版社 2006，第 339 頁。

〔註5〕中國國家博物館編，勞祖德整理：《鄭孝胥日記》第一冊，中華書局 1993，第 17 頁。

〔註6〕。鄭孝胥又自小喜好書法，勤練不輟。雖年方弱冠，卻已是小有名氣。請其書扇者甚多：「忽有持扇來者，問『鄭某聞已歸，近日曾來此間否？』繼曰：『僕耳其名久矣，未之晤也。有扇願索書，請為代求，並致意也』」〔註7〕；「日來索余書扇者麕集，日須作扇數柄，皆卻之不得者」〔註8〕。光緒八年（1882），遊學在外的鄭孝胥返鄉應舉。其所作制藝之文受到親戚故交、同輩時流的眾口誇讚：「怡舅、芷舅、庚伯及林薇卿、林辟侯、葉友恭等皆來號中閱餘首藝，群噪以為僅見」〔註9〕；「立齋，庚午解元也。苦要余文，誦示之，極相推許」〔註10〕。耳邊充斥的皆是揄揚推許之語，怎不使意氣風發的鄭孝胥躊躇滿志：「老屋三椽在，浮生此繫匏。故交誰下榻？風雨舊誅茅。竹影侵書幌，苔痕上硯坳。窗明容我坐，門靜幾人敲。劍古心俱冷，塵紅夢暫拋。眼前無廣廈，身外有雲巢。況味堪謀醉，生涯費解嘲。秋風愁欲破，池水起潛蛟」〔註11〕。這首作於應舉前一月的言志詩，儼然以「潛蛟」自比，透露出其鄉試志在必得之意。

　　雖然鄭孝胥對自己的才華頗為自負，但對於應試卻沒有掉以輕心：

　　　　夜歸，往叔祖處取題。〔註12〕（1882 年 9 月 5 日）
　　　　補作會文，錄呈叔祖。〔註13〕（1882 年 9 月 7 日）

〔註 6〕中國國家博物館編，勞祖德整理：《鄭孝胥日記》第一冊，中華書局1993，第 17 頁。

〔註 7〕中國國家博物館編，勞祖德整理：《鄭孝胥日記》第一冊，中華書局1993，第 8 頁。

〔註 8〕中國國家博物館編，勞祖德整理：《鄭孝胥日記》第一冊，中華書局1993，第 8 頁。

〔註 9〕中國國家博物館編，勞祖德整理：《鄭孝胥日記》第一冊，中華書局1993，第 25 頁。

〔註 10〕中國國家博物館編，勞祖德整理：《鄭孝胥日記》第一冊，中華書局1993，第 28 頁。

〔註 11〕中國國家博物館編，勞祖德整理：《鄭孝胥日記》第一冊，中華書局1993，第 17～18 頁。

〔註 12〕中國國家博物館編，勞祖德整理：《鄭孝胥日記》第一冊，中華書局1993，第 22 頁。

曉起填卷，⋯⋯復錄畢，呈叔祖。〔註14〕（1882 年 9
月 12 日）

向叔祖處取題。〔註15〕（1882 年 9 月 14 日）

補作昨文，呈叔祖。〔註16〕（1882 年 9 月 15 日）

應舉前數日，其頻頻「往叔祖處取題」作文，可見其為鄉試所作
之努力。亦足見其渴望鄉試高中，就此踏上仕途之願望強烈。不料鄉
試之日天氣炎熱，心氣亦燥，且「近科題多平整，風氣為之一變」〔註
17〕。鄭孝胥在場上並沒有如預想的那樣文思泉湧、下筆有神，反而是
揮汗如雨。遂草草完卷。「二鼓，詩文俱脫稿，文不加點，反覆觀之，
殊不當意，慨然而已」〔註 18〕。本想以自己的才華鄉試高中應是易如
反掌，孰料臨場發揮不佳，文不當意。心中悻悻不已。「是日，出場後
即錄文呈叔祖。叔祖曰：『力量不如平日所作，減二成矣。然下筆快爽，
有浩浩落落之致，庶獲雋乎』」〔註19〕。鄭孝胥「出場後即錄文呈叔祖」，
可見其心之迫、其意之殷。叔祖之評雖與自我感覺相合，但「下筆快
爽，有浩浩落落之致，庶獲雋乎」之語又多少讓鄭孝胥感到些安慰。

光緒八年（1882）十月二十五日，閩省鄉試結果揭曉。「是日，
天陰有風，入夜，月出復暗」〔註20〕，「栗哥要余同出觀報，余不往」

〔註13〕中國國家博物館編，勞祖德整理：《鄭孝胥日記》第一冊，中華書局
　　　　1993，第 23 頁。
〔註14〕中國國家博物館編，勞祖德整理：《鄭孝胥日記》第一冊，中華書局
　　　　1993，第 23 頁。
〔註15〕中國國家博物館編，勞祖德整理：《鄭孝胥日記》第一冊，中華書局
　　　　1993，第 24 頁。
〔註16〕中國國家博物館編，勞祖德整理：《鄭孝胥日記》第一冊，中華書局
　　　　1993，第 24 頁。
〔註17〕中國國家博物館編，勞祖德整理：《鄭孝胥日記》第一冊，中華書局
　　　　1993，第 24 頁。
〔註18〕中國國家博物館編，勞祖德整理：《鄭孝胥日記》第一冊，中華書局
　　　　1993，第 25 頁。
〔註19〕中國國家博物館編，勞祖德整理：《鄭孝胥日記》第一冊，中華書局
　　　　1993，第 25 頁。
〔註20〕中國國家博物館編，勞祖德整理：《鄭孝胥日記》第一冊，中華書局
　　　　1993，第 29 頁。

〔註21〕。時刻關注鄉試結果的鄭孝胥，不願在眾目睽睽之下面對名落孫山的打擊，於是故作矜重，留在了家中。「外間報已將盡，僅五經魁未出耳。……余自意無望，拂帳就寢，未成寐，而呼聲入門，解元之報至矣」〔註22〕。考中的差不多都已報出，只餘魁首遲遲未出。心裏不免揣測這五經解元花落誰家，轉念又覺得自己今科已無希望，想要入睡卻輾轉反側難以成眠。焦躁難耐之際，不意「解元之報」「呼聲入門」，心下之煩擾頓時一空，不禁喜出望外、如釋重負。

　　得中解元之後，鄭孝胥拜訪了他的另外一位老師林壽圖（穎師）。「往謁林穎師，同入貢院……歸後，穎師遣二子送百緡來」〔註23〕。鄭孝胥向世恭學習制藝詩賦，而與林壽圖所談則多涉及當時的朝政大事。

> 　早，晴，往謁穎師，見陳伯雙於坐。少談即出，至大營。穎師訊「左李之事，外間有所聞乎？」余曰：「聞湖北已請陛見，湘鄉老矣，仍氣質用事，他日事愈難爲。湖北如得退，則合肥之福大矣。湘鄉意氣尚盛，合肥知懼矣。戰戰兢兢或得以功名終者，其合肥乎？意氣過盛，其挫也亦必甚，吾甚爲湘鄉慮也。程明道謂王半山曰，『天下事非一家私言，願平心以聽。』湘鄉屬色待人，豈任重之體乎。」穎師以爲然。〔註24〕

　　此次晤談之後，鄭孝胥又在日記中寫下了其對時政的關注：「聞合肥丁內艱，未知國家任北洋以何人，事局小變矣」〔註25〕。從與林

〔註21〕中國國家博物館編，勞祖德整理：《鄭孝胥日記》第一冊，中華書局
　　　　1993，第 29 頁。
〔註22〕中國國家博物館編，勞祖德整理：《鄭孝胥日記》第一冊，中華書局
　　　　1993，第 30 頁。
〔註23〕中國國家博物館編，勞祖德整理：《鄭孝胥日記》第一冊，中華書局
　　　　1993，第 30 頁。
〔註24〕中國國家博物館編，勞祖德整理：《鄭孝胥日記》第一冊，中華書局
　　　　1993，第 4 頁。
〔註25〕中國國家博物館編，勞祖德整理：《鄭孝胥日記》第一冊，中華書局
　　　　1993，第 4 頁。

壽圖談論的內容可知，鄭孝胥心裏迫切關心的是以儒生入仕，建功立業。對於成就功業來說，文章詩賦只是一種必須的輔助。此時的鄭孝胥還只是一介年方弱冠的書生，尚未參加科考，聲名未著。以一書生侃侃而論朝廷疆吏重臣之間的派系爭鬥，除卻傳統士人那種以天下為己任的使命感之外，亦見出其志向抱負之大。鄭孝胥自視甚高，自認為自己胸懷經世之才，常縱論天下事，頗有古縱橫家不可一世之氣。而且無論時局政事還是文章詩賦，每每論及得到的又總是稱許讚揚，「穎師以為然」；「叔祖莞然是之」〔註26〕；「叔祖大讚賞之」〔註27〕。毫無疑問，這些讚美助長了鄭孝胥的自負之心，更覺得睥睨四顧，無可抗手。鄭世恭讓其代作沈文肅祠楹聯，前輩時賢所作之聯，鄭孝胥認為「皆俗」〔註28〕。前賢在其眼中尚都泛泛，更遑論身邊這些親戚故交。「怡舅、芷舅、庚伯及林薇卿、林辟侯、葉友恭等皆來號中閱餘首藝，群噪以為僅見，哂之而已」〔註29〕，這「哂之」透露出來的自得之意、自負之情溢於言表；庚午解元趙立齋，對其甚為推許，但鄭孝胥卻認為「此君於文字非深有領會者，笑置之而已」〔註30〕。表現出對前輩解元的不屑一顧，而此時他還尚未中舉。

　　光緒八年（1882）鄭孝胥高中壬午鄉試解元，「池水」裏的這條「潛蛟」，已經迫不及待的要騰空高飛了。次年，信心滿懷的鄭孝胥赴京會試，憧憬著能夠蟾宮折桂，金殿傳臚。再度至京，想起少年往事，當年在父親教導下學習《十三經》的情形歷歷在目，思親之情油

〔註26〕中國國家博物館編，勞祖德整理：《鄭孝胥日記》第一冊，中華書局1993，第5頁。
〔註27〕中國國家博物館編，勞祖德整理：《鄭孝胥日記》第一冊，中華書局1993，第17頁。
〔註28〕中國國家博物館編，勞祖德整理：《鄭孝胥日記》第一冊，中華書局1993，第11頁。
〔註29〕中國國家博物館編，勞祖德整理：《鄭孝胥日記》第一冊，中華書局1993，第25頁。
〔註30〕中國國家博物館編，勞祖德整理：《鄭孝胥日記》第一冊，中華書局1993，第28頁。

然而生：「未起，視曉暾初上窗紙間，恍惚如少時曾歷此景者。……
覽陶詩久之，復起步屋內，誦先考功《柝聲》、《秋燕》諸詞，不自知
涕之何從。前此十年在京華中，便如前世事」〔註31〕，十載如夢的京
華舊事，不禁讓重來故地的鄭孝胥滿面泫然。

　　應試之前，鄭孝胥去拜謁了自己的鄉試座師寶廷。此時的寶廷已
然自劾罷官，放浪形骸於山野間。但其對門生弟子仍以儒家風義相
期，希望鄭孝胥能有爲於世，不蹈自己之覆轍：「陳伯潛昨有書來，
盛稱吾兄少而岐嶷，欲僕以氣節相屬。僕意中卻有鄙見，願以相告；
結交宜分別，勿侈口談論；聞頗善飲，勿酒後詆訶流俗。如是而已。
外人方謂吾兄是竹坡得意門生，恐徒累吾兄耳」〔註32〕。以後數年間，
鄭孝胥每逢入京均會拜謁寶廷，寶廷不羈之性情、落魄之遭遇，鄭孝
胥都看在眼裏，記在心上。

　　闈中之夜「月光皎潔，望明遠樓亭亭立月影下，勢若飛動」〔註
33〕，致力於制藝多年，對於科舉之試，鄭孝胥已是得心應手，運用
自如。「學成文武藝，賣與帝王家」，自己這滿腹經綸急切的等待施展
的機會。這「勢若飛動」中有著鄭孝胥內心壓制不住的感慨與興奮。
與鄉試相比，鄭孝胥會試的狀態良好，試畢早早完卷出場。「候久之」
〔註34〕，同考之人才出。而且其應試之文受到表叔楊心賦的擊節讚
賞，認爲「必售」〔註35〕，這更增加了鄭孝胥自期高中的信心。「一
笑何曾學畫眉，新妝明鏡劇先知。西窗自把菱花看，依樣春山未入時」

〔註31〕中國國家博物館編，勞祖德整理：《鄭孝胥日記》第一冊，中華書局
　　　　1993，第 34 頁。
〔註32〕中國國家博物館編，勞祖德整理：《鄭孝胥日記》第一冊，中華書局
　　　　1993，第 34 頁。
〔註33〕中國國家博物館編，勞祖德整理：《鄭孝胥日記》第一冊，中華書局
　　　　1993，第 39 頁。
〔註34〕中國國家博物館編，勞祖德整理：《鄭孝胥日記》第一冊，中華書局
　　　　1993，第 39 頁。
〔註35〕中國國家博物館編，勞祖德整理：《鄭孝胥日記》第一冊，中華書局
　　　　1993，第 39 頁。

〔註36〕，在等待出榜的日子裏，鄭孝胥曾仿唐人朱慶餘筆意作了這首閨情詩，詩中以新娘自喻。詩中的新娘落落大方毫無不安之意，不曾為取悅夫君而刻意打扮。一如意氣風發、自信滿滿的鄭孝胥。

出榜之日，「人聲喧闐，填溢街巷」〔註37〕，舉子紛紛出看榜，而鄭孝胥閉門獨坐，「楊（心眤）表叔亦至，觀余方臥，笑曰：『子真漠然不動者耶？』傍晚，梧岡自外入，笑談久之。梧岡言：『繆柚岑頃在店中，煩擾形於面，臨案，食不能咽，薄暮已去。或見新吾在道旁行，惘惘若有所喪。』夜二鼓，度已報罷，蔭孫、梧岡俱去。余擬月半前行矣」〔註38〕。與其他考生的憂形於色、舉止失措相比，鄭孝胥鎮定自若、宛如常態，似乎胸有成竹。畢竟當初的解元之報，是入夜才至，也許高中的欣喜還會如鄉試結果一樣。來之遲，才會喜之甚。孰料天不遂人願，二鼓已至，仍無呼門之聲。未中之人皆已離去，自己也只能是黯然而去了。空負才華，惜不遇於有司。「余擬月半前行矣」，只此一句道盡鄭孝胥心裏失望之情、悵惘之意。

對於自負有經世之才的鄭孝胥來說，會試鎩羽無疑是個打擊，雖暫不能以科舉正途入仕，他卻也不願久居家中虛擲光陰。急切之中要想一展才華、試試身手，當時尚有入幕襄辦洋務一途。對於幕主的選擇，鄭孝胥也是煞費苦心再三斟酌：「晨，謁林穎翁，晤談久之」〔註39〕；「余獨訪林穎翁，坐久之」〔註40〕。其時陳寶琛已開放在家，陳與鄭孝胥之父有舊，對其也頗為照應。「余往伯潛處，談久之始返」

〔註36〕中國國家博物館編，勞祖德整理：《鄭孝胥日記》第一冊，中華書局1993，第41頁。

〔註37〕中國國家博物館編，勞祖德整理：《鄭孝胥日記》第一冊，中華書局1993，第43頁。

〔註38〕中國國家博物館編，勞祖德整理：《鄭孝胥日記》第一冊，中華書局1993，第43頁。

〔註39〕中國國家博物館編，勞祖德整理：《鄭孝胥日記》第一冊，中華書局1993，第48頁。

〔註40〕中國國家博物館編，勞祖德整理：《鄭孝胥日記》第一冊，中華書局1993，第50頁。

〔註41〕；「午後，至伯潛處，坐久之」〔註42〕。其時李鴻章位高權重、
炙手可熱，而張之洞甫任兩廣總督。陳寶琛欲薦鄭孝胥南下廣東，而
鄭孝胥更傾向於與其岳父吳贊成有姻戚關係的李鴻章。「晨，往伯潛
處。余將去家，伯潛欲薦之張香帥。余願北行，伯潛亦以爲可，擬修
書往謁合肥」〔註43〕；「晚，至伯潛宅，林小帆在焉，談久之始返。
赴津之計遂決」〔註44〕。

　　由於吳贊成的關係，加之陳寶琛的大力推薦，李鴻章對鄭孝胥頗
爲照顧。「旋同穉臣便服謁中堂，坐語久之。中堂自言虛心愛才，所
以日益未已，語甚多。又曰：『姑寄居營務處。伯潛書已手復矣』」〔註
45〕。之後，鄭孝胥便開始其月領三十六金的幕僚生涯。李鴻章幕中
人才頗多，與鄭孝胥交好之羅醒塵、羅穉臣、嚴幼陵等皆一時之選。
閒時言學論文、疑義相析，相處頗爲投契。「穉臣意多同余，喜爲發
難，而使余反覆明之，蓋假辨於余也。天晴涼爽，殊快」〔註46〕。在
與友朋的辯難爭論中，鄭孝胥之治學思想逐漸明晰：

　　　　近世爲學之弊，文字務爲爾雅艱深，而去之愈遠。
〔註47〕

　　　　余謂天下學者，皆宜以自勉爲始，以有恆爲繼，以篤
　　嗜爲終，乃可期於有成，而不蹈捨己從人、道聽途說之病

〔註41〕中國國家博物館編，勞祖德整理：《鄭孝胥日記》第一冊，中華書局
　　　　1993，第 56 頁。
〔註42〕中國國家博物館編，勞祖德整理：《鄭孝胥日記》第一冊，中華書局
　　　　1993，第 56 頁。
〔註43〕中國國家博物館編，勞祖德整理：《鄭孝胥日記》第一冊，中華書局
　　　　1993，第 56 頁。
〔註44〕中國國家博物館編，勞祖德整理：《鄭孝胥日記》第一冊，中華書局
　　　　1993，第 56 頁。
〔註45〕中國國家博物館編，勞祖德整理：《鄭孝胥日記》第一冊，中華書局
　　　　1993，第 62 頁。
〔註46〕中國國家博物館編，勞祖德整理：《鄭孝胥日記》第一冊，中華書局
　　　　1993，第 68～69 頁。
〔註47〕中國國家博物館編，勞祖德整理：《鄭孝胥日記》第一冊，中華書局
　　　　1993，第 68 頁。

耳。〔註48〕

天下皆言學，未也，如學術之不正何！吾見學者多矣，未嘗以知務許人。知者急先務，學者將何急焉！〔註49〕

夫君子之學，當使制行，出言行文，較若畫一耳。近代以來，三者皆歧之，雖窮一生之力，終不能自附於古人，職是故耳。故爲文者務黜浮華之行而崇深遠之思，片辭隻字，皆爲至文，然後得之。若以體制、詞采爲能，末矣。〔註50〕

其治學主張始「自勉」、繼「有恆」、終「篤嗜」。認爲這樣堅持有日，方可有成。而且爲學要有一己創見，避免襲蹈前人；爲文通俗平易，不必「爾雅艱深」，應當「黜浮華」而「崇深遠」。其所言的「知者急先務」，帶有特定時代的色彩，反映出鄭孝胥以時務爲亟，主張士人以經世致用爲急務的心理。

鄭孝胥素來自矜才氣、自視甚高，好爲大言高論：

方閱柳州文，醒塵來。醒塵曰：「斯人也，得與接談，何疑不析，何意不滿。」……醒塵自言喜老蘇文，余曰：「蘇氏文才氣過於性情，尚不如柳子性情無處不見也。」醒塵亦甚謂然。夫柳州千古通才，使在聖門，豈後游夏，凡有所下筆，文外必有餘理，字外必有餘力，篇外必有餘音。昌黎謂其「泛濫停滀，爲深博無涯矣」，此知之深；自韓以降，蓋無知之者。〔註51〕

柳子厚之才華，當時後世早有定論。鄭孝胥只說知柳者韓也，昌黎之後再無他人，言下即有韓昌黎之後，知柳者唯我鄭孝胥之意。我

〔註48〕中國國家博物館編，勞祖德整理：《鄭孝胥日記》第一冊，中華書局1993，第68頁。

〔註49〕中國國家博物館編，勞祖德整理：《鄭孝胥日記》第一冊，中華書局1993，第64頁。

〔註50〕中國國家博物館編，勞祖德整理：《鄭孝胥日記》第一冊，中華書局1993，第66～67頁。

〔註51〕中國國家博物館編，勞祖德整理：《鄭孝胥日記》第一冊，中華書局1993，第69～70頁。

之識見才華自可與韓、柳相媲。其曾與羅稷臣言：「吾今日所學者，得萬金於路傍，遇傾城於密室，弗顧也」〔註52〕。即可看出其懷才自寶、高自標置之心。

中堂宴法國提督李士卑士於水師營務處，坐間二十餘人，日本大臣榎本、吳清帥、鄧鐵香鴻臚、周德潤等皆在。稷臣欲余下入坐，余笑曰：「在樓上猶是太夷，入坐中，直是三十餘金隨員耳，君何取焉！」客散，醒塵登樓，坐談甚歡。醒塵曰：「某聞世在外，垂二十年，如君者，千萬人之一也。』對曰：「胥雖不敏，終當謹慎自保，以實先生之言矣」〔註53〕。

不以會試未中之挫懷疑自己的經世之才，不以幕僚卑微之身份地位而謹小慎微、唯唯諾諾。足見其不願久居人下之心。幕中生活甚為悠閒，不過是草擬奏章、處理往來文書。「午後寫奏片一、附片一，奏請袁世凱接辦漢城商務也」〔註54〕；「書陝西藩臺信一」〔註55〕；「書奏摺二，皆直屬命案」〔註56〕。這些日常事務對於胸懷經世大志的鄭孝胥來說遊刃有餘，自然也難免有大材小用之歎。

西窗晚更明，竹外斜陽度。誰憐參差影，獨寫風煙暮。徂暉殊不留，幽衷香難悟。惆悵淹年華，浮名奪親故。〔註57〕

羈旅他鄉，屈居下僚，徒感慨年華易逝，功名無成。兀然獨坐，

〔註52〕中國國家博物館編，勞祖德整理：《鄭孝胥日記》第一冊，中華書局1993，第71頁。

〔註53〕中國國家博物館編，勞祖德整理：《鄭孝胥日記》第一冊，中華書局1993，第71頁。

〔註54〕中國國家博物館編，勞祖德整理：《鄭孝胥日記》第一冊，中華書局1993，第77頁。

〔註55〕中國國家博物館編，勞祖德整理：《鄭孝胥日記》第一冊，中華書局1993，第77頁。

〔註56〕中國國家博物館編，勞祖德整理：《鄭孝胥日記》第一冊，中華書局1993，第77頁。

〔註57〕中國國家博物館編，勞祖德整理：《鄭孝胥日記》第一冊，中華書局1993，第83頁。

只有這落日餘暉下的參差竹影相伴。念及未知的前途，不禁悵惘不已。對於為人作嫁的幕僚來說，入幕幾年最好的結果莫過於在幕主的保薦下得任一官半職，正式開始仕宦生涯。「穉臣請以道員分省補用。是日，汪宗沂來，亦幕中客也，號仲伊，庚辰即用知縣」〔註58〕。而此時幕中同仁的各奔前程更讓鄭孝胥心裏感到失落。夜深無寐之際，不由揮毫寫下兩首絕句：「翰音舞文采，鵝鴨鬥娉婷。藪澤爾何慕，吾鴻舉冥冥」；「鴻飛迷東西，爪泥跡故在。因風語愛居，何時向滄海」〔註59〕。詩中以飛鴻自比，頗有對「鬥娉婷」之「鵝鴨」的不屑之意，只是這「迷東西」的飛鴻，目前還在四顧徘徊，找不到棲息的高枝，因此無時無刻不期待著展翅向滄海的那一天。二詩雖曰戲作，實際上恰是鄭孝胥內心真實想法的流露。

光緒十二年（1886）的四月又是大比之期，鄭孝胥於前一年的十二月即入都。年關將近，京師雖有親朋故舊，終歸是客居異地，骨肉仳離。聞爆竹聲起，思及「元遺山『骨肉他鄉各異縣』」〔註60〕之句，心中戚戚，不由「繞室徘徊至三鼓」〔註61〕。與三年前的顧盼飛揚、志得意滿相較，再赴會試的鄭孝胥心裏似乎平添了幾許沉重，與友朋酬酢往還之餘，他會「晨獨坐觀竹影至午」〔註62〕。顛沛流離、輾轉漂泊的無奈，懷才不遇的憤懣，前途未卜的悵惘益發的使他心思日密，城府日深。

出榜之日，鄭孝胥依然是舊時姿態，不去聽錄。故交之中，馮

〔註58〕中國國家博物館編，勞祖德整理：《鄭孝胥日記》第一冊，中華書局
　　　　1993，第 77 頁。
〔註59〕中國國家博物館編，勞祖德整理：《鄭孝胥日記》第一冊，中華書局
　　　　1993，第 77 頁。
〔註60〕中國國家博物館編，勞祖德整理：《鄭孝胥日記》第一冊，中華書局
　　　　1993，第 87 頁。
〔註61〕中國國家博物館編，勞祖德整理：《鄭孝胥日記》第一冊，中華書局
　　　　1993，第 87 頁。
〔註62〕中國國家博物館編，勞祖德整理：《鄭孝胥日記》第一冊，中華書局
　　　　1993，第 90～91 頁。

熙、沈曾桐皆榜上有名。而連李鴻章都再四稱讚文章「有別致」〔註
63〕、「勁氣直達」〔註64〕、「可以鼎甲矣」〔註65〕的鄭孝胥依然名落
孫山。再次聽到落榜的消息後，鄭孝胥只是淡淡的一句：「南歸甚好，
惜黃月山、尉遲笛雲不可復見耳」〔註66〕。（黃月山、尉遲笛雲皆為
當時京城伶人）是夜，月影蕭疏，鄭孝胥深夜無寐，獨自徘徊良久。
「今春闈墨甚劣，宜子之不售也」〔註67〕，縱有再多寬慰，亦難消鄭
孝胥心頭落榜之憾。連試不第，幕僚生涯亦不得志。一聲長歎，不如
歸去。返回天津數日，鄭孝胥即辭去幕僚之職，命舟南歸。

　　從光緒十二年（1886）五月南歸到光緒十五年（1889）三月再度
入京，幾年之間，鄭孝胥復又輾轉南北。光緒十三年（1887）的中秋
節，其正寓滬上，晚來獨酌小飲，空對燈下孤影：

　　　　夜，引三爵，對燭獨坐，繁憂四集。前歲客天津，去
　　　　歲客廬江，今年乃至於此，身事潦倒，不知所歸，仰視碧
　　　　天，帝安置我？雲起翳月，閶闔遂閉，余心不懲，滅燭就
　　　　枕。〔註68〕

　　厭倦了到處漂泊、居無定所，卻還是無法尋得一處安身立命之所
在。窮愁潦倒、黯然神傷，憤懣之下不禁大聲籲天：如我這般滿腹經
綸，上天怎麼就如此薄待於我？可是陰雲蔽月，天門緊閉，上天對鄭
孝胥的呼聲置若罔聞。感慨發洩之後，也只能是「滅燭就枕」。一月

〔註63〕中國國家博物館編，勞祖德整理：《鄭孝胥日記》第一冊，中華書局
　　　　1993，第71頁。
〔註64〕中國國家博物館編，勞祖德整理：《鄭孝胥日記》第一冊，中華書局
　　　　1993，第71頁。
〔註65〕中國國家博物館編，勞祖德整理：《鄭孝胥日記》第一冊，中華書局
　　　　1993，第71頁。
〔註66〕中國國家博物館編，勞祖德整理：《鄭孝胥日記》第一冊，中華書局
　　　　1993，第103頁。
〔註67〕中國國家博物館編，勞祖德整理：《鄭孝胥日記》第一冊，中華書局
　　　　1993，第105頁。
〔註68〕中國國家博物館編，勞祖德整理：《鄭孝胥日記》第一冊，中華書局
　　　　1993，第120頁。

之後，鄭孝胥又至金陵。「蟹肥酒香」〔註69〕之時，與友暢談痛飲，亦算不虛重九。只是蹤跡無定，不知來年身在何處，再會何時。

寓留金陵的數月中，鄭孝胥頻頻偕同友人看相：「功名之士而有生殺之權者也」〔註70〕；「勞心之相也，三十後當大行矣」〔註71〕；「目怒眉勁，重義之士也，當掌刑殺矣」〔註72〕。這些預示其會有光明前景的話語，無疑給了正處於困苦失意之境的鄭孝胥莫大的信心和期待。「早登復成橋，彌望一白。霜凝樹上，枝條皆素。蔣山皓然，迎映初日，如睹絕世之質」〔註73〕，金陵雪後的美景在初升的朝陽映照下分外炫目，一如鄭孝胥此時的心情：對未來再次充滿希望。於是他抖擻精神、再整旗鼓，向著他內心期許已久的目標，向著能讓他大顯身手的功名仕途繼續前行了。

鄭孝胥後來刊刻詩集時，棄其少作，故三十歲之前所作詩留存不多。輯佚之詩以五言為主，如《闕題》和《作五言古詩將遺季直》這兩首：

> 天上愁離別，人間感杳冥。瑤階涼獨臥，碧漢浸雙星。翠袖禁寒薄，秋光入夜青。凌波人不見，塵債夢誰醒。落月捐衣珮，微風透畫屏。相思長脈脈，孤枕對惺惺。兒女情何已，機絲巧未停。乞將雲錦段，為織鳳凰翎。〔註74〕

> 吾生斯人徒，與世能無情？子有烈士概，交深心彌傾。吳都暫相見，身事何縱橫。年歲行及壯，世變方潛驚。抱

〔註69〕中國國家博物館編，勞祖德整理：《鄭孝胥日記》第一冊，中華書局1993，第125頁。

〔註70〕中國國家博物館編，勞祖德整理：《鄭孝胥日記》第一冊，中華書局1993，第126頁。

〔註71〕中國國家博物館編，勞祖德整理：《鄭孝胥日記》第一冊，中華書局1993，第131頁。

〔註72〕中國國家博物館編，勞祖德整理：《鄭孝胥日記》第一冊，中華書局1993，第131頁。

〔註73〕中國國家博物館編，勞祖德整理：《鄭孝胥日記》第一冊，中華書局1993，第132頁。

〔註74〕鄭孝胥：《闕題》，鄭孝胥著，黃坤、楊曉波校點：《海藏樓詩集》，上海古籍出版社2003，第436頁。

此溝壑志，寧要道路名。市橋倚太息，拂面楊花輕。泥香
草亦長，節物催歸耕。子言誠可味，百畝宜先營。世途日
以狹，所愧雞鶩爭。學道聊自慰，混俗期毋嬰。江頭太白
曙，送行春水生。〔註75〕

其年少之時，詩風尚在形成中。《闕題》一首，味其詩意，應是
七夕懷人之作。少年情懷纖細敏感，讀來頗有婉轉綿邈之意境；而送
別張謇之詩，則風格迥異，詩中感懷世事，寓意深遠，滿紙燕趙慷慨
悲涼之氣。《石遺室詩話》中還記有其二十餘歲時所作兩絕句：「誰見
夕陽當古廟，伴他衰柳映江流。題詩我亦如飛鳥，極目長天春復秋」
〔註76〕；「江上飛花縈燕剪，門前細草斷羊腸。數聲鵙鳩春歸盡，一
院風香白日長」〔註77〕。陳衍評其有漁洋飄渺空靈之境，不經意之作
卻有「淒戾綿邈之音，往往使人神往，諷詠不忘」〔註78〕，其中可見
學唐痕跡。倒是這一首作於光緒十五年底（1889）的《五鼓將行題壁
一絕》：「夢覺寒燈滿屋山，雞鳴人去店門閒。張家灣里鉤愁月，記得
津沽見半環」〔註79〕，更有清切意味。

鄭孝胥早年致力於科舉制藝的同時，也頗用力於詩藝。其曾與叔
祖鄭世恭縱論有唐詩家：

叔祖忽曰：「昨聞中擬喻有唐諸大家詩。謂少陵如日；
太白如月；摩詰如雲，隨地湧出；孟浩然如雪；高、岑如
風；孟郊如霜，著人嚴冷，其氣肅殺；昌黎如雷；長吉如
電；飛卿詩遠勝義山，在天虹也；盧仝、劉叉等雹也；自

〔註75〕鄭孝胥：《作五言古詩將遺季直》，鄭孝胥著，黃珅、楊曉波校點：《海
　　　藏樓詩集》，上海古籍出版社 2003，第 438～439 頁。
〔註76〕陳衍撰：《石遺室詩話》，卷一五，張寅彭、戴建國校點：民國詩話
　　　叢編本，上海書店出版社 2002，第 211 頁。
〔註77〕陳衍撰：《石遺室詩話》，卷一五，張寅彭、戴建國校點：民國詩話
　　　叢編本，上海書店出版社 2002，第 211 頁。
〔註78〕陳衍撰：《石遺室詩話》，卷一五，張寅彭、戴建國校點：民國詩話
　　　叢編本，上海書店出版社 2002，第 211 頁。
〔註79〕鄭孝胥：《五鼓將行題壁一絕》，鄭孝胥著，黃珅、楊曉波校點：《海
　　　藏樓詩集》，上海古籍出版社 2003，第 439 頁。

初唐至盛唐，如四傑諸公，五行二十八宿業也。」余曰：「未
也。韋蘇州之雅淡，在天爲露；柳子厚之沖遠，在天爲銀
河；元、白霧也，能令世界迷漫。自宋以下，則不足擬以
天象矣。」相與捧腹大笑〔註80〕。

鄭孝胥還對時人沿襲前人詩法之格調套路表示不滿：「後代學作
長短句者，受青蓮之毒最深，緣無脫其窠臼、無出其範圍者耳。……
下至晚唐、宋、元、明諸老所作，則直是近體氣力音節，只襲其貌爾。
最不解『君不見』調頭始於何人，青蓮偶用之，遂令千古作古風者，
除『君不見』無可開口，令人生厭。杜老不多作此體，卻純是漢人神
理氣骨。然則學詩者定須套調乎」〔註81〕。又評黃庭堅詩「功深才富，
亦是絕精之作，特門面小耳。此譬如富翁十萬家私，只做三五萬生意，
自然氣力有餘，此正是山谷乖處」〔註82〕，此論受到世恭擊節歎賞，
稱之爲「自有評山谷以來，無此精當者」〔註83〕。鄭孝胥雖取法杜詩
「純是漢人神理氣骨」，卻不願意侷限於前代大家之窠臼，希望能獨
出機杼，有所創見。其博涉諸家，唐宋皆採，漸趨於宋。根據其日記
中所記載，可窺見其詩學取徑之變化過程：

> 覽陶詩久之。〔註84〕（1883 年 3 月 26 日）
> 獨坐閱長吉詩集。〔註85〕（1883 年 4 月 8 日）
> 夜，叔伊來坐，攜《孟東野詩》去。〔註86〕（1885 年

〔註80〕 中國國家博物館編，勞祖德整理：《鄭孝胥日記》第一冊，中華書局
　　　　 1993，第 19 頁。
〔註81〕 中國國家博物館編，勞祖德整理：《鄭孝胥日記》第一冊，中華書局
　　　　 1993，第 5 頁。
〔註82〕 中國國家博物館編，勞祖德整理：《鄭孝胥日記》第一冊，中華書局
　　　　 1993，第 5 頁。
〔註83〕 中國國家博物館編，勞祖德整理：《鄭孝胥日記》第一冊，中華書局
　　　　 1993，第 5 頁。
〔註84〕 中國國家博物館編，勞祖德整理：《鄭孝胥日記》第一冊，中華書局
　　　　 1993，第 34 頁。
〔註85〕 中國國家博物館編，勞祖德整理：《鄭孝胥日記》第一冊，中華書局
　　　　 1993，第 38 頁。
〔註86〕 中國國家博物館編，勞祖德整理：《鄭孝胥日記》第一冊，中華書局

5月1日）

　　日來倦於數出，獨坐訂手錄大謝詩。〔註87〕（1886年
4月3日）

　　連日閱宛陵詩。〔註88〕（1890年1月10日）

　　午後，仲弢來，假余《王荊川〔公〕集》。〔註89〕（1890
年1月12日）

　　夜，覽歐陽文忠詩終卷。〔註90〕（1890年1月18日）

　　夜，覽蘇詩。〔註91〕（1890年2月2日）

　　從1889年開始，鄭孝胥頻繁閱讀宋代諸家詩集。並對持續已久
的唐宋詩之爭提出自己的看法，頗有爲宋詩張目之意。他認爲尊唐黜
宋者「實未見宋詩，並不知唐詩也。宋之去唐近，用力於唐尤精，今
逐父而禰其祖，亦唐之所吐而不饗矣」〔註92〕，摒棄宋詩而一味學唐，
實乃未得唐詩眞味。宋人不願襲蹈前人成法，力圖獨闢蹊徑，實有可
取。而且鄭孝胥還認爲詩歌創作應該以詩存事，反映現實生活內容。
言之有物、獨抒己見。他在與顧雲論詩時曾說：「古人謂詩中有我爲
佳，僕則謂詩中僅一我在，則爲詩亦無幾矣，正宜就所聞見有關於一
時者多所詠述，後之覽者，即不以詩論，猶得考證故事，則吾詩必不
可廢，此不必規模古人者也」〔註93〕。

1993，第54頁。
〔註87〕中國國家博物館編，勞祖德整理：《鄭孝胥日記》第一冊，中華書局
　　　　1993，第97頁。
〔註88〕中國國家博物館編，勞祖德整理：《鄭孝胥日記》第一冊，中華書局
　　　　1993，第154頁。
〔註89〕中國國家博物館編，勞祖德整理：《鄭孝胥日記》第一冊，中華書局
　　　　1993，第154頁。
〔註90〕中國國家博物館編，勞祖德整理：《鄭孝胥日記》第一冊，中華書局
　　　　1993，第155頁。
〔註91〕中國國家博物館編，勞祖德整理：《鄭孝胥日記》第一冊，中華書局
　　　　1993，第158頁。
〔註92〕中國國家博物館編，勞祖德整理：《鄭孝胥日記》第一冊，中華書局
　　　　1993，第151頁。
〔註93〕中國國家博物館編，勞祖德整理：《鄭孝胥日記》第一冊，中華書局
　　　　1993，第145頁。

　　同時交遊之中，陳衍、沈曾植皆宣導宋詩，不專宗唐詩。在友朋之間的相互探討激勵下，鄭孝胥還倡議成立詩社，定期雅集。「以文會友，友朋數聚則氣志融洽，學業易進，以友輔仁，即在於此」〔註94〕。這種經常性的交流切磋，使得鄭孝胥在詩藝大進的同時，其詩學思想、詩學取徑也基本確定。其廣收博取，融合唐宋，為其後成一家之言奠定了堅實的基礎。

第二節 「此地沉吟夢幾場，最難消遣是斜陽」〔註95〕 ——蹉跎半生功業無成的中年時期

　　依照慣例，未中進士之舉人可通過考取或捐納內閣中書之職進入仕途。光緒十五年（1889），鄭孝胥終於考取了內閣中書。同年秋季以同知分發江南，旋又入京任鑲紅旗學堂教習。其時朝政廢弛，自己又是冷官閒職。這些不如人意之事都讓鄭孝胥這個「忍饑方朔、避地梁鴻」〔註96〕，感到落寞失意：

　　　　正是春歸卻送春，斜街長日見花飛。茶能破睡人終倦，詩與排愁事已微。三十不官寧有道，一生負氣恐全非。昨宵索共紅裙醉，酒淚無端欲滿衣。〔註97〕

　　春光雖好，奈何一去難留。自己一腔抱負想要為國效力，一試身手。卻眼看著國勢衰、朝政非，全無用力之處。一介卑微小官，手無寸柄，縱使胸懷天下，憂國憂民，卻只能以詩酒排愁。只是詩作得、酒醉得，心事終歸難排遣。從任內閣中書到赴日本的兩年中，鄭孝胥的心緒一直難以平靜，感慨時事日非，歎息自己英雄無用武之地，牢

〔註94〕中國國家博物館編，勞祖德整理：《鄭孝胥日記》第一冊，中華書局1993，第157頁。

〔註95〕鄭孝胥：《過綿俠營故居》，鄭孝胥著，黃珅、楊曉波校點：《海藏樓詩集》，上海古籍出版社2003，第177頁。

〔註96〕參見鄭孝胥：《九日獨登清涼山》，鄭孝胥著，黃珅、楊曉波校點：《海藏樓詩集》，上海古籍出版社2003，第2頁。

〔註97〕鄭孝胥：《春歸》，鄭孝胥著，黃珅、楊曉波校點：《海藏樓詩集》，上海古籍出版社2003，第1頁。

騷滿腹：

> 聊喜素心共今夕，忽驚浪跡近中年。清談忍剌當時
> 事，歸夢貪尋自在眠。來日閉門同索句，便從正字證詩禪。
> 〔註98〕

心情鬱鬱之中，本想與友人暢談解憂。談著談著，卻不由得又在感歎時光易逝。忽忽之間，自己已屆而立卻還是困居下僚，功業無成。歎息之下強自開解，既然世事難為，不如索性閉門索句，與友人同參詩理。「西笑頻嗟宦未成，故山還我舊才名」〔註99〕，雖難真放達，還是姑且強自放達吧。

作於鑲紅旗學堂教習任上之《官學雜詩》更是寫出了此期鄭孝胥複雜的生活、心理狀況：

> 家孥寄人食，一身居都門。誰言不易居，寢處長苦悶。
> 晝倦俄欲覺，諸生誦已繁。取書與相和，夢我卯角年。從
> 嘲先生癡，泅轍枯微官。尚憎鳳皇池，今為鵝鴨喧。豈知
> 無巢著，暮雨鴉飛翻。十旬沉我書，方寸叢憂思。耐閒特
> 不易，所學誠空言。〔註100〕

> 今年本苦旱，一雨遽浩浩。桑乾既北決，滹沱亦南倒。
> 畿民半漂沒，千里勢如掃。皇仁雖亟賑，豈免窮無告。致
> 災大臣咎，幸已寬譴誚。夫何反行樂，張晏恣燕犒。吾皇
> 富春秋，左右賴輔導。誰司致君責，老智俱稱耄。位卑固
> 有罪，悲歎心孔悼。〔註101〕

> 公卿喜接士，清望雅所歸。良莠雖雜陳，此意未可非。
> 謂彼為士者，豈無以自居。謹身保令名，庶足酬知己。如

〔註98〕鄭孝胥：《官學雨中與陳笙陔夜坐》，鄭孝胥著，黃珅、楊曉波校點：
　　　　《海藏樓詩集》，上海古籍出版社2003，第4頁。

〔註99〕鄭孝胥：《贈許豫生下第南歸》，鄭孝胥著，黃珅、楊曉波校點：《海
　　　　藏樓詩集》，上海古籍出版社2003，第3頁。

〔註100〕鄭孝胥：《官學雜詩》，鄭孝胥著，黃珅、楊曉波校點：《海藏樓詩
　　　　　集》，上海古籍出版社2003，第5頁。

〔註101〕鄭孝胥：《官學雜詩》，鄭孝胥著，黃珅、楊曉波校點：《海藏樓詩
　　　　　集》，上海古籍出版社2003，第5頁。

何務苟得，暮夜靡不爲。坐令倒屐人，鼠璞遭世譏。少年
固可爾，垂老無奈癡。陰求或不厭，恚怒仍怨諮。紛吾二
三子，名盛毀亦隨。朋友有難言，我懷良鬱伊。〔註102〕

　　學堂教習一職頗爲清閒，這對於懷抱經世致用大計的鄭孝胥而言
又是大材小用，非其所願。想到自己在這種冷官閒職中消磨時日，出
頭無望，心中不禁沮喪：「耐閒特不易，所學誠空言」。任教習期間，
鄭孝胥曾與友人張謇、文廷式相約同往拜謁時任光緒帝師的戶部尚書
翁同和，不料因官卑職小被「闇者拒焉」〔註103〕。這無疑讓自視極
高的鄭孝胥自尊心大損。而且其時皇室權貴專權，朝臣黨同伐異，鮮
有專勤國事，勵精圖治者。如鄭孝胥這般卑微小官在論資排輩之官場
也只能是在冷職之間輾轉，進階尚且無門，更何談大顯身手，施展才
華，治國平天下了。

　　畿輔大旱，旱災未去水災又至，哀鴻遍野，餓殍滿地。政府雖言
賑災，卻不能收到實效，百姓的生活仍舊貧困無告。而玩忽職守的官
吏照樣尋歡作樂，無視百姓死活。作爲一個深受以天下爲己任思想影
響的儒家士人，鄭孝胥同樣關心時局，關注民生疾苦。他同情百姓的
悲慘生活，渴望有所作爲，卻苦於位卑職微，無能爲力。「位卑固有
罪，悲歡心孔悼」。心中之憤慨無以抒發，只能痛責自己的位卑無能。
友人丁叔珩恰在此時請班唱戲爲其岳母賀壽，鄭孝胥毫不客氣的予以
責備：「畿輔大災，萬壽唱戲，吾儕常不謂宜，君以此時大張慶席，
吾悔不能沮其議於事先。事雖已成，要不可不思過耳」〔註104〕。

　　達官顯宦禮賢下士、延攬人才，既可博取聲望，又能得到有才能
士人之襄助。而位卑人微的士人通常也樂意爲伯樂所用。只是士人之

〔註102〕　鄭孝胥：《官學雜詩》，鄭孝胥著，黃珅、楊曉波校點：《海藏樓詩
　　　　　集》，上海古籍出版社 2003，第 6 頁。
〔註103〕　中國國家博物館編，勞祖德整理：《鄭孝胥日記》第一冊，中華書
　　　　　局 1993，第 172 頁。
〔註104〕　中國國家博物館編，勞祖德整理：《鄭孝胥日記》第一冊，中華書
　　　　　局 1993，第 188～189 頁。

中良莠不齊，如鄭孝胥這樣「謹身保令名，庶足酬知己」的士人也難免因名高而招致謗讟。「紛吾二三子，名盛毀亦隨。朋友有難言，我懷良鬱伊」。國事、心事、身邊事無一順遂，怎不讓鄭孝胥滿懷抑鬱，心生沮喪，頗有「江湖是吾性，朝市非公能」〔註105〕之感。詩言志、詩言心、詩言事，鄭孝胥之五古詩往往「層層逼進，不肯平直說去……蓋服膺於東野者深也」〔註106〕。

　　苦悶中的鄭孝胥終於盼來了仕途上的轉機。光緒十七年（1891）李經方出使日本，特奏調鄭孝胥隨從。離京之時正值秋高氣爽：「坐看林葉黃，已有難留意。秋陰積離色，送我以寒吹。親朋裁三五，念別數相詣。去來自細事，所歎迫生計。翻然狗微念，赴之頗沈鷙。寧辭長徒勞，聊免他時悔。海波千萬疊，適志即平地。驅車出東門，眇默身如寄」〔註107〕。與其困守京師不如另圖出路，雖漂洋過海成異國客，只要能有施展才華之機會，海波萬疊亦如平地。

　　初至日本的鄭孝胥主要負責文書事宜，爲欽差大臣李經方處理往來公文、私人函件，以及一些代題、代作、代錄的事務。李經方對鄭孝胥頗爲禮遇，爲「移新居」〔註108〕、「邀飲」〔註109〕、「同遊油畫院」〔註110〕、「同出遊花園」〔註111〕，還經常與其深談：「中堂函來，

〔註105〕　鄭孝胥：《官學雜詩》，鄭孝胥著，黃珅、楊曉波校點：《海藏樓詩集》，上海古籍出版社2003，第6頁。
〔註106〕　陳衍撰：《石遺室詩話》，卷一三，張寅彭、戴建國校點：《民國詩話叢編》本，上海書店出版社2002，第191頁。
〔註107〕　鄭孝胥：《出京》，鄭孝胥著，黃珅、楊曉波校點：《海藏樓詩集》，上海古籍出版社2003，第9頁。
〔註108〕　中國國家博物館編，勞祖德整理：《鄭孝胥日記》第一冊，中華書局1993，第203頁。
〔註109〕　中國國家博物館編，勞祖德整理：《鄭孝胥日記》第一冊，中華書局1993，第203頁。
〔註110〕　中國國家博物館編，勞祖德整理：《鄭孝胥日記》第一冊，中華書局1993，第204頁。
〔註111〕　中國國家博物館編，勞祖德整理：《鄭孝胥日記》第一冊，中華書局1993，第205頁。

頗言子賢，謂文筆入古，人且清挺也」〔註112〕。在李經方眼中，鄭孝胥既是精通文墨的名士，也是諳熟時務的幹才。甫至不久，即讓他佐理領事府參贊。

雖有欽差的倚重信任，可外交事務卻每每讓鄭孝胥感到憤懣。積貧積弱的清政府在外交事務上委曲求全，根本不被列強各國尊重。李經方約德國公使會晤「訂於九點鐘同乘小火輪。欽差先下兵船，遣小輪返迓而時已過，德公使至海岸，以無船返矣。復使人力請，終不肯來。……或曰，欽差至兵船，見船多不潔，令急灑掃，遣人改訂德公使十點登船，時已遲矣；使人至德署，而德公使已出，故致此失也」〔註113〕。此事內裏之細枝末節且不論，但外交事務上中方之小心應對，德方之倨傲輕慢可見一斑；7月14日是法國立國日，鄭孝胥隨李經方早早往賀，各國「客至親王以下至者幾四百人」〔註114〕；而8月2日是光緒帝生辰之萬壽聖節，中國使館卻是門可羅雀「各國公使來賀者甚稀」〔註115〕；而且就連曾經的藩屬國日本現而今也開始耀武揚威了，使館與亞細亞秋季協會易片的酒宴上「岡千仞席間取筆交談，頗譏中國」〔註116〕。國之不強，乃受欺凌。這使鄭孝胥感憤不已。列強林立，外侮頻頻，而清政府猶自閉目塞聽，固步自封，妄自尊大，自欺欺人。有感於「中國風氣，懶而無恒，所以不振」〔註117〕，而昔日之藩屬小國卻自明治維新以來迅速西化，國勢日強。鄭孝胥開

〔註112〕 中國國家博物館編，勞祖德整理：《鄭孝胥日記》第一冊，中華書局 1993，第 221 頁。

〔註113〕 中國國家博物館編，勞祖德整理：《鄭孝胥日記》第一冊，中華書局 1993，第 216～217 頁。

〔註114〕 中國國家博物館編，勞祖德整理：《鄭孝胥日記》第一冊，中華書局 1993，第 217 頁。

〔註115〕 中國國家博物館編，勞祖德整理：《鄭孝胥日記》第一冊，中華書局 1993，第 222 頁。

〔註116〕 中國國家博物館編，勞祖德整理：《鄭孝胥日記》第一冊，中華書局 1993，第 249 頁。

〔註117〕 中國國家博物館編，勞祖德整理：《鄭孝胥日記》第一冊，中華書局 1993，第 206 頁。

始著意研究日本維新以來的得失成敗以期借鑒：「(陶)杏南以《外交餘勢斷腸記》、《明治時勢史》、《明治開化史》假余。余託購日本圖史，將編紀其事」〔註118〕；「杏南爲買日本輿圖，及東京圖書肆送書數種，皆詩，文有《通議》三冊……而令歸取《日本外史》等」〔註119〕；「書肆送書來，留《政紀》…《江戶政記》…《新策》…《讀史贅議》…《逸編》」〔註120〕。此時，鄭孝胥對於維新變法、講求洋務的態度尚停留在學習西方軍事、機械一類的器物層面，對於設立議會，實行民主仍持不贊同的態度。他還是認爲「君臣上下乃數千年相承之禮。中國以億兆人而奉一人，皇帝之貴，不亦宜乎」〔註121〕。

　　鄭孝胥之識見、才具均爲同僚中翹楚，加之其詩、書冠於一時。上司倚重，同僚稱賞，連日本政界要人亦稱奇。黎受生乃駐日公使黎庶昌之侄、著名詩人鄭珍之內侄，自非泛泛之輩。一見鄭孝胥即爲傾倒，稱其乃「名士之冠冕」〔註122〕；呂秋樵爲使館參贊，亦爲李經方器重。讀鄭孝胥之詩「常以爲絕代銷魂」〔註123〕；外務宴會上，日本外務大臣榎本武揚於廣坐之中獨對鄭孝胥青眼有加，謂其神宇不凡，特意敬酒〔註124〕。這些更使鄭孝胥恃才傲物之心有增無減，渴求功名之心益熾。其與同僚閒談時即言：「我輩今所冀者惟三等耳：有權在手，上也；有飯可吃，中也；有名可傳，下也。無權無飯，名

〔註118〕　中國國家博物館編，勞祖德整理：《鄭孝胥日記》第一冊，中華書局1993，第210頁。

〔註119〕　中國國家博物館編，勞祖德整理：《鄭孝胥日記》第一冊，中華書局1993，第211頁。

〔註120〕　中國國家博物館編，勞祖德整理：《鄭孝胥日記》第一冊，中華書局1993，第212頁。

〔註121〕　中國國家博物館編，勞祖德整理：《鄭孝胥日記》第一冊，中華書局1993，第252頁。

〔註122〕　中國國家博物館編，勞祖德整理：《鄭孝胥日記》第一冊，中華書局1993，第203頁。

〔註123〕　中國國家博物館編，勞祖德整理：《鄭孝胥日記》第一冊，中華書局1993，第241頁。

〔註124〕　參見中國國家博物館編，勞祖德整理：《鄭孝胥日記》第一冊，中華書局1993，第249頁。

又難傳，不亦苦哉」〔註125〕。而且自信其名「五百年內必可傳矣」〔註
126〕。對於鄭孝胥之矜才使氣，同僚之中亦有人委婉提出異議。呂秋
樵就說：「己所不善，而必譏之使難容，非忠厚也；不能面正人，而
含詞以誚之，非直道也」〔註127〕；李一琴也說其「不能容物」〔註128〕。
對於這些意見，鄭孝胥雖也承認「其理甚直」〔註129〕，但終究還是
置若罔聞。

在初至日本的半年多內，鄭孝胥所作詩多爲和詩、代作一類。如
《代作長岡護美詩》：「木性含仁包佶詞，扶桑郁島說王維。那知光緒
承平日，裙屐風流同賦詩」〔註130〕。日本與中國地近文同，文化交
流源遠流長。中國自唐代以來的許多大詩人都受到日本國內文人的敬
仰和喜愛。只是在中華老大帝國還沉醉於表面的承平景象之時，日本
經過改革之後已經非復舊時安守本分的藩屬國了。「秋懷閉戶兀嵯
峨，都付登臨眼底過。蠻菊那知佳節重，霜林也傍醉顏酡。樓西地盡
鄰斜日，海上帆收展夕波。愛宕山頭三客望，鄉愁誰似舍人多」〔註
131〕。鄭孝胥這首《九日愛宕山登高同秋樵袖海》作於 1891 年的重
陽節，詩中「蠻菊那知佳節重」句下有小注云：日本舊用中曆，明治
以來改用西曆矣。一方面日本還保留著傳統華夏文化的流風餘韻，而
另一方面卻是全面吸收西方文明，議會、民主乃至火車、輪船、電燈

〔註125〕 中國國家博物館編，勞祖德整理：《鄭孝胥日記》第一冊，中華書
　　　　局 1993，第 234 頁。
〔註126〕 中國國家博物館編，勞祖德整理：《鄭孝胥日記》第一冊，中華書
　　　　局 1993，第 259 頁。
〔註127〕 中國國家博物館編，勞祖德整理：《鄭孝胥日記》第一冊，中華書
　　　　局 1993，第 221 頁。
〔註128〕 中國國家博物館編，勞祖德整理：《鄭孝胥日記》第一冊，中華書
　　　　局 1993，第 234 頁。
〔註129〕 中國國家博物館編，勞祖德整理：《鄭孝胥日記》第一冊，中華書
　　　　局 1993，第 221 頁。
〔註130〕 鄭孝胥：《代作長岡護美詩》，鄭孝胥著，黃坤、楊曉波校點：《海
　　　　藏樓詩集》，上海古籍出版社 2003，第 440 頁。
〔註131〕 鄭孝胥：《九日愛宕山登高同秋樵袖海》，鄭孝胥著，黃坤、楊曉波
　　　　校點：《海藏樓詩集》，上海古籍出版社 2003，第 15 頁。

等，從制度到器物，迅速西化。

閑暇之時，鄭孝胥繼續在宋詩之中徜徉。盡閱蘇詩、吳野人詩、劍南詩及後村詩，心得日增：「余近悟東坡語，專求平正，不務誇飾」〔註 132〕，自覺其詩「清微古折，在退之、子厚之間」〔註 133〕。《自作二絕》乃此期佳構：

> 初來東海愛雲岑，卻憶觚稜煙樹深。我與坡仙同跌宕，微官敢有濟時心？

> 文章報國竟如何？偶向扶桑看逝波。紅葉館前名士會，爲誰青眼一高歌。〔註 134〕

鄭孝胥初來日本，從所居之樓西望即可看到終年積雪的富士山。晨光映照之下山體晶瑩通透，雲霧繚繞，恍如世外仙境。漂泊遊子客居異國，鄉愁無時不在，遠望異國美景，憶起的卻是皇城煙樹掩映下巍峨的宮殿。自己如同蘇軾一般，經年輾轉他鄉，雖官卑職微，卻仍舊懷著經國濟時之心，希望報效國家。只是縱使自己文章蓋世，又有誰能獨加青眼，賞識自己的才華？鄭孝胥心中所求者大，故其詩之格調亦高，讀來總有曲高和寡知音者稀的孤寂之感。

相比昔日窮愁潦倒的京官生涯，遠在異國的客居生活還是舒適愜意的。「豪舉京華在眼前，誰知海外有今年。客中總覺朋尊樂，酒後差憐粉黛妍。燈影自繁無月夜，桂香微動欲霜天。歡場那落中原後，聽罷清歌莫惘然」〔註 135〕。友朋數人淺斟低唱於紅巾翠袖之地，觀賞著異國紅粉的輕歌曼舞。燈影下，還時不時襲來陣陣輕幽的桂花香味。恍惚迷離中幾乎讓人分不清身在中原還是他鄉。此期詩作已一掃

〔註 132〕 中國國家博物館編，勞祖德整理：《鄭孝胥日記》第一冊，中華書局 1993，第 246 頁。

〔註 133〕 中國國家博物館編，勞祖德整理：《鄭孝胥日記》第一冊，中華書局 1993，第 218 頁。

〔註 134〕 鄭孝胥：《自作二絕》，鄭孝胥著，黃坤、楊曉波校點：《海藏樓詩集》，上海古籍出版社 2003，第 441 頁。

〔註 135〕 鄭孝胥：《八月二十六日芝口張飲》，鄭孝胥著，黃坤、楊曉波校點：《海藏樓詩集》，上海古籍出版社 2003，第 15 頁。

在京之時的頹喪失落，更多的抒發了遠隔鄉關的家國之思：「已負壯年須放浪，久諳孤客漫悲辛」〔註136〕；「誰念詩人漸消瘦，麴町館裏送歸鴻」〔註137〕。此期，鄭孝胥還作了頗有意味的三首《形贈影》、《影贈形》、《神釋》詩：

> 學道未爲晚，新持胎息經。凝心存日景，行氣攝神庭。
> 情在妨飛舉，身微混醉醒。對君終不愧，勿復患頹齡。〔註138〕

> 用意君良苦，崎嶇欲勝天。拙遲期得巧，後發待爭先。
> 世運行一變，人謀無萬全。就陰應可息，吾已倦周旋。〔註139〕

> 萬化有消長，而非減與增。短長初止此，得失亦何曾。
> 知退寧渠點，好謀詎爾能。唯當量心力，興到徑須乘。〔註140〕

這三首詩仿陶詩而作，形、影、神互釋。反映出鄭孝胥內心微妙複雜的心理糾葛。傳統儒家士人無一例外渴望實現內聖外王的最高理想，進可治國平天下，退可修身齊家，致力於個人道德修養的完滿。奈何人生實難，當內聖與外王不能一致之時，士人們心中總會有種種矛盾糾葛，是繼續入世追求事功還是甘於寂寞，退守內心道德準則？鄭孝胥才氣過人又熱衷功名，自然對人生悲歡、宦海沉浮有著超出常人的敏感。當其聽聞仕途失意的知交陳與冏（弼宸）卒於京城之後，悲痛異常，這悲痛之中既有對朋友的惋惜痛悼，亦有對時運不濟，京官難爲的感慨，懷友復傷己。「人生艱難，固由於世運，中材以下可憫矣，若負質抱志，天終困之令顇領以沒，爲人所憫者，此乃吾儕尤

〔註136〕 鄭孝胥：《闕題》，鄭孝胥著，黃珅、楊曉波校點：《海藏樓詩集》，上海古籍出版社2003，第442頁。

〔註137〕 鄭孝胥：《麴町》，鄭孝胥著，黃珅、楊曉波校點：《海藏樓詩集》，上海古籍出版社2003，第16頁。

〔註138〕 鄭孝胥：《形贈影》，鄭孝胥著，黃珅、楊曉波校點：《海藏樓詩集》，上海古籍出版社2003，第15頁。

〔註139〕 鄭孝胥：《影贈形》，鄭孝胥著，黃珅、楊曉波校點：《海藏樓詩集》，上海古籍出版社2003，第16頁。

〔註140〕 鄭孝胥：《神釋》，鄭孝胥著，黃珅、楊曉波校點：《海藏樓詩集》，上海古籍出版社2003，第16頁。

為短氣者也。縱浪大化，寧退毋進，吾計決矣」〔註141〕。鄭孝胥一生孜孜於功名，最不堪空負才名卻懷才不遇、淪落下僚，乃至默默無聞淹沒於人海。友朋遭際之坎坷偃蹇、自己仕途之挫折阻滯，或使其一時短氣萌生退守之念，但這短暫的情緒波動猶如過眼雲煙，轉瞬之間代之的是更強烈的追求功名之心，惟其如此，才能不再重蹈諸多親友坎坷偃蹇之覆轍。縱浪大化無喜無悲，是要有陶淵明那般看破浮世繁華、功名利祿的淡泊真純之心，而鄭孝胥終究是「情在妨飛舉，身微混醉醒」。雖已倦周旋，猶自望青雲。功名之心拋不去，形、影、神難合一，與陶詩形似神離。

　　1892 年初鄭孝胥返回國內料理岳母喪事，之後攜眷再次東渡。同年十月任築地副理事，次年三月任神戶理事，開始處理具體的外事、民事問題。隨著官職的升遷，鄭孝胥更多的關注和留意政府高層事務，諸如所在國政府內部黨派之爭引起內閣變動，主張學習西方的伊藤博文上臺執政等重大事件。同時也在與其他各國領事的外事接觸中更多的瞭解西方的社會政治。鄭孝胥曾在觀看華盛頓、拿破崙第三照片之後作七古一首：「……德法二主信時傑，猛很欲作鱗之而。誰知異人華盛頓，狀貌酷類枯禪師。雄豪百鍊至平淡，中外一理元無疑。盛衰天道迭倚伏，會有能者同華夷……」〔註142〕。別說猛狠的西方列強，就連此時的東鄰日本也在維新之後，國勢日強、野心日大，而清王朝內部卻積弊叢生、積重難返。當政者只圖苟安，萎靡不振，對形勢麻木不仁，麻痺大意。「當道每遇事至，輒先言必不可為；萬不獲已，乃取十之一二。惟恐不為異族地，國體民生所弗計也」〔註143〕。鄭孝胥對此鬱憤難平：「中原民情敝，隱患在心腹。此邦俗亦偷，交

〔註141〕　中國國家博物館編，勞祖德整理：《鄭孝胥日記》第一冊，中華書局 1993，第 252 頁。
〔註142〕　鄭孝胥：《朝鮮權在衡招飲觀梅》，鄭孝胥著，黃坤、楊曉波校點：《海藏樓詩集》，上海古籍出版社 2003 第 26 頁。
〔註143〕　中國國家博物館編，勞祖德整理：《鄭孝胥日記》第一冊，中華書局 1993，第 268 頁。

誼聊云睦。誰能任茲事，起造斯世福。微官欲何道，一飽忍千辱。悲吟久不寢，人世寐正熟。雛雞爾誰戒，向曙強咿喔」〔註144〕。自己雖有力挽狂瀾之心，卻無扭轉乾坤之權。夜深人靜他人酣睡而自己獨悲，窗外雛雞雖幼卻仍舊向曙鳴叫，也不知能喚起幾人。

鄭孝胥甫任神戶領事一年有餘，還未來得及一展長才，中日戰事即起。中國國內及駐日的官員包括鄭孝胥對形勢缺乏足夠的認識，對日本的狼子野心缺乏應有的警惕。國內當政者寄望於列強之調停，在和戰之間搖擺不定、首鼠兩端，也影響到駐日官員對形勢的判斷。即使在甲午戰爭跡象已明，一觸即發的情形下：「朝鮮亂益熾⋯⋯皆非佳象」〔註145〕；「法領事來言，有昨見日船八艘赴馬關者，必載兵赴朝鮮者也」〔註146〕。包括鄭孝胥在內的駐日官員仍然麻痺大意：「夜，得荃臺（汪鳳瀛）信，言大局似不至決裂」〔註147〕；「伊藤、井上在政府，宜必不至開戰」〔註148〕。當中日戰爭不可避免的爆發後，鄭孝胥也只能隨同公使歸國。

此期鄭孝胥的公務活動增多，他在任上恪盡職守，惟恐「俸錢虛愧對流亡」〔註149〕。但也一直是「未拋書卷緣成癖」〔註150〕。閒時博覽群書，遍閱經史子集，對文章詩賦益有心得：

〔註144〕 鄭孝胥：《立秋永田町日枝山下新居作》，鄭孝胥著，黃坤、楊曉波校點：《海藏樓詩集》，上海古籍出版社2003，第20頁。

〔註145〕 中國國家博物館編，勞祖德整理：《鄭孝胥日記》第一冊，中華書局1993，第422頁。

〔註146〕 中國國家博物館編，勞祖德整理：《鄭孝胥日記》第一冊，中華書局1993，第423頁。

〔註147〕 中國國家博物館編，勞祖德整理：《鄭孝胥日記》第一冊，中華書局1993，第423頁。

〔註148〕 中國國家博物館編，勞祖德整理：《鄭孝胥日記》第一冊，中華書局1993，第424頁。

〔註149〕 鄭孝胥：《七月七日官舍風雨中作》，鄭孝胥著，黃坤、楊曉波校點：《海藏樓詩集》，上海古籍出版社2003，第28頁。

〔註150〕 鄭孝胥：《闕題》，鄭孝胥著，黃坤、楊曉波校點：《海藏樓詩集》，上海古籍出版社2003，第447頁。

閱山谷詩。〔註151〕

閱陳簡齋、李泰伯詩。〔註152〕

閱四靈、黃遵憲、劉後村詩。〔註153〕

閱宛陵詩，古淡精簡，曠世少匹。復取王介甫詩看之。

〔註154〕

閱臨川詩，極可喜。〔註155〕

　　鄭孝胥認爲學詩需博覽古今、擇其中重要詩家細心研習：「宜取唐人詩二家，宋人詩三兩家，國朝人一家，置案頭常看之，久又易之」〔註156〕。且要持之以恆「非用力數年不可」〔註157〕。然後下筆，要抒己見，有新意，避免人云亦云。「務求瘦勁，避去俗氣爲主；仍隨時收羅詩料，如是久之，漸有把握，自成藝業矣」〔註158〕。由此學詩體悟可見鄭孝胥於詩文用力甚勤，故其詩藝日有提高，除卻擅長之五古，「七律迥有新得，非昔比也」〔註159〕，且「境趣略豪橫」〔註160〕。他在與友朋論及前輩詩人短長時曾說：「蘇黃有如大江，浩漫天壤，

〔註151〕中國國家博物館編，勞祖德整理：《鄭孝胥日記》第一冊，中華書局 1993，第 263 頁。

〔註152〕中國國家博物館編，勞祖德整理：《鄭孝胥日記》第一冊，中華書局 1993，第 263 頁。

〔註153〕中國國家博物館編，勞祖德整理：《鄭孝胥日記》第一冊，中華書局 1993，第 319 頁。

〔註154〕中國國家博物館編，勞祖德整理：《鄭孝胥日記》第一冊，中華書局 1993，第 321 頁。

〔註155〕中國國家博物館編，勞祖德整理：《鄭孝胥日記》第一冊，中華書局 1993，第 321 頁。

〔註156〕中國國家博物館編，勞祖德整理：《鄭孝胥日記》第一冊，中華書局 1993，第 388 頁。

〔註157〕中國國家博物館編，勞祖德整理：《鄭孝胥日記》第一冊，中華書局 1993，第 388 頁。

〔註158〕中國國家博物館編，勞祖德整理：《鄭孝胥日記》第一冊，中華書局 1993，第 389 頁。

〔註159〕中國國家博物館編，勞祖德整理：《鄭孝胥日記》第一冊，中華書局 1993，第 263 頁。

〔註160〕中國國家博物館編，勞祖德整理：《鄭孝胥日記》第一冊，中華書局 1993，第 393 頁。

所經處皆成名勝，而人隱享其利，亦可據以設險。韓昌黎若黃河，然天地內自有此一股勁派，非他力量所及」〔註161〕；而當代詩人之中鄭珍「詩自是老手，但骨格有餘，汁漿不足」〔註162〕；屬鄂則「不甚矜其骨格，然便如好井泉，味極冽，雖大旱不減，豈非世間一佳處」〔註163〕。古今詩人之中，鄭孝胥最喜王安石之「不落俗習」〔註164〕。鄭孝胥在其《作書久不能進憤然賦此》一詩中曾言：「作書無難易，要自習之久。苟懷世人譽，俗筆終在手。古今只此字，點畫別誰某。必隨人作計，毋怪落渠後。但當一掃盡，逸興寄指肘。行間馳真氣，莫復摶土偶。時賢爭南北，擾擾吾無取。狂奴薄有態，差可進猿叟。達哉臨川言，妄鑿妍與醜」〔註165〕。雖是言作書，味其理致亦與作詩有相通之處。陳衍在《石遺室詩話》中曾評鄭孝胥詩「多與荊公相近，亦懷抱使然」〔註166〕，其意即言鄭孝胥既喜安石詩之風格，亦欣羨王安石與神宗遇合以得君行道之事。遠至宋代之王安石，近至本朝道咸以來閩省鄉賢之典範林則徐和沈葆楨。這些人最讓鄭孝胥仰慕的還是他們煊赫一時的功業。

「文忠餘事為真楷，意理端詳世不如。嘉道同光風一變，士夫但自重公書」〔註167〕；「嗟嗟中原今何地，惰民億萬天棄之。我生不辰遭睹此，醒毒流染寧可醫……侯官文忠不勝憤，焚排匪顧大患隨。戾

〔註161〕 中國國家博物館編，勞祖德整理：《鄭孝胥日記》第一冊，中華書局1993，第317～318頁。

〔註162〕 中國國家博物館編，勞祖德整理：《鄭孝胥日記》第一冊，中華書局1993，第317頁。

〔註163〕 中國國家博物館編，勞祖德整理：《鄭孝胥日記》第一冊，中華書局1993，第317頁。

〔註164〕 中國國家博物館編，勞祖德整理：《鄭孝胥日記》第一冊，中華書局1993，第321～322頁。

〔註165〕 鄭孝胥：《作書久不能進憤然賦此》，鄭孝胥著，黃坤、楊曉波校點：《海藏樓詩集》，上海古籍出版社2003，第21頁。

〔註166〕 陳衍撰：《石遺室詩話》，卷一，張寅彭、戴建國校點：《民國詩話叢編》本，上海書店出版社2002，第20頁。

〔註167〕 鄭孝胥：《為訪西題詩二絕》，鄭孝胥著，黃坤、楊曉波校點：《海藏樓詩集》，上海古籍出版社2003，第445頁。

時天道定深嫉，投死志業終難恢。我今何者不自量，仇視妖物忘傾危」
〔註 168〕。這兩首詩一爲林則徐遺留墨蹟而題，一爲紀其在神戶焚鴉
片事而作。頗有以林爲範，繼承林之志業之意。

　　再如其爲沈葆楨所作詩：「一見斯人悵永藏，病中猶自意堂堂。
流風可但興吾黨，後期誰當望雁行？入幕往曾依蕭毅，遊吳晚及接忠
襄。若憑目擊評風節，公論年來有短長」〔註 169〕，推崇之意可見一
斑。鄭孝胥還以沈葆楨知己自詡，其日記中記有一則：「徐次舟來談，
稱余意度似沈文肅公。余曰：『吾何敢比，固知之最深耳』」〔註 170〕。
鄭孝胥乃熱衷功名之士，詩文在其心中只是餘事。其對林、沈二人予
以盛讚，自然希望自己也能繼林、沈流風，做一番經天緯地之事業。

　　鄭孝胥雖漂洋過海、駐外有年，但其思想主導依然不脫傳統儒家
思想文化之窠臼。其在神戶任上，曾爲華僑會館擬聯：

　　　　赤縣統皇圖，天下爲家，到處更徵中國盛：東鄰占樂
　　土，太平無事，從今長保亞洲親。〔註 171〕

　　　　聖朝聲教，雖遠弗遺，欣逢立約通商，唐宋元明殊下
　　策：神戶經營，於斯爲盛，深賴急公好義，粵閩江浙盡同
　　心。〔註 172〕

　　　　瞻上國雄風，中華館麗；據東方佳氣，諏訪山明。
　　〔註 173〕

〔註 168〕　鄭孝胥：《焚鴉片十餘簍及吸器百許具於署之東隅仍灑灰於坎以滅
　　　　　　其跡》，鄭孝胥著，黃珅、楊曉波校點：《海藏樓詩集》，上海古籍
　　　　　　出版社 2003，第 38 頁。
〔註 169〕　鄭孝胥：《二月廿七日集沈文肅公生日》，鄭孝胥著，黃珅、楊曉波
　　　　　　校點：《海藏樓詩集》，上海古籍出版社 2003，第 19 頁。
〔註 170〕　中國國家博物館編，勞祖德整理：《鄭孝胥日記》第一冊，中華書
　　　　　　局 1993，第 458 頁。
〔註 171〕　中國國家博物館編，勞祖德整理：《鄭孝胥日記》第一冊，中華書
　　　　　　局 1993，第 300 頁。
〔註 172〕　中國國家博物館編，勞祖德整理：《鄭孝胥日記》第一冊，中華書
　　　　　　局 1993，第 325 頁。
〔註 173〕　中國國家博物館編，勞祖德整理：《鄭孝胥日記》第一冊，中華書
　　　　　　局 1993，第 371 頁。

　　「上國雄風」、「聖朝聲教」等聯語中顯露的仍然是那種天朝上國居高臨下的「優越」與「自信」。只是長久以來赤縣為尊，他邦皆蠻夷的歷史心理已被殘酷的現實無情打破。中國由「天下」變「萬國」，倍受欺凌，任列強宰割。鄭孝胥雖經受著西方工業文明的衝擊、致力於研究日本明治維新的得失。贊同在器物層面如：重工商、辦學校、設鐵路、任人才等方面向西方學習，但其思想仍是以傳統儒家思想為主導，綱常倫理、聖人之道根深蒂固。故此認為明治維新「使議院既開，則政府莫能安其位也……為共主之說，而失可持之柄，則君上如具文也」〔註174〕是其弊端所在。議院、黨派為釀亂之源，必不可長久。「天敗之以為學西法者之戒，未可知也」〔註175〕。鄭孝胥對儒家思想文化尤為自豪，認為「聖朝聲教，雖遠弗遺」。日人森大來喜漢學，曾作有一首口氣頗大、目中無人之詩：「乾嘉詩格已頹殘，降及咸同不耐觀。如此中原無愧否，遼東屬國舊衣冠」〔註176〕。鄭孝胥見而即作書與之，委婉批評並中肯建議。信中有理有據、不卑不亢，雖措辭懇切卻隱然透出儒學正宗的氣度與自信：「貴國自改學西法以來，蒸蒸日上，漸即富強，極為可喜；然漢學益衰，時務之士恨不舉而廢之……欲作詩人，亦貴先立根本。根本者何？惟曰敦厚而已。敦厚之反，謂之浮薄……時務之士之輕漢學久矣，亦由吾黨學者多浮薄自喜之徒有以召侮也。足下自今而往，如能立身於敦厚，益為有體有用之學，勿徒以一得自矜，則貴國之漢學或可振於既絕，一洗時俗之訕病，固大善矣；不然，一知半解，沾沾自鳴，徒博下愚無知者一日之稱譽，於足下平生學術德業恐皆無益而有損也」〔註177〕。森大來

〔註174〕　黃慶澄著：《東遊日記》，見鍾叔河主編：《日本日記·甲午以前日本遊記五種：扶桑日記·日本雜事詩》，嶽麓書社1985版，第361頁。

〔註175〕　中國國家博物館編，勞祖德整理：《鄭孝胥日記》第一冊，中華書局1993，第261頁。

〔註176〕　中國國家博物館編，勞祖德整理：《鄭孝胥日記》第一冊，中華書局1993，第334頁。

〔註177〕　中國國家博物館編，勞祖德整理：《鄭孝胥日記》第一冊，中華書局1993，第334頁。

見書慚而悔悟，頗改浮薄之氣。

　　時局變幻莫測，甲午戰爭結束了鄭孝胥「亦步亦趨聊爾耳，似開似仕卻悠然」〔註178〕的理事生涯。歸國之後，前程未卜何去何從？國事己事均讓人憂慮難安：「無悶齋頭悶損人，可堪今夕滯吟身。歸心欲共星河落，又逐秋風起海濱」〔註179〕，離開日本前夕，長夜徘徊的鄭孝胥不禁寫下這首讀來「悶損人」的絕句，隨後憂心忡忡的踏上了歸程。「海外歸來多感傷，脈脈江山待來者……吾儕未知所歸處，復際中原動兵馬。丈夫忘世乃大雅，謀國區區策殊下」〔註180〕。歸國之後，駐日人員除公使入京覲見外，其餘隨從人員悉以解散，鄭孝胥隨即賦閒歸家。此前其內弟吳博泉曾託人爲其代捐同知，故鄭孝胥聲稱自己「暫歸南京，候保案而已」〔註181〕。其實鄭孝胥心裏頗有一覘形勢、待時而動之意，因甲午戰爭故，國內政治形勢丕變，宦海風雲翻覆難測，此時冒進求仕，不如靜觀其變。在金陵輿中，鄭孝胥口占一絕：「不得其時駕，蓬蒿稱寓公。姓名應可變，吳市正秋風」〔註182〕，即透露了其韜光養晦之想法。隨後在與吳博泉的談話中更明確的表明了這種態度：「吾閱事久，識趨差定，既不欲隨波逐流，亦不樂驚世駭俗，要歸於平實而已」〔註183〕。回到南京之後，鄭孝胥時刻關注戰事的進展。認爲清廷若能「堅持力戰，不過數月，倭必自困……如屈意乞和，苟求目前之安，仍括天下之膏血以償鄰敵，此

〔註178〕　鄭孝胥：《闕題》，鄭孝胥著，黃坤、楊曉波校點：《海藏樓詩集》，上海古籍出版社2003，第447頁。

〔註179〕　鄭孝胥：《闕題》，鄭孝胥著，黃坤、楊曉波校點：《海藏樓詩集》，上海古籍出版社2003，第449頁。

〔註180〕　鄭孝胥：《九日與胡康安同登北極閣》，鄭孝胥著，黃坤、楊曉波校點：《海藏樓詩集》，上海古籍出版社2003，第42頁。

〔註181〕　中國國家博物館編，勞祖德整理：《鄭孝胥日記》第一冊，中華書局1993，第432頁。

〔註182〕　鄭孝胥：《至金陵輿中口占》，鄭孝胥著，黃坤、楊曉波校點：《海藏樓詩集》，上海古籍出版社2003，第450頁。

〔註183〕　中國國家博物館編，勞祖德整理：《鄭孝胥日記》第一冊，中華書局1993，第432頁。

爲強彼而自弱」﹝註184﹞，只是形勢的發展並不如鄭孝胥所想，從戰敗到議和到簽約，傳來的消息總讓鄭孝胥痛心疾首：

> 昨夜與愛蒼等談及議和，余抵幾而起曰：歐制亞，漢叛滿，可立而待也。﹝註185﹞

> 聞和議已成，割臺灣及遼東，償軍費三百兆，內地悉許貿易……聞之心膽俱腐。舉朝皆亡國之臣，天下事豈可復問，慘哉！﹝註186﹞

> 見沈處報條云：「和議正約廿三署押，相即回津。條約十款：一、割臺灣，二、要奉省邊境，三、賠兵費三萬萬，四、駐兵威海，五、遍地通商，六、屯兵八千，七、管各機局，八、管鐵路，九、商辦樞府，十、韓自主。未知是否照此。探明續報。」中國豈皆狗彘耶？遂爲機上之肉！﹝註187﹞

> 愛蒼至，曰：「和約聞已批准。」余乃投筆而起曰：「吾今爲虜矣！」﹝註188﹞

> 閱電報數條……「接電旨，已如期換約。」使人發狂，青天白日，作此等事！﹝註189﹞

腐朽的清政府一路戰敗一味求和，最終簽訂了喪權辱國的《馬關條約》。這讓鄭孝胥心裏充滿了失望和憤懣：

> 三月正當三十日，挽春無計只傷春。明朝恫恫成追憶，

﹝註184﹞ 中國國家博物館編，勞祖德整理：《鄭孝胥日記》第一冊，中華書局1993，第455頁。

﹝註185﹞ 中國國家博物館編，勞祖德整理：《鄭孝胥日記》第一冊，中華書局1993，第460頁。

﹝註186﹞ 中國國家博物館編，勞祖德整理：《鄭孝胥日記》第一冊，中華書局1993，第482頁。

﹝註187﹞ 中國國家博物館編，勞祖德整理：《鄭孝胥日記》第一冊，中華書局1993，第482頁。

﹝註188﹞ 中國國家博物館編，勞祖德整理：《鄭孝胥日記》第一冊，中華書局1993，第488頁。

﹝註189﹞ 中國國家博物館編，勞祖德整理：《鄭孝胥日記》第一冊，中華書局1993，第491頁。

卻道春光屬別人。〔註190〕

　　九十風光能有幾，春風春雨總經過。誰知地變天荒意，
莫借魯陽回日戈。〔註191〕

　　這兩首詩作於農曆三月的最後一天，春光雖好，奈何已逝。雖留戀春光卻無計挽留，沒有可以回日的魯陽戈也只能空自歎息世事的無奈。以春光喻時事，貼切不留痕跡，頗得稼軒《摸魚兒》詞韻味。此二詩委婉含蓄的表達了鄭孝胥對時局的憂慮和對朝廷的不滿。而另外一首《書樫弟扇》則比較直接：「我生實不辰，降志而辱身。如今好相戒，莫作采薇人」〔註192〕。甲午戰敗，國家面臨亡國滅種之危機。而自己卻懷才不遇，不能為國效力，洗雪國恥。在生不逢其時的感喟中，只能與兄弟互勉，千萬不要成為像伯夷叔齊那樣的亡國之民。

　　面對著戰敗之恥，亡國之危，鄭孝胥更加希望清政府能夠就此改弦更張、勵精圖治：「更新政令，變易紀綱，造鐵路，講吏治，振商務，修戰具」〔註193〕。時勢之艱難也益發激起鄭孝胥奮發進取之心，其自認「能任大事，所慮平日無在心之人傑可與共事者」〔註194〕，故也更迫切的希望得到有力人士的提攜汲引，在仕途上有所作為：「貧女低眉十六七，茅屋西風怨斜日。只將翠袖度荒寒，未許鉛華污天質。向來眾女總憐渠，性格矜高為識書。易得河清難一笑，盛年不偶欲何如」〔註195〕，天資出眾、性格矜高，卻盛年不偶的貧

〔註190〕　鄭孝胥：《用賈島眞山民三月晦日詩作首句》，鄭孝胥著，黃珅、楊曉波校點：《海藏樓詩集》，上海古籍出版社 2003，第 49 頁。

〔註191〕　鄭孝胥：《用賈島眞山民三月晦日詩作首句》，鄭孝胥著，黃珅、楊曉波校點：《海藏樓詩集》，上海古籍出版社 2003，第 49 頁。

〔註192〕　鄭孝胥：《書樫弟扇》，鄭孝胥著，黃珅、楊曉波校點：《海藏樓詩集》，上海古籍出版社 2003，第 49 頁。

〔註193〕　中國國家博物館編，勞祖德整理：《鄭孝胥日記》第一冊，中華書局 1993，第 463 頁。

〔註194〕　中國國家博物館編，勞祖德整理：《鄭孝胥日記》第一冊，中華書局 1993，第 451 頁。

〔註195〕　鄭孝胥：《貧女》，鄭孝胥著，黃珅、楊曉波校點：《海藏樓詩集》，上海古籍出版社 2003，第 42 頁。

女，正是此時不遇知音的鄭孝胥之寫照。甲午戰起，北洋水師節節敗退，朝野上下訾議詬病李鴻章之聲不絕於耳。而此時張之洞聲譽正隆，恰於此時署理兩江。張之洞素好延攬人才，聞鄭孝胥之名即延之入幕委辦洋務文案。時隔不久，鄭孝胥又聽聞李鴻章也欲招其入幕辦理文案之消息。在李、張之間的審度亦頗費一番斟酌，鄭孝胥對「當代名公巨卿之才具心術，別具深見」〔註196〕，曾評李鴻章「耄而驕，平日居心行事，專以苟且偷安爲得計」〔註197〕，且「北洋之用人，如以鼠駕轅、使豚犁田耳，此豈能致豪傑者」〔註198〕。李鴻章不能知人善任、使人盡其才，自視甚高的鄭孝胥自然不願被網羅招致。而鄭孝胥對張之洞的看法是「忠誠而無剛斷之氣」〔註199〕，「瑣瑣於案牘」〔註200〕並「斤斤以此爲重要，吾知其無能爲也」〔註201〕。兩位名公巨卿都不能盡如鄭孝胥之意，但其時李鴻章因甲午戰敗，身敗名裂。這對於甚爲顧惜聲名之鄭孝胥而言，此時再入李幕，無異於自毀聲名與前程。兩相權衡之下，鄭孝胥即以「國步既蹙，亡不旋踵。私懷憤恚，方成狂疾。甘心屏廢，不可復用」〔註202〕之語回絕了李鴻章。

　　1895 年的 11 月，鄭孝胥再次入京，雖僅得引見乾清宮，卻是載

〔註196〕　黃慶澄著：《東遊日記》，見鍾叔河主編：《日本日記·甲午以前日本遊記五種：扶桑日記·日本雜事詩》，嶽麓書社 1985 版，第 361 頁。

〔註197〕　中國國家博物館編，勞祖德整理：《鄭孝胥日記》第一冊，中華書局 1993，第 436 頁。

〔註198〕　中國國家博物館編，勞祖德整理：《鄭孝胥日記》第一冊，中華書局 1993，第 434 頁。

〔註199〕　中國國家博物館編，勞祖德整理：《鄭孝胥日記》第一冊，中華書局 1993，第 461 頁。

〔註200〕　中國國家博物館編，勞祖德整理：《鄭孝胥日記》第一冊，中華書局 1993，第 459 頁。

〔註201〕　中國國家博物館編，勞祖德整理：《鄭孝胥日記》第一冊，中華書局 1993，第 459 頁。

〔註202〕　中國國家博物館編，勞祖德整理：《鄭孝胥日記》第一冊，中華書局 1993，第 490 頁。

譽而歸。無論是剛失勢的李鴻章，還是正得勢的翁同和都對其稱讚有加。「合肥歎曰：『子論甚進』」〔註203〕；常熟言「鄭某通達非常」〔註204〕。故交沈曾植更是以「鐵石之託，今在公矣」〔註205〕之句相勉。

在京期間，鄭孝胥還去拜訪了已故鄉試座主寶廷之子，並作了一首緬懷寶廷的詩：「滄海門生來一見，侍郎憔悴掩柴扉。休官竟以詩人老，祈死應知國事非。小節蹉跎公可惜，同朝名德世多譏。西山晚歲饒還往，愁絕殘陽掛翠微」〔註206〕。寶廷乃性情中人，雖貴爲宗室，幼受儒家正統教育，個性卻狂放不羈。罷官後益發放浪形骸，徜徉於京西山野間，潦倒終老。除卻一二知交認爲其是早識境機、佯狂避世外，其遭際行爲始終不入正統道學人士法眼。鄭孝胥憶起當初入京拜謁寶廷之情景，「几榻殊草草，旁列殘花數盆，奴僕羸敝，院落靜無人聲，雨後莓苔初生，濕土中漸作綠意」〔註207〕，而寶廷本人則「服敝服，裂處露棉幾尺許」〔註208〕，不見宗室之貴，無復昔日清流四諫之風采，完全是一介落魄文人形象。寶廷兀傲不羈之個性，違時背俗，不畏世議之氣魄深爲鄭孝胥所欣賞，其因小節自毀仕途功名之舉也每讓鄭孝胥爲之惋惜。寶廷在世之時，鄭孝胥每至京必去拜謁，且在自己並不寬裕的情況下予以資助：

> 坐車往謁竹師，呈土敬十金。餘存二十金，寒衣在滬未來，初欲買棉袍，適愛蒼以袍假余，遂舉買袍遺竹師也。

〔註203〕　中國國家博物館編，勞祖德整理：《鄭孝胥日記》第一冊，中華書局1993，第525頁。

〔註204〕　中國國家博物館編，勞祖德整理：《鄭孝胥日記》第一冊，中華書局1993，第528頁。

〔註205〕　中國國家博物館編，勞祖德整理：《鄭孝胥日記》第一冊，中華書局1993，第533頁。

〔註206〕　鄭孝胥：《懷座主寶竹坡侍郎廷》，鄭孝胥著，黃珅、楊曉波校點：《海藏樓詩集》，上海古籍出版社2003，第53頁。

〔註207〕　中國國家博物館編，勞祖德整理：《鄭孝胥日記》第一冊，中華書局1993，第33～34頁。

〔註208〕　中國國家博物館編，勞祖德整理：《鄭孝胥日記》第一冊，中華書局1993，第34頁。

入門，蓬蒿沒膝，庭院寂然。〔註209〕

坐車往謁竹坡師，師命酒對坐，談時事，相與太息。〔註210〕

謁寶竹師，邀入廳事，菊花猶盛。談久之，竹師留飯具酒，且約作詩。〔註211〕

鄭孝胥對寶廷的知遇之情心存感激，也有感於寶廷境遇之潦倒、晚景之淒慘，故此他要避免「侍郎憔悴掩柴扉」的舊事在自己身上重現，其一生強烈追求功名，未嘗沒有一些寶廷遭際之影響。

返回南京後，鄭孝胥似乎有絕意仕進、遁跡林泉之意：

心遠無妨得地偏，南歸袖手對吳天。凌空翔隼高圜外，破寂鳴雞午景前。白下溪流向人靜，紫金山色入春妍。閒中把玩消何物，卻辨微吟遺壯年」〔註212〕。

避開喧囂的塵世，獨自袖手仰望這南國的蒼穹。空中鷹隼高翔，門前雞鳴報曉。白下溪流、紫金山色都讓人心曠神怡，只是這正當有為的壯年，卻要以吟詩作賦來消遣時日，未免可惜。此詩用陶詩句意，卻沒有陶詩那種發自內心的悠然自得之趣。自命清高的鄭孝胥此時以退為進，他不願也不屑將自己等同於那些世俗之人，卑躬屈膝的奔競於權貴之門，因此「韜養待時，不動聲色」〔註213〕，以期伯樂之青眼獨加。

1898年初鄭孝胥收到張之洞召其赴鄂的電文：「有重大緊要事欲與公相商，請即速命駕來鄂。已與盛京卿商妥矣，即候電覆。洞，庚」

〔註209〕 中國國家博物館編，勞祖德整理：《鄭孝胥日記》第一冊，中華書局1993，第74頁。

〔註210〕 中國國家博物館編，勞祖德整理：《鄭孝胥日記》第一冊，中華書局1993，第75頁。

〔註211〕 中國國家博物館編，勞祖德整理：《鄭孝胥日記》第一冊，中華書局1993，第81頁。

〔註212〕 鄭孝胥：《正月二日試筆》，鄭孝胥著，黃珅、楊曉波校點：《海藏樓詩集》，上海古籍出版社2003，第59頁。

〔註213〕 中國國家博物館編，勞祖德整理：《鄭孝胥日記》第一冊，中華書局1993，第564頁。

〔註214〕。鄭孝胥在日記中完整抄錄了這段電文，可見對此次相召的重視。兩天後，懷著急切心情的鄭孝胥即乘船溯長江而上。船行至蕪湖，雨雪交加，天氣的惡劣絲毫沒有影響鄭孝胥高昂的興致，詩興大發的他隨即口占一絕：「絕海浮江短景催，浪花雪片鬥清哀。沖寒不覺衣裘薄，爲帶憂時熱淚來」〔註215〕。隆多時節，飛雪飄舞，獨立船頭的鄭孝胥卻感覺不到撲面而來的凜冽寒意，心裏充溢的只是乘風破浪的豪情和匡時濟世的情懷。雖然又是入幕，但此期的幕僚生涯已今非昔比了。

　　由於有駐日的經歷，鄭孝胥此期與日本政界軍界之人，多有接觸：「見督辦並晤日本陸軍中佐神尾光臣。督辦詢以陸軍制度，而不能省了，使余往諮之。神尾遂約余明日至領事署會晤」〔註216〕。日本在維新變法後國勢蒸蒸日上，而中國此時面臨著亡國滅種的危機，朝野上下卻仍在固步自封。鄭孝胥在 1898 年 2 月 20 日的日記中寫下這樣一段話：

　　　　今中國事急，我輩匹夫雖懷濟世之具，勢不得展，固也，有機會於此，日本方欲聯中國以自壯，如令孝胥遊於日本，歲資以數千金，恣使交結豪酋及國中文人，不過年餘，當可傾動數萬人，下能輔中原之民會，上可助朝廷之交涉。脫諸戎肆毒於華夏，則借日人之力以鼓各省之氣。興中國，強亞洲，庶幾可爲也。昔漢高與陳平金三萬斤使謀西楚，張魏公假園中老兵數十萬金使貫海外，嗚呼，今不復有斯人耶。〔註217〕

　　鄭孝胥欲傚仿歷史上縱橫家的成例，試圖以舌辯之術、利益之資

〔註214〕　中國國家博物館編，勞祖德整理：《鄭孝胥日記》第二冊，中華書局 1993，第 635 頁。

〔註215〕　鄭孝胥：《南皮尚書急招入鄂雪中過蕪湖》，鄭孝胥著，黃珅、楊曉波校點：《海藏樓詩集》，上海古籍出版社 2003，第 80 頁。

〔註216〕　中國國家博物館編，勞祖德整理：《鄭孝胥日記》第二冊，中華書局 1993，第 645 頁。

〔註217〕　中國國家博物館編，勞祖德整理：《鄭孝胥日記》第二冊，中華書局 1993，第 644 頁。

交結他國，以他國輿論鼓譟之力量爲外援，鼓舞本國士氣，最終達到擺脫列強凌虐振興中國之目的。且其對自己之才能頗爲自負，認爲如若委派他爲外交使臣僅用年餘時間即可收到下輔民會上助交涉的實效。這種想法是否可行暫且不論，但由此可看出其匡時濟世的方略主要還是取法傳統經驗，其思維模式仍然在傳統思想的範疇之內。儘管曾經出使過外國，受過西方物質文明的衝擊，歸國後又投身洋務，但其立身行事的基點依然是傳統思想。只是此時清王朝面臨的局勢又豈能與歷史上群雄逐鹿之時代相類同。鄭孝胥雖然也是幼讀聖賢書，以聖人之道爲法，卻比同儕流輩的其他士人多了幾分縱橫家睥睨天下不可一世的兀傲之氣，似乎只要他能得君行道，阻大廈之將傾、挽狂瀾於既倒易如反掌。

在亡國滅種的危機下，不甘成爲亡國之君的光緒帝於 1898 年的 6 月頒布了旨在變法自強的《明定國是詔》，掀開了戊戌變法的帷幕。8 月 2 日，密切留意變法進程的鄭孝胥終於盼來了令他歡欣振奮的消息：在張之洞的保薦下，光緒帝下旨召鄭孝胥入京陛見。再次得來這千載難逢的面聖機會，鄭孝胥思忖著如何能夠舌綻蓮花說動人主，建言倘蒙採納，即有一展長才之機會。「河干天已曙，深巷月猶明。殘夢愁中斷，孤蟬風外清。向來堅自擲，欲去惜終輕。此意何人會，躑躅獨倚楹」〔註218〕，拂曉時分他人猶在酣睡，思慮重重的鄭孝胥卻已早早醒來，感受著初秋昧爽的習習涼風，想著此行陳策的吉凶成敗，不由再次陷入沉思。鄭孝胥本欲直接入京，不料張之洞卻連連致電讓其先到鄂一談。過九江時恰值雨中，此番赴鄂之心情又與前次奉召入幕大不相同，躊躇滿志之餘頗有些心事重重：「終日江聲裏，憑欄入楚鄉。暮雲百重合，夜雨十分涼。赤縣憂空切，吳船夢較長。平生匡山興，天外想蒼蒼」〔註219〕；「放懷經世竟何如？幕府休騰北闕

〔註218〕 鄭孝胥：《六月十八日風起》，鄭孝胥著，黃珅、楊曉波校點：《海藏樓詩集》，上海古籍出版社 2003，第 85 頁。

〔註219〕 鄭孝胥：《赴鄂過九江》，鄭孝胥著，黃珅、楊曉波校點：《海藏樓詩集》，上海古籍出版社 2003，第 86 頁。

書。惆悵潯陽泊舟處，江風颯面對匡廬」〔註220〕。江濤拍岸，憑欄
望楚。暮雲低合，夜雨猶涼。憂天下蒼生，期放懷經世。來到這潯陽
江畔，想起當年空負兼濟天下理想的青衫落淚人，斯人斯事，千載之
下仍令人唏噓感歎。

　　封疆大吏對維新變法均持觀望態度，張之洞本欲鄭孝胥入京一探
形勢謹慎行事，可鄭孝胥侃侃而談「極論宜及時破斸積習以作天下之
志氣」〔註221〕，極力主張變法。反而勸張之洞「亟當養士、勸商、
興工、勵吏，以待北方之變」〔註222〕，甚至從他結東鄰以為外援的
書生迂見出發，舉薦伊藤博文為客卿，讓張之洞震驚非常。此時的鄭
孝胥已是熱情滿懷，迫不及待的要投身到變法大業中了：「江中聞雞
鳴，音響極抗烈。坐念祖豫州，要為天下傑」；「此去謁吾主，驚人須
一鳴。難忘晉公語，霜鬢為論兵」〔註223〕。再次船行江上，聞岸上
雞鳴聲高亢嘹亮，激起胸中豪情萬丈，自己也要像當年聞雞起舞、擊
楫中流的祖逖一樣，做出一番事業，成為人中之豪傑。十餘年寒窗苦
讀，勤習聖人之道、經世之策，終於等到今朝可以大顯身手。一定要
抓住這難得的機遇，得到人主的賞識拔擢，一飛衝天，一鳴驚人。「待
與官家區畫了，秋風鱸膾是歸期」〔註224〕，鄭孝胥始終對自己信心
十足，在他看來天下事盡在其「區畫」之內，只要採納他的建議，變
法圖強即會取得立竿見影之效。而且還擺出一副功成不受賞唯願歸園
田的清高姿態。

〔註220〕　鄭孝胥：《泊舟九江城外》，鄭孝胥著，黃坤、楊曉波校點：《海藏
　　　　　樓詩集》，上海古籍出版社 2003，第 86 頁。
〔註221〕　中國國家博物館編，勞祖德整理：《鄭孝胥日記》第二冊，中華書
　　　　　局 1993，第 671 頁。
〔註222〕　中國國家博物館編，勞祖德整理：《鄭孝胥日記》第二冊，中華書
　　　　　局 1993，第 671 頁。
〔註223〕　鄭孝胥：《六月廿八夜半舟下大通聞江岸雞聲口占二絕》，鄭孝胥
　　　　　著，黃坤、楊曉波校點：《海藏樓詩集》，上海古籍出版社 2003，第
　　　　　86 頁。
〔註224〕　鄭孝胥：《七月初三日雨時將入都》，鄭孝胥著，黃坤、楊曉波校點：
　　　　　《海藏樓詩集》，上海古籍出版社 2003，第 86 頁。

　　鄭孝胥到京後於9月5日召對:「召入,奏對約二刻,並呈說帖,
上色甚霽。聖躬似頗瘦弱。余對時音吐稍響。上謙挹異常,呈說帖尚
未及案,上引手受之,略披覽,即欠身曰:『可留覽之。』余乃起退
下」〔註225〕。這大約半小時的觀見,讓鄭孝胥終生引以爲榮。即使
事隔多年之後,言及光緒對其的嘉許拔擢,鄭孝胥仍倍感知遇涕淚交
加。9月9日,敕命以道員候補的鄭孝胥,被分派於總理各國事務衙
門章京上行走。未及半月,戊戌變法便宣告失敗。慈禧再次訓政,參
與變法的激進分子均遭屠戮。鄭孝胥雖未被深究株連,但深感變法圖
強再造中興的努力和希望就此化爲泡影,自己又將是有志難申,心中
異常的鬱憤失落:「從此又是偷生世界,亡可立待矣」〔註226〕。重挫
之下,鄭孝胥隨即告病不赴衙門。此時之京城風聲鶴唳、人心惶惶,
捉拿查問者比比皆是,漸有波及鄭孝胥之勢。得到壞消息後,鄭孝胥
卻說:「今日人尙以被累爲恥,將來恐將有以不被累爲恥者,則士君
子盡矣。余所同召見者張蔭桓、譚嗣同,所同被旨者江標,今皆敗;
余雖未斥,度非久當出國門矣。彼曹固當及罪,然生於今日而冀有賢
不肖之分,亦難矣哉」〔註227〕。其時與鄭孝胥同日召見之張蔭桓發
配新疆、譚嗣同菜市口斬首;同道上諭分派至總理衙門的江標革職永
不敘用,鄭孝胥得免追究實屬幸事。其不避危難。以參與變法爲榮,
在眾人唯恐與維新扯上干係受其株連之際亦屬難能可貴。

　　此次入京不過兩月有餘,卻讓鄭孝胥經歷巨變,甚至一度瀕臨危
難。離京前夕鄭孝胥獨坐驛館,想到自己乘興而來卻落得失望而返,
心裏不禁倍感淒涼:

　　　　九日宣南晝閉門,幽花相對更無言。殘秋去國人如醉,

〔註225〕 中國國家博物館編,勞祖德整理:《鄭孝胥日記》第二冊,中華書
　　　　　局1993,第675~676頁。
〔註226〕 中國國家博物館編,勞祖德整理:《鄭孝胥日記》第二冊,中華書
　　　　　局1993,第683頁。
〔註227〕 中國國家博物館編,勞祖德整理:《鄭孝胥日記》第二冊,中華書
　　　　　局1993,第687頁。

晚照橫窗雀自喧。坐覺宮廷成怨府，仍愁江海有羈魂。孤
臣淚眼摩還暗，爭忍登高望帝閽。〔註228〕

「晝閉門」、「更無言」隱指當時京城彌漫的恐怖氣氛，殘秋時分，
萬象蕭瑟，自己在這夕陽晚照下獨坐沉思，甚至都沒有感覺到耳邊麻
雀的聒噪聲。轟轟烈烈的維新變法落得如此悲慘結局，面對這不可挽
回的時局也只有歸去。

復歸張之洞幕的鄭孝胥於 1899 年 1 月出任蘆漢鐵路南段總辦。
只是心情沉重的他尚未從變法失敗的打擊中恢復。滿腹悽楚沉痛意，
化為詩篇。首首讀來皆是幽怨感傷：「葉葉風帆疊疊山，涼波浩渺暮
雲斑。愁人何許腸堪斷，只在殘陽欲墜間」〔註229〕；「江漢湯湯首重
回，北書函淚濕初開。憂天已分身將壓，感逝還期骨易灰。闕下驚魂
飄落日，車中殘夢帶奔雷。吾儕未死才難盡，歌哭行看老更哀」〔註
230〕。更有甚者，在張之洞嫁女喜宴上，鄭孝胥即席吟誦的近作便是
後一首「吾儕未死才難盡，歌哭行看老更哀」，毫無避諱顧忌。1899
年的 2 月 9 日是農曆戊戌年的除夕，來寓所賀歲、饋贈者都被鄭孝胥
謝絕。晚來獨自兀坐，念閩中兄弟、滬上妻小，心緒難寧：「明朝四
十矣，老不足恨，恨夙心未展耳。惟願我皇上聖躬無恙，或尚有報稱
之日也」〔註231〕。思親復思君復感慨華年易逝，壯志難酬，在思緒
的百轉千回中，鄭孝胥度過了一個難眠的除夕之夜。

鄭孝胥從日本歸國之後，仍然保持勤閱歷代詩文集的習慣。最
喜閱王安石與蘇軾之集，並曾親手抄錄臨川詩。同時亦將自己數年
所作詩抄錄備冊。嘗與張謇論詩以為「初學詩者必以句法格律為主。

〔註228〕　鄭孝胥：《九日虎坊橋新館獨坐偶成》，鄭孝胥著，黃坤、楊曉波校
　　　　　點：《海藏樓詩集》，上海古籍出版社 2003，第 89 頁。
〔註229〕　鄭孝胥：《泊九江》，鄭孝胥著，黃坤、楊曉波校點：《海藏樓詩集》，
　　　　　上海古籍出版社 2003，第 90 頁。
〔註230〕　鄭孝胥：《漢口得嚴又陵書卻寄》，鄭孝胥著，黃坤、楊曉波校點：
　　　　　《海藏樓詩集》，上海古籍出版社 2003，第 90 頁。
〔註231〕　中國國家博物館編，勞祖德整理：《鄭孝胥日記》第二冊，中華書
　　　　　局 1993，第 712 頁。

久之漸熟，則意趣當先，使辭藻筆仗皆退伏而不可見。又詣其至，惟有興象，如風之送涼，雨之灑點，有靈氣往來，斯其聖矣」〔註232〕，儼然於作詩一途已登其堂入其室。才名冠一時的陳三立甫見其詩即「歎爲絕手」〔註233〕；張之洞亦稱其詩：「外清而內厚，氣力雄渾」〔註234〕，「雖出宋人，然竟是蘇龕之詩」〔註235〕。鄭孝胥入張之洞幕的這段時期，正值陳衍、沈曾植俱在湖北，陳任官報局總纂，沈主兩湖書院史席。三人詩學傾向相近，常相聚論詩，切磋砥礪。且張之洞本人亦以大儒自詡，平素也喜論詩文。鄭孝胥時從之遊，賓主唱和不斷，亦頗融洽。此期鄭孝胥之詩已從講求句法格律進入意趣興象之境，詩學宗向、詩歌風格均臻於成熟。1902 年鄭孝胥將其歷年存詩結集刻印，名之曰《海藏樓詩》。此集一出，鄭孝胥更是名噪天下。

　　1903 年廣西多地爆發叛亂，調任兩廣總督的岑春煊特邀鄭孝胥襄助。岑春煊對鄭孝胥信任有加，委以龍州防務要職。鄭孝胥治理龍州卓有成效，剿匪是其赴龍州之目標自不待言，其在地方上造浮橋、設醫院、建商號、辦教育等舉措卻是造福一方，影響深遠。其對教育投入猶多，相繼設立將弁學堂、龍州學社、小學堂、法政學堂、蒙學堂等，並積極籌措資金資助士子留學。此外鄭孝胥還積極設法賑濟災民貧民，將多餘之軍米借貸給貧戶，對受災前來求助之貧民亦不吝資助。在龍州的兩年多時間裏，如其自己所言：「弔死扶傷二載餘，堅持不殺竟何如。懸知胡越同舟誼，遠勝孫吳相斫書。長策猶須教耕戰，

〔註232〕　中國國家博物館編，勞祖德整理：《鄭孝胥日記》第一冊，中華書局 1993，第 503 頁。

〔註233〕　中國國家博物館編，勞祖德整理：《鄭孝胥日記》第一冊，中華書局 1993，第 464 頁。

〔註234〕　中國國家博物館編，勞祖德整理：《鄭孝胥日記》第一冊，中華書局 1993，第 564 頁。

〔註235〕　中國國家博物館編，勞祖德整理：《鄭孝胥日記》第一冊，中華書局 1993，第 581 頁。

窮邊可使闕儲胥。誰人錯訝經營意，規復南交計尚疏」〔註236〕。為官一方，化民成俗。鄭孝胥這種以民為邦本，興仁義之師以教民化民，為地方謀求長遠發展的種種舉措實源於儒家傳統之教化思想。《久戍》一詩即表明了這種思想：「亂平嗟戍久，歲稔覺民馴。好整戎常避，無功眾轉親。後人思憒憒，儒者意申申。謝病真能去，休論過與仁」〔註237〕。

　　廣西地處邊陲，境外法國虎視眈眈。時日俄戰爭爆發，法國亦增兵邊境蠢蠢欲動。鄭孝胥屢屢上奏朝廷請早為防備，又電告岑春煊，卻都得不到重視。清政府在對外事務中委曲求全，各方官吏亦畏洋如虎。其時時利、廣生祥、祥聚三家商行仗恃洋商撐腰，拒交茁油保衛經費，鄭孝胥乃以罰款封號作為處罰。此事受到英國領事無理干涉，巡撫李經羲為此出面說項，但鄭孝胥卻堅持原則，照章辦事。此舉雖博得「剛正不阿，如睹顏色」〔註238〕之時譽，卻也開罪了頂頭上司。

　　鄭孝胥戍邊兩年，雖想有所作為卻諸事掣肘，難見成效。心灰意冷之下，遂執意求去：「胥守邊二年，雖無功，亦無罪。今病骨支離，乞骸已遂，而二帥留不聽去，必令瘴死窮荒，以為任事者之炯戒，殊非所望於我公也」〔註239〕。離去之前，鄭孝胥特意於伏波廟後選址，為其所率武建軍犧牲士卒立了一座資念塔，並以詩紀之：「武建孤軍戍南荒，邊亂雖平士多亡。亡者入地塔出世，含哀鬱怒凌蒼茫。龍州西山日欲落，雙江奔流動城郭。倚天神劍忽飛來，雪脊霜峰見稜鍔。夾岸遙看人共指，俯映浮橋斷江水。瘡痍瘴癘意全消，孤標只在斜陽裏。君不見男兒為國軀可捐，伏波遺廟尚巋然。銅柱沉埋無覓處，州

〔註236〕　鄭孝胥：《述意》，鄭孝胥著，黃珅、楊曉波校點：《海藏樓詩集》，
　　　　　上海古籍出版社 2003，第 152 頁。
〔註237〕　鄭孝胥：《久戍》，鄭孝胥著，黃珅、楊曉波校點：《海藏樓詩集》，
　　　　　上海古籍出版社 2003 第 1457 頁。
〔註238〕　中國國家博物館編，勞祖德整理：《鄭孝胥日記》第二冊，中華書
　　　　　局 1993，第 967 頁。
〔註239〕　中國國家博物館編，勞祖德整理：《鄭孝胥日記》第二冊，中華書
　　　　　局 1993，第 999 頁。

名猶自喚文淵」〔註240〕。隨後又擬寫了一道情詞懇切的籌邊奏摺：從設電線、練炮隊、興農工三方面，規劃了廣西的邊防和地區發展。然而鄭孝胥雖本著對國計民生的責任感上書論邊事，但內心已對腐敗的朝政不抱希望：「胥請辦鐵路、炮隊、電線各節，度皆不行。以病求去，願歸田里，別無他志」〔註241〕。

　　不久之後鄭孝胥便從龍州黯然歸滬。因其戍邊龍州，以詩人而為邊帥，故此期之詩作雄奇恣肆、氣象恢廓，別開一境界：「西來飽聽鬱江聲，看到山平水亦平。論世始知異形勝，因才誰可共功名？炎風含毒秋前屬，嶺月懸愁夢外明。會有雲霓償眾望，先聲應以動邊城」〔註242〕。沈瑜慶一見此詩便歎：「使我集中有此題，吾願足矣」〔註243〕。又如：

> 雨過氣逾霽，夜涼雲自流。明明一天月，颯颯四山秋。林影紛當戶，灘聲靜入樓。曲廊聊坐地，莫說是龍州。〔註244〕

> 群山破散縱雙流，蕩蕩平原入戍樓。試遣勞人歌一曲，倚欄斜日看龍州。〔註245〕

　　二詩筆墨洗煉，詩意蒼涼，氣象清奇，餘味猶多。鄭孝胥以書生領兵，甫至邊防之時，躊躇滿志，頗有立功邊塞之豪情，故「曲廊聊坐地，莫說是龍州」。隨著時日推移，久居邊塞漸有離人懷思之感。「試

〔註240〕　鄭孝胥：《武建軍資念塔歌》，鄭孝胥著，黃坤、楊曉波校點：《海藏樓詩集》，上海古籍出版社2003，第152頁。

〔註241〕　中國國家博物館編，勞祖德整理：《鄭孝胥日記》第二冊，中華書局1993，第988頁。

〔註242〕　鄭孝胥：《七月甲午師次橫州》，鄭孝胥著，黃坤、楊曉波校點：《海藏樓詩集》，上海古籍出版社2003，第132～133頁。

〔註243〕　中國國家博物館編，勞祖德整理：《鄭孝胥日記》第二冊，中華書局1993，第911頁。

〔註244〕　鄭孝胥：《八月初十夜即事》，鄭孝胥著，黃坤、楊曉波校點：《海藏樓詩集》，上海古籍出版社2003，第138頁。

〔註245〕　鄭孝胥：《十一月廿九日率左旅兩營移駐龍州》，鄭孝胥著，黃坤、楊曉波校點：《海藏樓詩集》，上海古籍出版社2003，第134頁。

遣勞人歌一曲，倚欄斜日看龍州」之句，便多了幾分回味不盡的思致。

「軍中有韓范，敵國亦驚顧。一夫重九鼎，大事眞可付。誰能盡其才，毋使歎遲暮」〔註246〕。韓琦、范仲淹均以文人統邊，鎭守邊關威名赫赫。鄭孝胥受岑春煊重託守邊，初亦頗有踵武前賢，建功立業之志。龍州駐地尚存昔年伏波將軍馬援駐軍遺址，這些古聖前賢的光輝業績每每激蕩著鄭孝胥意氣風發的心：「只今邊帥用詩人，端遣書生來岸幘。欲憑秀句洗瘴癘，復恃豐年拋劍戟」〔註247〕。鄭孝胥雖欲「憑秀句洗瘴癘」怎奈「一旅當邊鎖，中朝意甚輕」〔註248〕。朝政腐敗，諸事難爲。邊陲防禦雖重要，但腐朽的清王朝卻無暇顧及，不爲措意，「官家方省事，付與老書生」〔註249〕。鄭孝胥駐守邊防如同遷官貶謫，投閒置散。想要奮發有爲卻每多掣肘。最後連軍餉的足額髮放都不能保證，「孤軍帶饑色，欲去不得辭」〔註250〕。

「日斜，獨步園中，惘惘如夢。自念平生懷抱太奇，謫令至此」〔註251〕。獨自徘徊於園中，鄭孝胥心裏滿是惆悵抑鬱。守土鎭邊，建功立業的熱望終成一夢。只落得「經世寸心空自許，尋春殘夢那無痕」〔註252〕。初至龍州之激昂一變爲激憤、失意、淒苦、幽怨。意興闌珊、意氣低沉、窮愁牢落之作遂多。「登高亦何爲，謂可舒抑鬱。今朝雖重陽，抱膝獨不出。此州乃井底，無處見天日。縱隮萬山巓，

〔註246〕　鄭孝胥：《海籌舟中贈薩君鎭冰》，鄭孝胥著，黃坤、楊曉波校點：《海藏樓詩集》，上海古籍出版社2003，第132頁。

〔註247〕　鄭孝胥：《題新闢梅廳二窗》，鄭孝胥著，黃坤、楊曉波校點：《海藏樓詩集》，上海古籍出版社2003，第135頁。

〔註248〕　鄭孝胥：《龍州雜詩》，鄭孝胥著，黃坤、楊曉波校點：《海藏樓詩集》，上海古籍出版社2003，第135頁。

〔註249〕　鄭孝胥：《龍州雜詩》，鄭孝胥著，黃坤、楊曉波校點：《海藏樓詩集》，上海古籍出版社2003，第135頁。

〔註250〕　鄭孝胥：《和陶乞食》，鄭孝胥著，黃坤、楊曉波校點：《海藏樓詩集》，上海古籍出版社2003，第138頁。

〔註251〕　中國國家博物館編，勞祖德整理：《鄭孝胥日記》第二冊，中華書局1993，第919頁。

〔註252〕　鄭孝胥：《回首》，鄭孝胥著，黃坤、楊曉波校點：《海藏樓詩集》，上海古籍出版社2003，第136頁。

猶在千丈窟。三秋不易過，業滿當自脫。滔滔海揚波，吾意行一舠」
〔註253〕。原本雄奇險要的龍州此時卻成了「井底」、「千丈窟」，留在
這裡簡直是度日如年、受厄遭難。夏敬觀在《學山詩話》中嘗言「龍
州督師，固是重寄，然事多掣肘，政府又非有收復屬國之意，等之冗
官。故其在龍州之詩，多牢騷抑鬱之辭，自比於竄身南荒」〔註254〕。

　　鄭孝胥在日記中記有一則德人因清政府腐朽無能，憤而自盡之
事：「《中外日報》言，有德人朱臻仕，在華近三十年，為南京、鎮江、
江陰、吳淞炮臺總教習者七八年，以中國時事日非，氣憤成疾，十月
初二日在南京以手槍自擊而終。留書致其友曰：『我因事自盡，本國
不得藉端要索』云云，閱之使人酸淚盈襟也」〔註255〕。此「酸淚盈
襟」既是感事亦是自傷。無能之政府、難為之時事讓鄭孝胥憤慨痛切，
失望異常。這種失意悲慨，窮愁牢落的思緒在無數個夜深難寐之際狠
狠地折磨著鄭孝胥的心靈：

　　　　迷魂飄蕩觸雞鳴，枕上驚回已四更。往恨新愁紛入夢，
　　雨聲蟲語驟難明。才華負汝休論命，憂患磨人轉畏名。百
　　倍近來情緒惡，欲從底處換無情？〔註256〕

　　　　酒薄才堪助斷魂，燈清猶自伴微溫。窗前天共邊愁闊，
　　莫伴星河望故園。〔註257〕

　　　　照眼溪山月色新，不辭風露濕衣巾。千秋冷落龍州月，
　　暫遣高樓作主人。〔註258〕

〔註253〕　鄭孝胥：《九日不出》，鄭孝胥著，黃坤、楊曉波校點：《海藏樓詩
　　　　　集》，上海古籍出版社2003，第154頁。
〔註254〕　夏敬觀：《學山詩話》，《民國詩話叢編》本，上海書店出版社2002，
　　　　　第64頁。
〔註255〕　中國國家博物館編，勞祖德整理：《鄭孝胥日記》第二冊，中華書
　　　　　局1993，第918頁。
〔註256〕　鄭孝胥：《枕上》，鄭孝胥著，黃坤、楊曉波校點：《海藏樓詩集》，
　　　　　上海古籍出版社2003，第136頁。
〔註257〕　《霜夜》，鄭孝胥著，黃坤、楊曉波校點：《海藏樓詩集》，上海古
　　　　　籍出版社2003，第142頁。
〔註258〕　鄭孝胥：《霜夜》，鄭孝胥著，黃坤、楊曉波校點：《海藏樓詩集》，
　　　　　上海古籍出版社2003，第142頁。

　　朱顏卻老竟無方，被髮纓冠亦太狂。歸死未甘同泯泯，言愁始欲對茫茫。孤雲萬族身安託，落日扁舟世可忘。從此湖山換兵柄，肯教部曲識蘄王。〔註259〕

　　痛哭終何益，長歌只自哀。一春如夢過，萬恨上心來。往事留滋味，餘生付劫灰。可憐心不死，老去更須才。〔註260〕

　　這些詩一讀便有無數窮愁淒苦之氣撲面而來，細味詩意痛切之感更甚。無怪乎陳衍說其「督辦龍州邊防諸作，窮塞主語」〔註261〕。

　　鄭孝胥平生愛以歷代前賢中猶為傑出者自比，其少學柳宗元，亦自詡為蘇軾之異代知己，「平生吾東坡，異代獨眷眷」〔註262〕。龍州所為詩，有不少用蘇軾句意。柳、蘇二人均仕途坎坷，貶謫異鄉。蘇軾隨遇而安「九死南荒吾不恨」，終獲北返；而柳宗元終因無法排遣心中失意，鬱鬱卒於貶所。鄭孝胥既無蘇軾風華絕代之放達氣度，亦無柳宗元卓異一時之風骨見識。「登玉洞望，四面皆山，誦『碧山也恐人歸去，百匝千遭繞郡城』之作，始知柳子厚劍鋩割愁及賦囚山之情狀也」〔註263〕。苦守龍州，出頭無日，唯恐他年步子厚之後塵。思之反覆，更覺多留無益。

　　我雖敦詩書，何嘗習為將。事急適無人，馬箠偶一杖。瓜時當受代，豈免懷怏怏。登樓發長嘯，遮眼憎疊嶂。濠堂與鷗榭，恍惚夢欲忘。上書亟自劾，不恤天下謗。方將

〔註259〕　鄭孝胥：《世已亂身將老長歌當哭莫知我哀》，鄭孝胥著，黃珅、楊曉波校點：《海藏樓詩集》，上海古籍出版社2003，第146頁。

〔註260〕　鄭孝胥：《夜不成寐枕上口占一律》，鄭孝胥著，黃珅、楊曉波校點：《海藏樓詩集》，上海古籍出版社2003，第454頁。

〔註261〕　陳衍撰：《石遺室詩話》，卷一，張寅彭、戴建國校點：《民國詩話叢編》本，上海書店出版社2002，第22頁。

〔註262〕　鄭孝胥：《杭州南高峰煙霞洞東坡嘗遊處也寺僧刻岩石為財神湯蟄仙斥之易刻坡像杭人遂題之曰蘇龕蟄仙以書報余且屬作詩》，鄭孝胥著，黃珅、楊曉波校點：《海藏樓詩集》，上海古籍出版社2003，第127頁。

〔註263〕　中國國家博物館編，勞祖德整理：《鄭孝胥日記》第二冊，中華書局1993，第911頁。

投江湖。物外肆豪放。獨來還獨往,意氣詎非壯。寸心照
人間,皎若月初上。頹波既難挽,用捨貴有當。安能事纖
兒,束縛作恒狀〔註264〕。

此詩自述駐守龍州之始末,有對主動求去的辯解,也有「不恤天
下謗」、「寸心照人間」的自我安慰,以及懷歸之思、失意之慨。詩中
包含之情感複雜,個中滋味頗耐咀嚼。

將離龍州之前,鄭孝胥所作之詩多爲強調其當初駐防龍州乃「荷
戈戍邊非所學,事急無人謬使前」〔註265〕,是勉爲其難,迫不得已
之舉。毫不諱言對朝政之不滿:「中朝不省籌邊策,志士空慚食祿恩
〔註266〕。故此,自己才「辭官聊自慰心魂」〔註267〕。心灰意冷之下,
詩中也多有思遁跡江海之句:「扁舟散髮赴所期,君可去矣今其時。
神色懌悅行水湄,溪山笑人留何爲。彼留子嗟何人斯,嗟非吾徒謂我
誰」〔註268〕;「世短意多誰會者,昨非今是自超然。如何一片功名興,
不及江湖在眼前」〔註269〕。詩中多有放達語。奈何其本非放達人,
偏作放達語,難免有故作姿態之嫌。倒是其日記中這段戲語,體現了
其隱藏於心的另外一種想法:「吾今年四十六,得棄官歸里,便可作
一生收束,列傳、行狀皆可預作。從此以後,若中國迄無振興之日,
則終老山林,不失爲潔身去亂之士;倘竟有豪傑再起,必將求我。雖
埋頭十年,至五十六歲出任大事,依然如初日方升,照耀一世。是吾

〔註264〕 鄭孝胥:《十月十七日奏辭督辦邊防》,鄭孝胥著,黃坤、楊曉波校
點:《海藏樓詩集》,上海古籍出版社2003,第141頁。

〔註265〕 鄭孝胥《懷歸篇》,鄭孝胥著,黃坤、楊曉波校點:《海藏樓詩集》,
上海古籍出版社2003,第151頁。

〔註266〕 鄭孝胥:《十九日又作》,鄭孝胥著,黃坤、楊曉波校點:《海藏樓
詩集》,上海古籍出版社2003,第142頁。

〔註267〕 鄭孝胥:《十九日又作》,鄭孝胥著,黃坤、楊曉波校點:《海藏樓
詩集》,上海古籍出版社2003,第142頁。

〔註268〕 鄭孝胥:《子嗟》,鄭孝胥著,黃坤、楊曉波校點:《海藏樓詩集》,
上海古籍出版社2003,第148頁。

〔註269〕 鄭孝胥:《龍州歲暮》,鄭孝胥著,黃坤、楊曉波校點:《海藏樓詩
集》,上海古籍出版社2003,第146頁。

以一世人作兩世之事，豈不綽然有餘裕哉」〔註270〕！

　　返滬之後的鄭孝胥築海藏樓以居，雖欲「解甲歸來倚市樓，騰騰人海獨吟秋」〔註271〕，實際上卻沒有賦閒。1906 年清政府迫於內外壓力，實行預備立憲。並召集朝廷重臣改定官制以為立憲之預備，各地紛起回應。鄭孝胥及其同仁議立憲政研究會「以研治實業、主持清議」〔註272〕。該會後更名為預備立憲公會，在立憲運動中影響甚巨。鄭孝胥出任立憲公會首任會長，並被學部奏辟為頭等諮議官。還參與了新聞出版、工商、教育、路礦等諸項實業，自己還創辦了日暉呢廠。此時之鄭孝胥聲譽益隆，名聞遐邇，各大督撫爭相羅致。端方調任兩江總督兼南洋大臣後，以每月四百金之高薪誠邀其入幕；岑春煊入京任郵傳部尚書數天即累次電請其前往襄助。鄭孝胥一直有著強烈的入仕之心，歸滬之後亦在審時度勢尋找著合適的機會。只是隨著聲望的提高，其對官職的要求也隨之增高。岑春煊授郵傳部尚書的第二天，輿論即言鄭孝胥將任右侍郎一職。孰料左右侍郎皆有人選，讓鄭孝胥大為失望而「懊恨竟日」〔註273〕。其後雖有安徽按察使、廣東按察使等任命，但鄭孝胥均辭以病，不往任職。報紙輿論總在風傳鄭孝胥將會出任要職〔註274〕，各督撫也屢有保薦，從中樞傳來的消息也是「將大用」，然而卻總沒有實質上的任命。這怎能不讓「才堪大用」、「堪膺疆寄」的鄭孝胥心生懊惱，大感「平生濟時懷，千萬不售一」〔註275〕。

〔註270〕　中國國家博物館編，勞祖德整理：《鄭孝胥日記》第二冊，中華書局 1993，第 975 頁。

〔註271〕　鄭孝胥：《隱几》，鄭孝胥著，黃坤、楊曉波校點：《海藏樓詩集》，上海古籍出版社 2003，第 162 頁。

〔註272〕　中國國家博物館編，勞祖德整理：《鄭孝胥日記》第二冊，中華書局 1993，第 1057 頁。

〔註273〕　中國國家博物館編，勞祖德整理：《鄭孝胥日記》第二冊，中華書局 1993，第 1089 頁。

〔註274〕　參見中國國家博物館編，勞祖德整理：《鄭孝胥日記》第二冊，中華書局 1993，第 1148 頁。

〔註275〕　鄭孝胥：《偶書》，鄭孝胥著，黃坤、楊曉波校點：《海藏樓詩集》，上海古籍出版社 2003，第 178 頁。

　　鄭孝胥任職立憲公會期間，積極爲立憲奔走，希望清廷能聽取民間意見，早開國會。其曾代表立憲公會致憲政編查館電文：「近日各省人民請開國會者相繼而起，外間傳言，樞館將以六年爲限，眾情疑懼，以爲太緩。竊謂今日時局，外憂內患乘機併發，必有旋乾轉坤之舉，使舉國之人，心思耳目皆受攝以歸於一途，則憂患可以潛弭，富強可以徐圖……」〔註 276〕。希望清政府能順應民心，速開國會。此電文代表了當時在儒家忠君愛國思想濡染下，對封建王朝還抱有希望的士人的普遍想法：早開國會，近可弭內亂，遠可圖富強。通過王朝自上而下的憲政改革來維繫統治，保住大清江山。豈料腐朽的當局者根本無視民意、一味拖延。頒布的《欽定憲法大綱》中以仿傚日本爲由，決定開設議院以九年爲限。此舉大大挫傷了鄭孝胥投身立憲的積極性，由此而後鄭孝胥對此「全無心肝、全無是非之朝廷」〔註 277〕，亦不抱多少希望矣。「檢點平生空自奇，漸成灰燼欲何施。送春可得回三舍，積恨應須塞兩儀。來日塵勞殊未息，餘年心病總難醫。江南是我銷魂地，忍淚看天到幾時」〔註 278〕。春光雖好，無計留春，這晚春殘景只是徒增人悵惘，空辜負了自己這滿腔的奇才奇氣無處施展。

　　1908 年 11 月光緒與慈禧相繼薨逝。「戊戌銷沉庚子來，種因得果更誰哀。忍教宗社成孤注，可奈君王是黨魁。妄意揮戈能退日，傷心失箸託聞雷。咨縣聽直須天上，好勸長星酒一杯」〔註 279〕。銳意變法圖強的光緒之死給了鄭孝胥很大的打擊，深爲這天不假年的沉冤

〔註 276〕中國國家博物館編，勞祖德整理：《鄭孝胥日記》第二冊，中華書局 1993，第 1147 頁。

〔註 277〕中國國家博物館編，勞祖德整理：《鄭孝胥日記》第二冊，中華書局 1993，第 1154 頁。

〔註 278〕鄭孝胥：《送春》，鄭孝胥著，黃坤、楊曉波校點：《海藏樓詩集》，上海古籍出版社 2003，第 167 頁。

〔註 279〕鄭孝胥：《高樓僑居歌浦戊申小春適鼎胡耗至海上訛言騰沸出門悵惘中信步至張園夕陽黯淡風葉翻飛車馬亦已闌珊逡巡於塵轍中拾得殘紙書啼血三首字跡敧斜語義詭痛蓋謦警墮弓小臣之辭也》，鄭孝胥著，黃坤、楊曉波校點：《海藏樓詩集》，上海古籍出版社 2003，第 182～183 頁。

帝子惋惜不已，更覺時事無望。當端方欲薦其爲攝政王載灃之顧問時，鄭孝胥即以無入都之志向予以回絕。然而鄭孝胥終歸是難忘功名，一方面對世事失望之極，頗有從此「輕世肆志」優游卒歲之想。其嘗與人言：「凡人胸有建功立名、安民濟世之志者，此如小兒帶有胎毒，將發天花，輕則傷面目，重則喪性命，惟有輕世肆志之學足以救之：此如種痘者，預收其毒，使不得發，吾以種痘，當可免矣」〔註280〕。儼然一副超然物外之姿態。接下來話鋒一轉卻又侃侃而論天下事：「今之用世者，率皆有分黨排外之見塞其胸中，即有賢者，亦無洞知中國之全體：欲救其危，毋怪其無從下手耳。生於今世紀而爲亞洲人，宜通曉今世亞洲關於地球列國之趨勢，使我開通亞洲，只擇其大者急者扼要下手，則各國歷年所侵入亞洲，其經營之力皆不啻爲我效力而已。此如西比利亞之鐵道，帕那馬之運河，一成之日，舉世旋轉而不自知，烏能區區爭論治理國際上之末務哉」〔註281〕。又完全是一副治世濟民捨我其誰的口氣。事實上，此時鄭孝胥的注意力已然從立憲轉到了鐵路。

1910 年東三省總督錫良、巡撫程德全聯名致函鄭孝胥，請其赴東北籌劃錦愛鐵路事。對這條建成即爲東三省命脈的鐵路，鄭孝胥視之爲救亡圖存之策，傾注了極大的心血。然此路之修築影響到日、俄在東北之利益，故最終因列強干涉而不果。無能的政府再一次讓鄭孝胥感到失望、憤懑：「萬物役於人，見用乃爲貴」〔註282〕；「惜哉時無人，誰解賞雄概」〔註283〕。1911 年保路運動爆發後，時爲路政權威又有廣西平亂經歷的鄭孝胥成了朝廷解決此事端的不二人選。6月

〔註280〕中國國家博物館編，勞祖德整理：《鄭孝胥日記》第三冊，中華書局 1993，第 1181 頁。

〔註281〕中國國家博物館編，勞祖德整理：《鄭孝胥日記》第三冊，中華書局 1993，第 1181～1182 頁。

〔註282〕鄭孝胥：《海藏樓雜詩》，鄭孝胥著，黃坤、楊曉波校點：《海藏樓詩集》，上海古籍出版社 2003，第 196 頁。

〔註283〕鄭孝胥：《海藏樓雜詩》，鄭孝胥著，黃坤、楊曉波校點：《海藏樓詩集》，上海古籍出版社 2003，第 196 頁。

20日鄭孝胥被補授爲湖南布政使。雖然這個職位並不令鄭孝胥滿意，但畢竟離督撫大員的位置又接近了一步。而且此次任命受到監國攝政王載灃的召見，使得鄭孝胥有機會在中樞首腦面前暢談自己的強國方略。載灃的「屢頜，甚悅」〔註284〕，讓鄭孝胥大受鼓舞，深感有望大行其志。赴湘之前，其在日記中寫道：「吾今挺身以入政界，殆如生番手攜炸彈而來，必先掃除不正當之官場妖魔，次乃掃除不規則之輿論煙瘴，必衝過多數黑暗之反對，乃坐收萬世文明之崇拜。天下有心人曷拭目以觀其效！雖不免大言之謗，然其蓋世衝天之奇氣，終不可誣也」〔註285〕。然後信心百倍、意氣昂揚的踏上了再次出仕的路途。不料到任所數日即因故再次入京，不久武昌起義即爆發。急速南歸的鄭孝胥在路上風聞長沙失守，驚懼之下，不由五內如焚，心膽俱裂：

> 政府之失，在於紀綱不振，苟安偷活：若毒痛天下、暴虐苛政，則未之聞也。故今日猶是改革行政之時代，未遽爲覆滅宗祀之時代。彼倡亂者，反流毒全國以利他族，非仁義之事也。此時以袁世凱督湖廣，兵餉皆恣與之，袁果有才破革黨、定亂事，入爲總理，則可立開國會、定皇室、限制內閣責任，立憲之制度成矣。使革黨得志，推倒滿洲，亦未必能強中國；何則？擾亂易而整理難，且政黨未成、民心無主故也。然則漁人之利其在日本乎，特恐國力不足以舉此九鼎耳。必將瓜剖豆分以隸於各國，彼將以華人攻華人，而舉國糜爛，我則爲清國遺老以沒世矣。時不我與，戢彌天於一棺，惜哉！未死之先，猶能肆力於讀書賦詩已橫絕雄視於百世，豈能徜徉徙倚於海藏樓乎！樓且易主，而激宕悠揚之嘯歌音響乃出於何處矮屋之中，未可知也。今日我所親愛之人在長沙乎，在漢口乎，抑能自

〔註284〕 中國國家博物館編，勞祖德整理：《鄭孝胥日記》第三冊，中華書局1993，第1327頁。

〔註285〕 中國國家博物館編，勞祖德整理：《鄭孝胥日記》第三冊，中華書局1993，第1333頁。

拔以至上海乎？炸彈及於胸腹，我將猛進以不讓矣。使我
化爲海鷗出沒於波濤之上，其能盡捐此親愛之累與否，未
可知也。官，吾毒也；不受官，安得中毒！不得已而受官，
如食漏脯、飲鴆酒，饑渴未止，而毒已作。京師士大夫如
燕巢幕上，火已及之。亂離瘼矣，奚其適歸。至親至愛，
莫能相救，酷哉。〔註286〕

　　此篇日記是鄭孝胥在巨變之中心聲的眞實表露。國難家危，卻無
可措手，雖有忽忽如狂之衝動，但其方寸未亂。國事、家事、己事次
第想來，胸中已有定見。作爲深受儒家忠君愛國思想濡染的傳統士人
精英，鄭孝胥深知治亂之理。朝政窳敗，民怨沸騰，由下而上的變亂
在所難免。因此他並不迴避清政府的「紀綱不振，苟安偷活」。但站
在士大夫的立場，他認爲清王朝並沒有以暴政苛政荼毒天下，不當覆
亡。雖然清政府腐朽無能，但維新變法、憲政改革還是在緩慢艱難的
進行中。鄭孝胥不會把所有問題的根源歸結到封建制度本身，他始終
認爲只要力行變革，用得其人，大局終還可爲。鄭孝胥分析了此時的
局勢：如袁世凱能平定亂事，則能速開國會，立憲可成。倘革命成功，
推翻清王朝，亦未必能使中國強大。亂易治難，「政黨未成、民心無
主」，急切之下無法迅速建立一個新的強有力的中央政權。而且因內
亂可能使列強得利，瓜分豆剖，分而治之，「以華人攻華人，而舉國
糜爛」。鄭孝胥的想法在很大程度上代表了當時主張立憲的士人們的
考慮。在保留君主的基礎上立憲，緩進圖強，避免因中央政權被推翻
而導致天下大亂，局勢失控。民初幾十年，軍閥混戰的局面也證明了
鄭孝胥的擔憂有其道理。至於個人出處，平生素以忠孝節義標榜的鄭
孝胥已然決定「爲清國遺老以沒世」。只是思及此後要以讀書賦詩終
世，心中終究不免悒悒。

　　10月29日，鄭孝胥至滬。此時革命風潮已經席捲南北，勢不可
擋，各地紛紛宣告獨立。鄭孝胥猶寄望於袁世凱能保存皇室，「挾外

<hr />

〔註286〕中國國家博物館編，勞祖德整理：《鄭孝胥日記》第三冊，中華書
　　　　局1993，第1353頁。

交之力，抱尊王之義，誠今日之正論也」〔註287〕。在清王朝大勢已去之際，昔日之朝廷重臣、達官顯貴附和革命，傾向共和者比比皆是。鄭孝胥之故交如岑春煊、程德全，同爲立憲中堅的張謇、湯壽潛均轉向共和。昔日幕僚孟森也勸其「無庸再蹈謝皋羽、汪水雲之成跡」〔註288〕。但鄭孝胥卻言：「世界者，有情之質；人類者，有義之物。吾於君國，不能公然爲無情無義之舉也。共和者，佳名美事，公等好爲之；吾爲人臣，惟有以遺老終耳」〔註289〕。在歷史的轉捩點，是前進一步跟上時代潮流？還是冒天下之大不韙，忠於已經樹倒猢猻散的清王朝？鄭孝胥選擇了後者。

鄭孝胥不認爲以革命的方式推翻封建王朝，建立民主共和的制度是一種歷史的進步，他傾向於以立憲這種自上而下的方式來改革弊政達到強國之目的。武昌起義對他而言與歷史上犯上作亂的人民起義性質相同，都屬於大逆不道。在清王朝土崩瓦解之際，鄭孝胥固持傳統的忠孝節義來評判士人。江蘇宣告獨立，布政使左孝同痛哭而去；山西革命潮起，巡撫陸鍾琦死之。鄭孝胥稱其二人「臨難乃不屈如此」〔註290〕。長沙縣令沈瀛謾罵革命軍被殺，《民立報》謂之爲愚忠，而鄭孝胥卻特意作詩稱讚：「吳兒輕靡盡隨風，九鼎吾終重此公。勢不兩存能自決，人皆一死未爲窮。交期太淺眞相失，節義何常或可同。他日私成黃沈傳，還從鬼錄想雙雄」〔註291〕。而對於傾向革命的故交張謇、湯壽潛，鄭孝胥則表示「宜作書一正張謇、湯壽潛之罪，他

〔註287〕 中國國家博物館編，勞祖德整理：《鄭孝胥日記》第三冊，中華書局 1993，第 1355 頁。

〔註288〕 中國國家博物館編，勞祖德整理：《鄭孝胥日記》第三冊，中華書局 1993，第 1356 頁。

〔註289〕 中國國家博物館編，勞祖德整理：《鄭孝胥日記》第三冊，中華書局 1993，第 1356 頁。

〔註290〕 中國國家博物館編，勞祖德整理：《鄭孝胥日記》第三冊，中華書局 1993，第 1355 頁。

〔註291〕 鄭孝胥：《續海藏樓雜詩》，鄭孝胥著，黃坤、楊曉波校點：《海藏樓詩集》，上海古籍出版社 2003，第 222 頁。

不足道也」﹝註292﹞。岑春煊一向待鄭孝胥不薄，一旦附和共和亦被
其痛責：「岑庸劣無根柢，一生色屬而內荏，固宜以降伏革黨爲收場
也。岑避地滬上，本可不發一語；今一開口而肺肝盡露，原來亦是主
張推翻王室之宗旨，平日聲名掃地。此與自投糞坑何異，其愚至此，
豎子眞不知君臣忠義爲何語」﹝註293﹞。鄭孝胥甚至謾罵贊成共和的
「南方士大夫毫無操守，提倡革命，附和共和。彼於共和實無所解，
鄙語有所謂『失心瘋』者，殆近之矣」﹝註294﹞。

　　海藏樓外風潮迭起風雲變幻，袖手樓內的鄭孝胥亦是坐臥不寧、
心癢難耐：「余居樓中，昧爽即起，寢不安席，食不甘味，運思操勞，
絕非庸庸厚福之比；使余與聞世事，必有過人之處。蓋所種者實爲用
世之因，而所收者轉得投閒之果，可謂奇矣」﹝註295﹞。其密切關注
時局，頗欲調和南北之爭：「余今日所處之地位，於朝廷無所負，於
革黨亦無所忤，豈天留我將以爲調停之人耶」﹝註296﹞。然而形勢的
發展並沒有給他這種機會。革命形勢迅速高漲，被清王朝倚爲重鎮的
袁世凱出於個人野心也贊同共和，清王朝滅亡已是指日可待。鄭孝胥
既不滿於皇族親貴的顢頇無能、苟且偷安，認爲他們只知道爭優待條
款，甘心亡國。「苟皇室有死社稷、殉宗廟、寧死不辱之志，則忠臣
義士激發奮厲，縱至亡國，猶可爲史冊之光耳」﹝註297﹞。也痛恨犯
上作亂的革命黨，更鄙視如袁世凱一類「以亂臣賊子之思想，而取他

﹝註292﹞　中國國家博物館編，勞祖德整理：《鄭孝胥日記》第三冊，中華書
　　　　　局1993，第1361頁。
﹝註293﹞　中國國家博物館編，勞祖德整理：《鄭孝胥日記》第三冊，中華書
　　　　　局1993，第1381頁。
﹝註294﹞　中國國家博物館編，勞祖德整理：《鄭孝胥日記》第三冊，中華書
　　　　　局1993，第1358頁。
﹝註295﹞　中國國家博物館編，勞祖德整理：《鄭孝胥日記》第三冊，中華書
　　　　　局1993，第1358頁。
﹝註296﹞　中國國家博物館編，勞祖德整理：《鄭孝胥日記》第三冊，中華書
　　　　　局1993，第1358頁。
﹝註297﹞　中國國家博物館編，勞祖德整理：《鄭孝胥日記》第三冊，中華書
　　　　　局1993，第1390頁。

人忠臣義士之儀節」〔註298〕的朝廷諸臣，名義上忠於清室暗中謀求個人利益，逼迫宣統遜位，違背君臣之義。在鄭孝胥看來，是北地亂臣的喪心昧良加上南方賊子的干名犯義，最終結束了有清二百六十八年的統治。1912 年 2 月 12 日清帝宣告退位，鄭孝胥懷著複雜的心情寫下了兩首述哀詩：

> 少負致君志，蹉跎三十年。恨深孝欽世，氣盡景皇前。
> 自竄長辭闕，投荒遂戍邊。拊膺終有欠，晚節不成堅。」
> 〔註299〕

> 吾父潛郎署，趨庭只教忠。宦途偏不遂，國史忽云終。死所原難覓，時流莫苟同。未求人事盡，可得咎天公。〔註300〕

鄭孝胥這兩首詩雖是述亡國之悲，卻更多的表現了一己之哀：自己少負用世志，渴望能大展宏圖。不想半生蹉跎，志業未遂，而王朝已亡。幼秉庭訓，自不能作不忠不孝之人。雖不能以一死殉清來盡臣節，姑且隱忍以遺老終世，再圖他計。農曆辛亥年的除夕，鄭孝胥詳細的抄錄下了清帝退位詔書，從此開始了他的遺民生涯。

第三節 「空將節義比斯人，竟作遺民有餘愧」〔註301〕
——利慾薰心助紂為虐的晚年時期

清末民初之際，鄭孝胥已是詩名滿天下。1908 年陳衍在北京出詩人榜，陳寶琛列第四、陳三立列第三，而以鄭孝胥為第二，第一空置。且言恨其無長篇，否則便為第一。盛名之下，時人頗以得見其面

〔註298〕 中國國家博物館編，勞祖德整理：《鄭孝胥日記》第三冊，中華書局 1993，第 1382 頁。

〔註299〕 鄭孝胥：《聞詔述哀二首》，鄭孝胥著，黃坤、楊曉波校點：《海藏樓詩集》，上海古籍出版社 2003，第 223 頁。

〔註300〕 鄭孝胥：《聞詔述哀二首》，鄭孝胥著，黃坤、楊曉波校點：《海藏樓詩集》，上海古籍出版社 2003，第 223 頁。

〔註301〕 鄭孝胥：《丁衡甫中丞屬題傅青主書卷》，鄭孝胥著，黃坤、楊曉波校點：《海藏樓詩集》，上海古籍出版社 2003，第 266 頁。

爲榮。直隸候補道王瓘（孝禹）見而驚詫，以爲「平生所聞鄭蘇堪，以爲老師宿儒，今見之，猶在盛年，使人驚怪不已」〔註302〕；時任旗務處總辦的金梁慕其才名特意投詩求見「久聞諸葛大名垂，筆法乃同兵法奇。偶見臥龍一麟爪，蘇龕墨寶海藏詩」〔註303〕，稱其乃詩中臥龍。辛亥後，鄭孝胥杜門謝世，日與陳三立、沈曾植、朱祖謀、陳曾壽等遺老相往還，詩歌唱和，抒發其故國之思、身世之感，彼此以道義節操相砥礪、相慰藉：

　　　　恐是人間乾淨土，偶留二老對斜陽。違天莫救天將厭，棄世君平世亦忘。自信宿心難變易，少卑高論莫張惶。危樓輕命能同倚，北望相看便斷腸。〔註304〕

　　　　老向窮途道更窮，膝痕穿褟槁書叢。堂堂白日人誰在？杳杳高樓世豈通。守死自甘等丘貉，逃虛未暇託冥鴻。行逢宿草何妨哭，留閱興亡只兩翁。〔註305〕

　　此二詩是鄭孝胥與陳三立、沈曾植的唱和之作，詩中充溢著歷經世變之後的蒼涼意味。國亡道衰，日暮途窮，二三衰翁固持名節，在這遠離塵囂的海藏樓上撫今追昔，感慨興亡，相對唏噓，不勝悲淒。清王朝滅亡後，鄭孝胥的心境處於無聊苦悶之中，詩作之中也多出現衰颯破敗、陰冷晦暗之意象。諸如「衰」、「病」、「哀」、「殘」、「悲」、「酸」之字眼隨處可見：

　　　　偶尋斷夢閒情在，試檢殘編舊恨來。莫信寄愁有天上，人間何處遣愁回。〔註306〕

〔註302〕　中國國家博物館編，勞祖德整理：《鄭孝胥日記》第二冊，中華書局 1993，第 1071 頁。

〔註303〕　中國國家博物館編，勞祖德整理：《鄭孝胥日記》第三冊，中華書局 1993，第 1278 頁。

〔註304〕　鄭孝胥：《答陳伯嚴同登海藏樓之作》，鄭孝胥著，黃坤、楊曉波校點：《海藏樓詩集》，上海古籍出版社 2003，第 224 頁。

〔註305〕　鄭孝胥：《答沈子培》，鄭孝胥著，黃坤、楊曉波校點：《海藏樓詩集》，上海古籍出版社 2003，第 225 頁。

〔註306〕　鄭孝胥：《題吳劍泉寄愁小草》，鄭孝胥著，黃坤、楊曉波校點：《海藏樓詩集》，上海古籍出版社 2003，第 229 頁。

幾時少壯憑回首，一局興亡付倚欄。苦道名園無俗味，
滿牆舊句作悲酸。〔註307〕

斷簡殘編銷熱血，秋風斜日付黃昏。長歌痛哭何須比，
到骨深悲在不言。〔註308〕

東海可堪孤士蹈，神州遂付百年沉。等閒難遣黃昏後，
起望殘陽奈暮陰。〔註309〕

可憐才未盡，哀怨出天籟。餘生依草木，聊復娛萬歲。
〔註310〕

更有甚者還出現以談鬼為趣之詩：「人生類秋蟲，正宜以秋死。
蟲魂復為秋，豈意人有鬼。盍作已死觀，稍憐鬼趣美。為鬼當為雄，
守雌非鬼理。哀哉無國殤，誰可雪此恥？紛紛屬不如，薄彼天下士」
〔註311〕。鄭孝胥雖閉門不出，但心中並沒有忘情世事：「避世不見
人，長望天與日。天日彼何知，我意若有失。人生似朝露，用意徒
鬱勃。萬形來入眼，閉目已自滅。忌形未忘意，耿耿成內熱」〔註
312〕。他耿耿於懷的始終是平生懷抱未展，表面雖高臥海藏樓，內
裏仍然是強烈的用世之心。1912年7月鄭孝胥與沈瑜慶、王仁東等
遺老組織讀經會，定期集會，誦讀儒家經典。此舉既是一種情感寄
託，也是一種文化回應，旨在維繫和保存傳統思想文化。在清末西
學東漸風潮的衝擊下，士人中的精英已經意識到儒家思想文化面臨

〔註307〕 鄭孝胥：《答鑒泉亂後歸鑒園》，鄭孝胥著，黃坤、楊曉波校點：《海
藏樓詩集》，上海古籍出版社2003，第234頁。

〔註308〕 鄭孝胥：《斜日》，鄭孝胥著，黃坤、楊曉波校點：《海藏樓詩集》，
上海古籍出版社2003，第259頁。

〔註309〕 鄭孝胥：《重九雨中作》，鄭孝胥著，黃坤、楊曉波校點：《海藏樓
詩集》，上海古籍出版社2003，第260頁。

〔註310〕 鄭孝胥：《陳仁先種菊圖》，鄭孝胥著，黃坤、楊曉波校點：《海藏
樓詩集》，上海古籍出版社2003，第236頁。

〔註311〕 鄭孝胥：《答乙庵短歌三章》，鄭孝胥著，黃坤、楊曉波校點：《海
藏樓詩集》，上海古籍出版社2003，第250頁。

〔註312〕 鄭孝胥：《續雜詩》，鄭孝胥著，黃坤、楊曉波校點：《海藏樓詩集》，
上海古籍出版社2003，第224頁。

著危機：「世亂歸抱書，抵死終不輟……展卷暗傷嗟，古道恐遂滅」〔註313〕。隨著清王朝的滅亡，傳統儒家思想文化更是岌岌可危。面對這種「名教已掃地，何人能維持」〔註314〕的局面，鄭孝胥毫不猶豫的以道義擔當為己任：「指心許蒼天，一老乃懋遺。徐行萬馬中，捨我噫其誰」〔註315〕。

「士窮見節義，顛倒非所聞」〔註316〕，在傳統綱常思想影響下的士人，身受前朝功名，自當忠於一家一姓。時危之際更要見出士人風操。鄭孝胥固守著心中的君臣之義：「吾不能自欺其良知。寧使世人譏我之不達，不能使後世指我為不義，故反對革命之舉耳」〔註317〕。本著忠孝節義的綱常標準，鄭孝胥的心裏「敵我」分明。陳伯嚴、朱古微在清亡後猶留辮髮，鄭孝胥視之為「碩果之懋遺者」〔註318〕，引為同道中人。康有為昔日曾被鄭孝胥貶稱為「鬼幽」，只因其在清亡後堅持保皇立場，鄭孝胥以「猶能抱其宗旨」〔註319〕始與其相往還。而新生的民國，在鄭孝胥看來是「盜賊之政府」〔註320〕。竊取了大清王朝寡婦孤兒之江山，名不正言不順。故此鄭孝胥拒絕承認民國的合法性，其屢辭民國之聘，不為民國之官，並自言「與民國

〔註313〕　鄭孝胥：《題邵位西手書與戴醇士曾滌生梅伯言三詩卷子》，鄭孝胥著，黃坤、楊曉波校點：《海藏樓詩集》，上海古籍出版社2003，第219頁。

〔註314〕　鄭孝胥：《續海藏樓雜詩》，鄭孝胥著，黃坤、楊曉波校點：《海藏樓詩集》，上海古籍出版社2003，第221頁。

〔註315〕　鄭孝胥：《續海藏樓雜詩》，鄭孝胥著，黃坤、楊曉波校點：《海藏樓詩集》，上海古籍出版社2003，第221頁。

〔註316〕　鄭孝胥：《續海藏樓雜詩》，鄭孝胥著，黃坤、楊曉波校點：《海藏樓詩集》，上海古籍出版社2003，第220頁。

〔註317〕　中國國家博物館編，勞祖德整理：《鄭孝胥日記》第三冊，中華書局1993，第1401頁。

〔註318〕　中國國家博物館編，勞祖德整理：《鄭孝胥日記》第三冊，中華書局1993，第1417頁。

〔註319〕　中國國家博物館編，勞祖德整理：《鄭孝胥日記》第三冊，中華書局1993，第1390頁。

〔註320〕　中國國家博物館編，勞祖德整理：《鄭孝胥日記》第三冊，中華書局1993，第1461頁。

乃敵國也」〔註321〕。鄭孝胥痛恨不忠於清室之亂臣，仇視發動起義之革命黨，更爲鄙視見風使舵、朝秦暮楚之政客。「今日所見者只有亂臣、賊子及反覆小人三種人而已。亂臣之罪浮於賊子，反覆小人之罪又浮於亂臣，其餘皆難民也」〔註322〕。對於逼迫清帝退位的袁世凱，鄭孝胥斥其爲妖狐露尾；張謇《狼山觀音造像記》屬年月時直書「民國元年」，而且不避同治帝名字之淳字的諱，鄭孝胥大爲不滿；嚴復列名籌安會，鄭孝胥乃作「群盜如毛國若狂，佳人作賊亦尋常。六年不答東華字，慚愧清詩到海藏」〔註323〕；「湘水才人老失身，桐城學者拜車塵。侯官嚴叟頹唐甚，可是遺山一輩人」〔註324〕二詩諷之。凡與民國有關的一切，鄭孝胥皆不予理睬。梁鴻志託寫「民國大學」匾額被回絕，南洋公學欲呈請內務部發《四庫全書》，請其列名亦遭拒。

　　民初政局動盪，內亂不休的局面讓鄭孝胥更加對民國不滿：「天下行同倫，中國本無患。賊臣倡犯上，舉世乃好亂。排滿實邪說，不義豈尊漢。斯民既趨利，倒戈復何憚。能發不能收，瓦解變愈幻。人人懷異志，所務在爭纂。神州遂陸沉，深谷化高岸。名教益掃地，丈夫殊可賤」〔註325〕。鄭孝胥在懷念前朝的太平盛世之時，也增加了對復辟的希望：「老夫雖遺民，未死火在炭。救民誠吾責，衛道待義戰」〔註326〕。他以爲人心厭亂正是清室可乘之機，「天下亂猶未定，似不可以

〔註321〕　中國國家博物館編，勞祖德整理：《鄭孝胥日記》第三冊，中華書局1993，第1705頁。

〔註322〕　中國國家博物館編，勞祖德整理：《鄭孝胥日記》第三冊，中華書局1993，第1403頁。

〔註323〕　鄭孝胥：《答嚴幾道》，鄭孝胥著，黃坤、楊曉波校點：《海藏樓詩集》，上海古籍出版社2003，第283頁。

〔註324〕　鄭孝胥：《答嚴幾道》，鄭孝胥著，黃坤、楊曉波校點：《海藏樓詩集》，上海古籍出版社2003，第283頁。

〔註325〕　鄭孝胥：《江陰趙煥文茂才殉節紀書後》，鄭孝胥著，黃坤、楊曉波校點：《海藏樓詩集》，上海古籍出版社2003，第276頁。

〔註326〕　鄭孝胥：《江陰趙煥文茂才殉節紀書後》，鄭孝胥著，黃坤、楊曉波校點：《海藏樓詩集》，上海古籍出版社2003，第276頁。

易代論」〔註327〕。他與當時之復辟勢力廣爲聯絡、互通聲氣，不時的在尋找著機會。前陝甘總督升允頑固對抗民國的諸多行徑讓鄭孝胥爲之振奮不已，認爲升允是在「爲忠臣義士吐氣」〔註328〕。他還與溥偉之宗社黨暗通款曲，更寄厚望於日本，希望借日本之力量完成復辟。其時北洋政府內部爭權奪利，日本頗欲挑動中國內亂以收漁翁之利，故對清室舊臣復辟之事大爲支持，這大大增加了鄭孝胥對復辟的信心。其對羅振玉侃侃而談：「日人以復辟爲己任，其論甚正，華人必有能受其任者。外和列國，內平國人，然後執正以待日人，彼亦國也，安能爲盜賊之行！若無此能當責任之人，則國內必亂，列國不安，將援日以自固，安能以義舉責之乎」〔註329〕。一廂情願的認爲可以借助日本的力量復辟，然後「執正以待日人」即可避免日本的「盜賊之行」，且言語之間儼然以華人中「能受其任者自居」。在這種盲目自信、迂腐幼稚的想法下，鄭孝胥甚至認爲日本支持升允復辟是出於「重其忠義，稱其道德」〔註330〕，相信日本之支持復辟「乃道德干涉，非權利干涉」〔註331〕。只要「華人宜有一部自倡道德主持，則彼不能不受道德之約束力，以義始者，必不至以利終矣」〔註332〕。在日本爲我所用之後，再用所謂的道德法則來約束日本，不受其挾制。鄭孝胥以傳統儒家的禮義廉恥來揣度日本的狼子野心，並且對自己操控局勢的能力深信不疑。1917年一戰爆發，北洋政府內部因是否參戰引發黎元洪與段祺瑞

〔註327〕 中國國家博物館編，勞祖德整理：《鄭孝胥日記》第三冊，中華書局1993，第1573頁。

〔註328〕 中國國家博物館編，勞祖德整理：《鄭孝胥日記》第三冊，中華書局1993，第1407頁。

〔註329〕 中國國家博物館編，勞祖德整理：《鄭孝胥日記》第三冊，中華書局1993，第1601頁。

〔註330〕 中國國家博物館編，勞祖德整理：《鄭孝胥日記》第三冊，中華書局1993，第1611頁。

〔註331〕 中國國家博物館編，勞祖德整理：《鄭孝胥日記》第三冊，中華書局1993，第1611頁。

〔註332〕 中國國家博物館編，勞祖德整理：《鄭孝胥日記》第三冊，中華書局1993，第1611頁。

之間的「府院之爭」，張勳率軍北上調停。鄭孝胥對此時復辟並不看好：
「彼等以爭權樹黨之計，借復辟為擋箭牌耳，適成為加入宣戰之〈口
實〉。復辟則皇室甚危」〔註333〕。丁巳復辟的迅速失敗，遺老們的熱
望成空。不少人就此灰心喪氣、偃旗息鼓。而鄭孝胥卻益發的「遇益
蹇，氣益雄」〔註334〕，以「中興」大任自荷了。

辛亥後，蟄居海藏樓的鄭孝胥積極與日本朝野上下勾通聯絡，往
來不斷。丁巳復辟的失敗更堅定了鄭孝胥結外援以完成清室中興大業
的願望。他頻頻與日人接觸往還，努力尋求支持：

> 前日本公使日置益與林出（賢次郎）同來，談甚久。
> 彼終疑復辟之難，改易政治尤難；余告以得權誠難，治理
> 非難〔註335〕
> 大西齋及日本海軍委員白木豐來訪。〔註336〕
> 日本新任總領事高尾亨來，林出同來，未晤。〔註337〕
> 西本及《亞洲日報》主筆山田來，使大七見之。〔註338〕

而與新橋榮次郎的談話則完整的表達出鄭孝胥欲借日本力量達
到復辟目的的政治主張：

> 森茂偕其友新橋榮次郎來訪。新橋詢：「中國南北約有
> 四派，究以何派為有信用，可望統一？」四派者，謂馮、段、
> 孫、陸也。余曰：「彼等皆偏共和，決無統一之日。」問：「必
> 若何而後可以統一？」余曰：「非兵力不能。以兵力偏共和，

〔註333〕 中國國家博物館編，勞祖德整理：《鄭孝胥日記》第三冊，中華書
　　　　　局1993，第1662頁。
〔註334〕 中國國家博物館編，勞祖德整理：《鄭孝胥日記》第一冊，中華書
　　　　　局1993，第465頁。
〔註335〕 中國國家博物館編，勞祖德整理：《鄭孝胥日記》第三冊，中華書
　　　　　局1993，第1697頁。
〔註336〕 中國國家博物館編，勞祖德整理：《鄭孝胥日記》第三冊，中華書
　　　　　局1993，第1707頁。
〔註337〕 中國國家博物館編，勞祖德整理：《鄭孝胥日記》第三冊，中華書
　　　　　局1993，第1743頁。
〔註338〕 中國國家博物館編，勞祖德整理：《鄭孝胥日記》第三冊，中華書
　　　　　局1993，第1762頁。

依然不能。惟挾兵力而行復辟之事，名正言順，亂者自滅。
且必以專制之政行之十餘年，憲法根基既定，然後可言統
一。」問：「兵力相若則奈何？」曰：「優勝劣汰。然爲墨西
哥，百年不能定可也。」問：「兵力雖足，而無人主張復辟，
奈何？」曰：「明目張膽斥共和者爲亂臣賊子，則吾能爲之，
惜無力耳。」問：「公不甚出力，力何自而生，此公之責也。」
曰：「使日本能助我軍械、兵費，則吾力可以漸展。然觀於
升允久居日本，而日政府淡漠視之，故度其不能助我也。」
問：「升允太守舊，恐不能定中國之亂。日政府究不知中國
主張復辟者更有何人，何以助之？」曰：「此我之責也。伺
機會生時，吾當求助於日本。雖無濟，亦不以爲恥。」新橋
乃曰：「善。吾當往廣東，歸國之日，當爲公覓機會。可乎？」
余曰：「感子厚意，毋忘今日之言」。〔註339〕

　　談話的次日，鄭孝胥又偕子鄭垂親去拜訪新橋。又隔三天後，鄭
孝胥與新橋再次會晤，重申了借助日本力量復辟的意願。此後，鄭孝
胥積極的進行著其借助外援復辟的政治活動，最終滑入深淵。

　　丁巳復辟後，鄭孝胥將溥儀所賜御筆親書「貞風凌俗」四字匾額
高懸樓上，並言：「自辛亥以來，海藏樓抗立國中，幸免天傾地陷之劫，
今乃得御書以旌之，足以爲臣下之勸矣」〔註340〕，頗以忠清遺老自得。
內有廢帝旌獎，外得日人允助，鄭孝胥「自謂留命以有待」〔註341〕之
心，已經在壓抑不住的蠢蠢欲動：「只乞藏山二十載，共看大義再申時」
〔註342〕，已是等不及的想要「烈烈轟轟做一場」〔註343〕了。

〔註339〕　中國國家博物館編，勞祖德整理：《鄭孝胥日記》第三冊，中華書
　　　　　局 1993，第 1716 頁。
〔註340〕　中國國家博物館編，勞祖德整理：《鄭孝胥日記》第三冊，中華書
　　　　　局 1993，第 1698 頁。
〔註341〕　中國國家博物館編，勞祖德整理：《鄭孝胥日記》第三冊，中華書
　　　　　局 1993，第 1751 頁。
〔註342〕　鄭孝胥：《寄一詩與星海》，鄭孝胥著，黃坤、楊曉波校點：《海藏
　　　　　樓詩集》，上海古籍出版社 2003，第 459 頁。
〔註343〕　鄭孝胥：《風雨花盡》，鄭孝胥著，黃坤、楊曉波校點：《海藏樓詩
　　　　　集》，上海古籍出版社 2003，第 36 頁。

1920 年北方大旱，赤地千里，餓殍遍野。鄭孝胥在日記中寫道
「此自辛亥以來，吏治廢弛幾盡，其效如此！共和之罪如此」〔註
344〕。益發仇視共和的鄭孝胥更加堅定了通過復辟來平息內亂、解民
倒懸的信念：「國內已亂，唯尚兵力，法律、公論，皆無可言。非得
賢能專制之政府，不足靖亂息爭」〔註 345〕。嚴復雖然不贊成共和，
但已經清楚的看到共和乃大勢所趨，致書勸其曰：「自鐵良、袁世凱
席德、日之說，舉國練兵，至今使不義之人執殺人之器，禍在天下。
始知不揣其本而務其末之爲害也。僕自始至終持中國不宜於共和之
說，然恐自今以往，未見能不共和之日。足下所云，亦懸爲虛望而已」
〔註 346〕。而鄭孝胥卻執意不爲所動，篤信可以借助外援實現復辟中
興的宏偉目標，終至引狼入室，淪爲民族罪人。

1923 年鄭孝胥入京覲見溥儀。經過十餘年的韜光養晦，迫不及
待的等待著「宣統吾君」的垂青：「白髮丹心人漸老，繞枝烏鵲待誰
安」〔註 347〕。不久後鄭孝胥即入紫禁城任內務府總理大臣、懋勤殿
行走。馮玉祥發動兵變後，溥儀被趕出紫禁城。在鄭孝胥的力主下，
溥儀從北府避入日本使館，從此處於日本人的掌控之下。而鄭孝胥卻
自以爲得計，不僅護主救駕有功，而且就此可得強援相助，復辟有望。
還洋洋自得的將溥儀避入日本使館之事的經過，賦詩以紀：「乘回風
兮載雲旗，縱橫無人神鬼馳。手持帝子出虎穴，青史茫茫無此奇」〔註
348〕；「是日何來蒙古風，天傾地坼見共工。休嗟猛士不可得，猶有

〔註344〕 中國國家博物館編，勞祖德整理：《鄭孝胥日記》第四冊，中華書
　　　　 局‧1993，第 1841 頁。

〔註345〕 中國國家博物館編，勞祖德整理：《鄭孝胥日記》第三冊，中華書
　　　　 局 1993，第 1720 頁。

〔註346〕 中國國家博物館編，勞祖德整理：《鄭孝胥日記》第四冊，中華書
　　　　 局 1993，第 1842 頁。

〔註347〕 鄭孝胥：《詠月當頭》，鄭孝胥著，黃珅、楊曉波校點：《海藏樓詩
　　　　 集》，上海古籍出版社 2003，第 298 頁。

〔註348〕 鄭孝胥：《十一月初三日奉乘輿幸日本使館》，鄭孝胥著，黃珅、楊
　　　　 曉波校點：《海藏樓詩集》，上海古籍出版社 2003，第 323 頁。

人間一禿翁」〔註349〕。頗以救帝子出虎穴的猛士自詡，甚至在其晚年辭去偽滿洲國國務總理一職後，還對其子鄭禹言及此事：「吾憶平生：辭邊防，裁督辦，抵上海，一樂也；以上出德醫院，入日本使館，二樂也；今建滿洲國，任事三年，辭總理，三樂也。從此以後，終不入官，樂亦足矣」〔註350〕。

　　此後溥儀移至天津日租界，鄭孝胥亦隨侍前往。在天津的數年中，鄭孝胥一方面感歎著「兵戈豺虎天休問，羈絏君臣世所輕」〔註351〕；一方面極力鼓勵溥儀忍辱負重靜觀時變：「我皇出狩雖在外，治術精研逮閑暇。一朝復辟貴有備，嘗膽臥薪無日夜」〔註352〕。他希望溥儀能像歷史的夏少康、周宣王一樣一朝復國中興：「只待少康收舊物，期君共踏軟紅塵」〔註353〕；「中興可立待，會使國命延」〔註354〕。他認定「自古中興之主必藉兵力」〔註355〕，尋求著借兵外國的時機。並以戰國時赴秦求取救兵終存楚國的申包胥自比，「申胥見比吾何敢，聊爲披肝皎日前」〔註356〕；「邑綸資夏靡，興楚待申胥」〔註357〕。

〔註349〕鄭孝胥：《十一月初三日奉乘輿幸日本使館》，鄭孝胥著，黃坤、楊曉波校點：《海藏樓詩集》，上海古籍出版社2003，第323頁。

〔註350〕中國國家博物館編，勞祖德整理：《鄭孝胥日記》第五冊，中華書局1993，第2583頁。

〔註351〕鄭孝胥：《九日天津公園登高復過李公祠》，鄭孝胥著，黃坤、楊曉波校點：《海藏樓詩集》，上海古籍出版社2003，第327頁。

〔註352〕鄭孝胥：《二月初六日進呈二詩》，鄭孝胥著，黃坤、楊曉波校點：《海藏樓詩集》，上海古籍出版社2003，第354頁。

〔註353〕鄭孝胥：《消寒會示坐中》，鄭孝胥著，黃坤、楊曉波校點：《海藏樓詩集》，上海古籍出版社2003，第315頁。

〔註354〕鄭孝胥：《梁星海六十生日》，鄭孝胥著，黃坤、楊曉波校點：《海藏樓詩集》，上海古籍出版社2003，第287頁。

〔註355〕中國國家博物館編，勞祖德整理：《鄭孝胥日記》第四冊，中華書局1993，第2149頁。

〔註356〕鄭孝胥：《近衛文麿公爵招宴星岡茶僚小田切萬壽之助即席贈詩次其原韻》，鄭孝胥著，黃坤、楊曉波校點：《海藏樓詩集》，上海古籍出版社2003，第366頁。

〔註357〕鄭孝胥：《元日頒賜御書大吉春條》，鄭孝胥著，黃坤、楊曉波校點：《海藏樓詩集》，上海古籍出版社2003，第351頁。

其時日本已在謀劃侵華之後建立傀儡政權之事，兩相接洽一拍即合。「參謀本部總長鈴木、次長南以電話約十時會晤，與大七、太田同往。鈴木詢上近狀，且云：『有恢復之志否？』南次長云：『如有所求，可以見語。』對曰：『正究將來開放全國之策。時機苟至，必將來求』」〔註358〕。1931 年 9 月 18 日，日本帝國主義悍然發動蓄謀已久的侵華戰爭並迅速佔領了東三省。爲掩蓋其侵略實質，日本軍方催促溥儀前去建立僞政權。主張速去東北的鄭孝胥信心滿懷、激動不已的規劃了復辟之後的「光明前景」：

> 今年爲民國之二十年，今日爲陽曆十月七日，更三日
> 則彼所謂「雙十節」。彼以「雙十」爲國慶，適二十年亡矣，
> 此誠巧合，天告之也。民國亡，國民黨滅，中國開放之期
> 已至。誰能爲之主人者？計亞洲中有權力資格者，一爲日
> 本天皇，一爲宣統皇帝。然使日本天皇提出開放之議，各
> 國聞之者其感念如何？安乎，不安乎？日本皇帝自建此
> 議，安乎，不安乎？若宣統皇帝則已閒居二十年，其權力
> 已失；正以權力已失而益增其提議之資格，以其無種族、
> 國際之意見，且無逞強凌弱之野心故也。吾意，共和、共
> 產之後將入共管，而不能成者，賴有此一人耳。此事果成，
> 誠世界人類之福利，種族、國際之惡果皆將消滅於無形之
> 中。視舉世之非戰條約、苦求和平者，其效力可加至千百
> 倍。孔孟仁義之說必將盛行於世。〔註359〕

此時的溥儀該何去何從，靜園內的遺老們出現了嚴重的意見分歧。鄭孝胥一力鼓動溥儀赴東北依附日本，而陳寶琛則持反對意見。靜園召開的「御前會議」上，二人唇舌交鋒乃至「傷尊害禮」〔註360〕。而溥儀已在鄭孝胥「毋失日本之熱心，速應國人之歡心。此英雄之事，

〔註358〕 中國國家博物館編，勞祖德整理：《鄭孝胥日記》第四冊，中華書局 1993，第 2203 頁。

〔註359〕 中國國家博物館編，勞祖德整理：《鄭孝胥日記》第四冊，中華書局 1993，第 2344～2345 頁。

〔註360〕 參見愛新覺羅‧溥儀著：《我的前半生》，群眾出版社 2007 年，第 206～207 頁。

非官吏、文士所能解也」〔註 361〕的鼓動下，再也聽不進陳寶琛的逆
耳之言。數日後，在鄭孝胥父子的陪同下，溥儀秘密潛往東北，從此
踏上了不歸路。而鄭孝胥儼然以復辟功臣自居：「匹夫志難移，復國
一反手。夸父化爲禽，猶與日競競走」〔註 362〕。豪情在胸，志得意
滿，彷彿平生志業即可功成，中興清室之大業指日可待。沿途之上鄭
孝胥詩興盎然：

　　　　　　海濱此君臣，顛沛亦奚懼。〔註 363〕

　　　　　　人定勝天非浪語，相看應不在多言。〔註 364〕

　　　　　　廿年熱血心頭貯，猶向寒宵作怒潮。〔註 365〕

　　　　　　七十老翁閒抱膝，思量次弟便收京。〔註 366〕

　　　　　　莫從鼠窟營生活，敢請諸賢放眼看。〔註 367〕

　　　1932 年 3 月偽滿洲國成立，經過一番激烈角逐，鄭孝胥終於如
願以償的當上了偽滿國務院總理，開始自覺的充當日本帝國主義奴役
東三省人民的幫兇。鄭孝胥早年曾寄望於亞洲出現一個強大的新滿
洲：「二十世紀天下大事惟在亞洲，如非洲、澳洲、南美洲，皆無可
爲，而亞洲宜有新印度、新滿洲湧現於世界之上。今時勢已成，惟英
雄未出耳」〔註 368〕。甫任偽滿總理之後非常想按照自己心中的理想

〔註 361〕　中國國家博物館編，勞祖德整理：《鄭孝胥日記》第四冊，中華書
　　　　　　局 1993，第 2350 頁。

〔註 362〕　鄭孝胥：《題飛鳶海日》，鄭孝胥著，黃坤、楊曉波校點：《海藏樓詩
　　　　　　集》，上海古籍出版社 2003，第 398 頁。

〔註 363〕　鄭孝胥：《旅順海岸》，鄭孝胥著，黃坤、楊曉波校點：《海藏樓詩
　　　　　　集》，上海古籍出版社 2003，第 392 頁。

〔註 364〕　鄭孝胥：《淡路丸舟中》，鄭孝胥著，黃坤、楊曉波校點：《海藏樓詩
　　　　　　集》，上海古籍出版社 2003，第 392 頁。

〔註 365〕　鄭孝胥：《旅順雜詩》，鄭孝胥著，黃坤、楊曉波校點：《海藏樓詩
　　　　　　集》，上海古籍出版社 2003，第 393 頁。

〔註 366〕　鄭孝胥：《旅順雜詩》，鄭孝胥著，黃坤、楊曉波校點：《海藏樓詩
　　　　　　集》，上海古籍出版社 2003，第 393 頁。

〔註 367〕　鄭孝胥：《旅順雜詩》，鄭孝胥著，黃坤、楊曉波校點：《海藏樓詩
　　　　　　集》，上海古籍出版社 2003，第 393 頁。

〔註 368〕　中國國家博物館編，勞祖德整理：《鄭孝胥日記》第三冊，中華書
　　　　　　局 1993，第 1222 頁。

藍圖把東北建成所謂的王道樂土：「王道蕩蕩天所開，捨世安歸必無術」〔註369〕；「先富而後教，解此意已足」〔註370〕；「王道信蕩蕩，請觀行同倫」〔註371〕。甚至還信心十足的認爲在他的治理下，東北會迅速的富強起來：「人定從來易勝天，好將錦繡裹山川。賣刀買犢傳新法，生聚何須待十年」〔註372〕；甚至還自以爲是的認爲「國人望我如望歲」〔註373〕，幻想著以僞滿爲基業，有朝一日統一關內，重回北京：「雪後重陽夕照明，高臺縱目俯神京。平原已覺山川伏，投老翻教歲月輕。燕市再遊非浪語，異鄉久客獨關情。西南豪傑休相厄，會遣遺民見後清」〔註374〕。

然而，所有的宏偉藍圖都只不過是鄭孝胥的一廂情願。在日本帝國主義的殖民統治下，僞滿洲國的招牌只不過是日本用來應付國際輿論，欺瞞世人的幌子，這個傀儡政府的一切事務均須秉承日本軍國主義的意志行事。這種仰人鼻息、卑躬屈膝的日子讓「向來萬事不信命，只信人定須頑堅」〔註375〕的鄭孝胥感到「容隱處此，徒糜歲月，無益也」〔註376〕。其在任僞國務總理之職不到半年即提出辭職，只是此時的情勢已遠非鄭孝胥所能控制，上至僞滿國事、下至個人去留，

〔註369〕 鄭孝胥：《王道》，鄭孝胥著，黃坤、楊曉波校點：《海藏樓詩集》，上海古籍出版社2003，第409頁。

〔註370〕 鄭孝胥：《述懷》，鄭孝胥著，黃坤、楊曉波校點：《海藏樓詩集》，上海古籍出版社2003，第417頁。

〔註371〕 鄭孝胥：《十一月四日始乘飛機》，鄭孝胥著，黃坤、楊曉波校點：《海藏樓詩集》，上海古籍出版社2003，第399頁。

〔註372〕 鄭孝胥：《初日》，鄭孝胥著，黃坤、楊曉波校點：《海藏樓詩集》，上海古籍出版社2003，第408頁。

〔註373〕 鄭孝胥：《星浦》，鄭孝胥著，黃坤、楊曉波校點：《海藏樓詩集》，上海古籍出版社2003，第408頁。

〔註374〕 鄭孝胥：《九日文教部登高》，鄭孝胥著，黃坤、楊曉波校點：《海藏樓詩集》，上海古籍出版社2003，第413頁。

〔註375〕 鄭孝胥：《題同甲吟草舊作》，鄭孝胥著，黃坤、楊曉波校點：《海藏樓詩集》，上海古籍出版社2003，第405頁。

〔註376〕 中國國家博物館編，勞祖德整理：《鄭孝胥日記》第五冊，中華書局1993，第2406頁。

均受日本人操縱。在鄭孝胥還沒有失去利用價值的時候，這身不由己的提線木偶還得繼續做。鄭孝胥只能爲他已經南轅北轍，似是而非的王道理想繼續做著表面文章：「滿洲國以王道仁義爲國本，欲造成樂土以待舉世之響應」〔註377〕；「滿洲國今已抱定本位：以皇帝爲政治之本位，以孔子爲文化之本位，將建此旗幟以指揮於世界」〔註378〕。而內心的酸辛苦澀也只能在夜深無人處獨自咀嚼：「人間正有千重恨，呵壁憑誰更問天」〔註379〕；「花前人與春俱老，惆悵沾襟豈酒痕」〔註380〕。辭職未果之後僅僅兩月，鄭孝胥再次提出辭職，只是牢籠一入脫身實難，加之其功名之心未死，故還是繼續留任至 1935 年。此時的鄭孝胥再也沒有復辟之初的志得意滿，心裏感覺到的只是「空拳冒白刃，非主反爲客。拙棋受幾子，此局難對弈」〔註381〕的身不由己和無可奈何。而此時其長子鄭垂的突然病逝更是雪上加霜，磨盡了鄭孝胥的銳氣：「睡鄉萬戶雞聲裏，卻是閒吟縮手時」〔註382〕；「蕭然抱膝燈光下，漸覺人間萬事輕」〔註383〕。其對日本軍國主義已然是徹底的俯首貼耳、惟命是從：「平生自謂剛，百鍊成繞指」〔註384〕，這種委曲求全、苟且偷生之行徑甚至激起了僞滿內部成員的不滿：「鄭

〔註377〕　中國國家博物館編，勞祖德整理：《鄭孝胥日記》第五冊，中華書局 1993，第 2415 頁。

〔註378〕　中國國家博物館編，勞祖德整理：《鄭孝胥日記》第五冊，中華書局 1993，第 2554 頁。

〔註379〕　鄭孝胥：《四月廿八日乞假至大連星浦》，鄭孝胥著，黃珅、楊曉波校點：《海藏樓詩集》，上海古籍出版社 2003，第 406 頁。

〔註380〕　鄭孝胥：《四月廿八日乞假至大連星浦》，鄭孝胥著，黃珅、楊曉波校點：《海藏樓詩集》，上海古籍出版社 2003，第 406 頁。

〔註381〕　鄭孝胥：《雜詩》，鄭孝胥著，黃珅、楊曉波校點：《海藏樓詩集》，上海古籍出版社 2003，第 415 頁。

〔註382〕　鄭孝胥：《九月初一日晨起》，鄭孝胥著，黃珅、楊曉波校點：《海藏樓詩集》，上海古籍出版社 2003，第 413 頁。

〔註383〕　鄭孝胥：《九月初一日晨起》，鄭孝胥著，黃珅、楊曉波校點：《海藏樓詩集》，上海古籍出版社 2003，第 413 頁。

〔註384〕　鄭孝胥：《三月十二日四十八歲初度是日自上海赴南京》，鄭孝胥著，黃珅、楊曉波校點：《海藏樓詩集》，上海古籍出版社 2003，第 166 頁。

爲總理，放棄國權：宜使羅試爲之，必可少保權利」〔註 385〕。鄭孝胥退職之後，想回歸北京，老死牖下：「豈知投老歸何所，夢想舊京倚喬木」〔註 386〕；「夢中惟舊京，神往即我裏」〔註 387〕。豈知就連這點微小的願望都沒能得到日本太上皇的允准，只能覊留長春。「天外飛翔莫計程，登高誰憶舊詩名。半生重九人空許，七十殘年世共輕。晚倚無閭看禹域，端迴絕漠作神京。探囊餘智應將盡，卻笑南歸計未成」〔註 388〕。鄭孝胥每逢重九必賦詩，如今垂暮之年又遇登高之節倍增思鄉之情，其平生自負才智超人，此時卻只能遙望昔日帝京無計南歸，徒感悲哀和淒涼。在《寄弢庵》一詩中其亦委婉表達出懊悔之意：「意氣當時幾許狂，堪憎老境債教償。殘年況味今參透，只是生離死別忙」〔註 389〕。只是大錯已成，縱銷九州之鐵亦難挽回。

　　1936 年鄭孝胥創辦王道書院，致力於心中道德與政治合一的王道理想：「王道者，乃道德與政治合一之學說。自霸術盛行，數千年以來言政治者多悖於道德，言道德者不通於政治，故使列國競爭，人民塗炭。今據孔氏《大學》一書，發明道德與政治一貫之原理，學者深明此理，可以感化世界之和平，挽回霸術之流弊。用何方法可使道德、政治合爲一貫？從孔子所言『修己安人』一語下手，故此學說名曰『人己之學』」〔註 390〕。隨著君主專制的封建王朝結束，儒家的綱常倫理思想失去制度的保障，日益受到批判乃至最終崩潰。而清王朝

〔註385〕 中國國家博物館編，勞祖德整理：《鄭孝胥日記》第五冊，中華書局 1993，第 2529 頁。

〔註386〕 鄭孝胥：《文化臺得宅在岩谷間名之曰暇谷以詩紀之》，鄭孝胥著，黃珅、楊曉波校點：《海藏樓詩集》，上海古籍出版社 2003，第 395 頁。

〔註387〕 鄭孝胥：《神往》，鄭孝胥著，黃珅、楊曉波校點：《海藏樓詩集》，上海古籍出版社 2003，第 435 頁。

〔註388〕 鄭孝胥：《九日》，鄭孝胥著，黃珅、楊曉波校點：《海藏樓詩集》，上海古籍出版社 2003，第 424 頁。

〔註389〕 鄭孝胥：《寄弢庵》，鄭孝胥著，黃珅、楊曉波校點：《海藏樓詩集》，上海古籍出版社 2003，第 410 頁。

〔註390〕 中國國家博物館編，勞祖德整理：《鄭孝胥日記》第五冊，中華書局 1993，第 2672 頁。

滅亡之後，並沒有出現人們希望的安定太平局面，軍閥割據、幾十年
混戰不休，這讓深受儒家聖人之道影響的傳統士人深爲現狀憂心，對
民國不滿。他們希望找到救世良方以振衰起溺，但其思維終究侷限於
傳統模式。對於鄭孝胥這樣矢志忠於清室的遺老，政治上圖謀復辟，
文化上也希望闡揚儒家學說，用傳統道德來約束人心進而達到政治上
之「感化和平」。其晚年引狼入室，附逆變節，苟活於強權之下，更
是深感「霸術流弊」之苦。政治上無所作爲之後，他退回到傳統儒家
內聖外王的思想之下，轉而致力於闡揚舊學，通過個人道德的完善來
達到他日「安人」的目的。甚至還天眞的希望通過培養人才的辦法來
逐漸擺脫日本的控制，「今最急者爲養成政府人才，如選得二十人，
以三年教練，當可應用，則國基漸固；二十年之內，滿洲必強盛矣」
〔註391〕。其以文人作政客，思想深處終歸不脫傳統思想窠臼。然而
在日本帝國主義的殖民統治下，鄭孝胥這些舍本逐末的想法注定是與
事無補，南轅北轍，甚至還會被日本人利用來作爲奴役人民的工具，
而他自己依然不過是個傀儡。

　　1938 年 3 月，鄭孝胥在「王道樂土吾未信，歸鳥盡飛暮天赤。
吁嗟孤掌果難鳴，不有君子何能國」〔註392〕的哀歎和「淵明歸去來，
足以娛暮齒」〔註393〕的自欺欺人和自我安慰中結束了生命。七年之
後隨著日本帝國主義的投降，僞滿洲國也宣告完結。鄭孝胥一生自詡
的復辟功業如沙上之塔，轟然倒塌。而他自己也淪爲歷史罪人，遺臭
萬年。

　　鄭孝胥生逢沒落的封建王朝，平生深受儒家綱常思想影響，素以

〔註391〕　中國國家博物館編，勞祖德整理：《鄭孝胥日記》第五冊，中華書
　　　　　局 1993，第 2573～2574 頁。
〔註392〕　鄭孝胥：《七月二十六日乘飛機赴哈爾濱齊齊哈爾二十八日返京》，
　　　　　鄭孝胥著，黃坤、楊曉波校點：《海藏樓詩集》，上海古籍出版社
　　　　　2003，第 421 頁。
〔註393〕　鄭孝胥：《神往》，鄭孝胥著，黃坤、楊曉波校點：《海藏樓詩集》，
　　　　　上海古籍出版社 2003，第 435 頁。

名節自詡。其曾自作聯語：「立志可則，立節可風，千古班書尊谷口；
爲臣思忠，爲子思孝，一家心史寶遺文」〔註 394〕，以忠孝節義自勵。
在清王朝滅亡，民主共和已成爲大勢所趨之際，其固持名節以遺老終
世，已然落後於時代風潮。其後追隨廢帝以復辟爲念，逆歷史潮流而
動，最終不惜喪心病狂、助紂爲虐，乃至喪失大節，身敗名裂。於國
爲不忠、於家爲不孝，不亦悲乎！時人汪辟疆曾評其「自託殷頑，而
不知受庇倭人，於清室爲不忠，於民族爲不孝」〔註 395〕，「非惟不可
與鈞山堂並論，且下阮圓海、馬瑤草一等矣」〔註 396〕，可爲至當之論。

　　然則鄭孝胥最終落水成爲人所不齒之國賊，除卻其思想深處根深
蒂固之綱常思想影響外，亦與其自身有莫大關係。其人一生汲汲於功
名，在學優則仕的儒家思想薰陶下、在時危英雄乃現的自詡下，抱著
強烈的用世心，渴望踵武前賢建立一番非凡功業。無奈年輕之時困守
下僚難有作爲，正當盛年有望施展而清廷滅亡。民初以遺民標榜堅不
出仕，閒居海藏樓十餘年，建功立業更無從談起。內心終耿耿於平生
懷抱未展，志業未遂而難耐寂寞。如陳寶琛所言「太夷功名之士，儀、
衍之流，一生爲英氣所誤」〔註 397〕。且其少負才名，自視甚高，睥
睨一世，冥心孤往。平素動輒以道義彪炳千古、功業名垂青史的古聖
前賢自比，狂妄之氣、至老不衰：「所恨古之人，終難入吾眸」〔註 398〕。
詩作之中甚多出現：「欲憑《論語》平天下，半部誰懷一日長」〔註 399〕；

〔註 394〕 中國國家博物館編，勞祖德整理：《鄭孝胥日記》第一冊，中華書
　　　　　局 1993，第 53 頁。
〔註 395〕 汪辟疆：《光宣詩壇點將錄》，汪辟疆撰：《汪辟疆說近代詩》，上海
　　　　　古籍出版社 2001，第 53 頁。
〔註 396〕 汪辟疆：《光宣以來詩壇旁記・談海藏樓》，汪辟疆撰：《汪辟疆說
　　　　　近代詩》，上海古籍出版社 2001，第 243 頁。
〔註 397〕 汪辟疆：《光宣以來詩壇旁記・談海藏樓》，汪辟疆撰：《汪辟疆說
　　　　　近代詩》，上海古籍出版社 2001，第 240 頁。
〔註 398〕 鄭孝胥：《雜詩》，鄭孝胥著，黃坤、楊曉波校點：《海藏樓詩集》，
　　　　　上海古籍出版社 2003，第 414 頁。
〔註 399〕 鄭孝胥：《和高瀨武次郎》，鄭孝胥著，黃坤、楊曉波校點：《海藏
　　　　　樓詩集》，上海古籍出版社 2003，第 414 頁。

「為政好握權，一念等流俗。國僑以治鄭，葛亮以治蜀」〔註 400〕之
句。總以為自己能力蓋世，能夠挽狂瀾如反掌，操控局勢不費吹灰之
力。即使身入牢籠，受制於日本人之時，有人稱其「指揮能事回天地，
柄用儒術崇丘軻」〔註 401〕，他都依然沾沾自喜，洋洋得意。雖然時
人對其言行不一也曾有所評論：「鄭蘇龕之論多不足信，此欺世盜名
者也」〔註 402〕；「蘇龕論事甚好，然不能作事也」〔註 403〕。其老友
丁立鈞（叔珩）更是早在 1886 年就論其「如未嫁女耳，要觀嫁後婦
德，始能信其為人」〔註 404〕。然而這些評論根本無損於鄭孝胥的自
負。其自詡為君子賢人，不在乎悠悠眾口。「何謂君子？曰，篤於行
己，不以毀譽為喜慍者是也。何謂賢者？曰，先知先覺，足以淑世善
俗者是也」〔註 405〕。並屢屢宣稱：「吾以剛清制命，不為隨波逐流之
行，雖違時背俗，蓋自謂百折不撓者矣」〔註 406〕；「余既出任世事，
當使愚者新其耳目，智者作其精神，悠悠道路之口何足以損我哉」〔註
407〕。當清室滅亡，歷史跨入新紀元之際，其仍舊固執己見，一意孤
行。「苟活仍遭舉世非，杜門猶被千夫指」〔註 408〕；「垂老從亡者，

〔註 400〕　鄭孝胥：《述懷》，鄭孝胥著，黃坤、楊曉波校點：《海藏樓詩集》，
　　　　　上海古籍出版社 2003，第 417 頁。
〔註 401〕　中國國家博物館編，勞祖德整理：《鄭孝胥日記》第五冊，中華書
　　　　　局 1993，第 2449 頁。
〔註 402〕　中國國家博物館編，勞祖德整理：《鄭孝胥日記》第一冊，中華書
　　　　　局 1993，第 580 頁。
〔註 403〕　中國國家博物館編，勞祖德整理：《鄭孝胥日記》第一冊，中華書
　　　　　局 1993，第 580 頁。
〔註 404〕　中國國家博物館編，勞祖德整理：《鄭孝胥日記》第一冊，中華書
　　　　　局 1993，第 88 頁。
〔註 405〕　中國國家博物館編，勞祖德整理：《鄭孝胥日記》第一冊，中華書
　　　　　局 1993，第 582 頁。
〔註 406〕　中國國家博物館編，勞祖德整理：《鄭孝胥日記》第一冊，中華書
　　　　　局 1993，第 444 頁。
〔註 407〕　中國國家博物館編，勞祖德整理：《鄭孝胥日記》第三冊，中華書
　　　　　局 1993，第 1331 頁。
〔註 408〕　鄭孝胥：《答左笏卿並示介庵》，鄭孝胥著，黃坤、楊曉波校點：《海
　　　　　藏樓詩集》，上海古籍出版社 2003，第 234 頁。

知爲舉世非」〔註409〕，鄭孝胥也不是不明白自己的選擇會遭來「舉世非」、「千夫指」，卻以違時忤俗，逆流而動爲不凡。其附逆變節之後，友朋驚詫憤怒，國人鄙視唾罵，老友陳衍痛斥其「行爲益復喪心病狂」〔註410〕，數十年交情與之一朝斷絕。在千夫所指萬人唾罵下，鄭孝胥並非無動於衷，其晚年有詩云：

> 負重堪嗟忍辱時，勤攻吾過欲誰期。杜門毀譽今奚較，
> 奮筆詩人莫太遲。〔註411〕

> 舉世紛紛盡笑余，嘉名攬揆似包胥。門前誰識心如水，
> 抱膝初來柳下居。〔註412〕

> 青史聞名有幾人，直從荊楚接甌閩。殘念誰與論興復，
> 才信包胥不爲身。〔註413〕

面對舉世譏笑怒罵，其自言忍辱負重不計毀譽，隱有自我辯解意卻故作豁達語，仍舊以救楚的申包胥自喻。對其附逆變節之行徑，毫無悔悟之意，甚至自比高潔千古的陶淵明，慨歎世人不識其「心如水」。猶自執迷不悟、自欺欺人，不亦謬乎！鄭孝胥一生執意於功名，利慾薰心終至作繭自縛。入歧途、墮深淵而至死不悟，實爲可悲可歎。其素鄙「華人吃洋飯者」〔註414〕，認爲此類人倚仗洋人之勢「尤恣睢，其賤若此」〔註415〕。孰料自己晚年依附日本，爲虎作倀、助紂爲虐，爲一傀儡僞官卑躬屈膝、仰人鼻息，比之昔日所鄙之人更爲不

〔註409〕 鄭孝胥：《行嚴揖唐纕蘅次公見和重九詩》，鄭孝胥著，黃坤、楊曉波校點：《海藏樓詩集》，上海古籍出版社 2003，第 337 頁。

〔註410〕 錢鍾書著：《石語》，三聯書店 2002，第 480 頁。

〔註411〕 鄭孝胥：《題胡琴初詩後》，鄭孝胥著，黃坤、楊曉波校點：《海藏樓詩集》，上海古籍出版社 2003，第 430 頁。

〔註412〕 鄭孝胥：《七十三歲生日人無知者兒孫祝拜而已》，鄭孝胥著，黃坤、楊曉波校點：《海藏樓詩集》，上海古籍出版社 2003，第 465 頁。

〔註413〕 鄭孝胥：《包胥》，鄭孝胥著，黃坤、楊曉波校點：《海藏樓詩集》，上海古籍出版社 2003，第 476 頁。

〔註414〕 中國國家博物館編，勞祖德整理：《鄭孝胥日記》第二冊，中華書局 1993，第 697 頁。

〔註415〕 中國國家博物館編，勞祖德整理：《鄭孝胥日記》第二冊，中華書局 1993，第 697 頁。

堪，其若思及此不知又做何感想。「吾儕羈紲應同罪，留與人間說是
非」〔註416〕，其人已矣，是非功過自有定論。鄭孝胥一生自命清高、
自詡節義，最終卻成千古罪人，被萬世唾棄。其詩中有句：「志氣太
強翻一折，奔波苦學竟何成」〔註417〕；「今日餘哀兼痛悔，彌天蹤戢
恨難平」〔註418〕，只是再多的餘哀痛悔都已經無法挽回其犯下的彌
天大錯。

〔註416〕　鄭孝胥：《和胡琴初戊辰除夕韻》，鄭孝胥著，黃珅、楊曉波校點：
　　　　　《海藏樓詩集》，上海古籍出版社 2003，第 370 頁。
〔註417〕　鄭孝胥：《正月三日昧爽作》，鄭孝胥著，黃珅、楊曉波校點：《海
　　　　　藏樓詩集》，上海古籍出版社 2003，第 289～290 頁。
〔註418〕　鄭孝胥：《正月三日昧爽作》，鄭孝胥著，黃珅、楊曉波校點：《海
　　　　　藏樓詩集》，上海古籍出版社 2003，第 289～290 頁。

第六章　風流消歇後的流波餘響

　　清王朝滅亡之時，陳寶琛等「同光體」諸人均已年過半百，盛年
不再。雖然王朝的覆亡早已是意料中事，但是親眼目睹曾經為之嘔心
瀝血的君國大業一朝崩圮，這些抱持「家與國相關、身與君同禍」[註
1]觀念的士人在情感上還是無法接受。隨著時間的流逝，初聞宣統退
位的震驚和痛切已然漸漸淡去。但那種亡國之思、黍離之悲卻如影隨
形，成為一種難以言喻的隱痛。「世改天地閉，喪亂延歲紀」[註2]
的感傷落寞更兼「仲尼已死文王沒」[註3]的憂懼無奈，使這些前清
遺老的晚年歲月更顯黯淡。沈曾植暮年多病，老劬疲病之軀，頗多窮
愁淒苦之氣，終因復辟無望鬱鬱而終；陳寶琛懷著一腔「未死葵心總
向陽」[註4]的忠誠，盡瘁於廢帝的輔育，卻沒能阻止溥儀投靠日本，
含恨而逝；鄭孝胥素以名節自詡，最後卻利慾薰心，助紂為虐，落了
個千古罵名。陳三立一生渴盼國強民富，孰料迭經世變，始終難見太

〔註 1〕陳三立：《與廖樹衡書》，陳三立著，李開軍校點：《散原精舍詩文集》，
　　　　上海古籍出版社 2003，第 1165 頁。
〔註 2〕陳三立：《哭蒿叟》，陳三立著，李開軍校點：《散原精舍詩文集》，
　　　　上海古籍出版社 2003，第 673 頁。
〔註 3〕陳三立：《誦樊山濤園落花詩訖戲題一絕》，陳三立著，李開軍校點：
　　　　《散原精舍詩文集》，上海古籍出版社 2003，第 411 頁。
〔註 4〕陳寶琛：《勞韌叟卜居淶水賦詩留別次韻奉和》，陳寶琛著，劉永翔、
　　　　許全勝校點：《滄趣樓詩文集》，上海古籍出版社 2006，第 142 頁。

平安定。在日本帝國主義進犯北平之後，病疾拒不服藥而死。這些封建王朝的孤臣孽子終究會隨著舊時代的結束而黯然消逝。而他們自己也頗想忘懷世事，與世相遺。然而置身清末民初這樣一個新陳代謝的動盪時期，處於歷史大潮的風口浪尖，他們被動無奈的成爲一批批新進弄潮兒破舊立新的標靶，在往日流風消歇殆盡之際，仍留有一些流波餘響在迴蕩……

第一節　南社與同光體的是非糾葛

「同光體」從 1901 年問世後即盛行一時，到 1912 年陳衍所撰《石遺室詩話》在梁啓超主辦之《庸言》雜誌上連載後，聲勢更巨。同光體詩人身逢末世，以荒寒清寂之詩風爲變風變雅之聲。以其哀樂過人的眞性情體察時代風潮、社會氣運，以其深哀巨痛之筆抒寫動盪年月的風雲變幻，深切的反映了當時的社會生活。其在詩歌創作上力圖破餘地、求新變，打通唐宋，貫穿古今。在清末民初詩壇影響很大。早年學同光體的林庚白後來在批評同光體後學流弊時說：「民國以來作者，沿晚清之舊，於同、光老輩，資爲標榜，幾於父詔其子，師勖其弟，莫不以老輩爲目蝦，而自爲其水母。不知同、光詩人之祖宋，與宋四靈、明七子之學唐，直無以異，蓋皆貌其目、聲言，而遺其精神也」〔註 5〕。此段批評之語恰恰說明同光體在其時詩壇的重要地位和廣泛影響。由於同光體詩歌創作中存在著艱深蹇澀的缺點，更由於同光體代表詩人陳三立、鄭孝胥等人在清亡後皆爲遺老，故此遭到了詩壇另一重要詩派南社的帶有濃厚政治色彩的攻擊。南社對同光體的攻擊，最終導致了南社的解體。而同光體也因「亡國之音」、「夏肆殷頑」、「亡國之妖孽」之類的判語成爲腐朽落後的代名詞，長期受到貶斥忽視。

1909 年成立的南社是一個旨在反清的文學團體。對於南社的宗

〔註 5〕林庚白著：《麗白樓遺集》下卷，中國人民大學出版社 1996，第 978 頁。

旨，發起人之一的柳亞子曾言曰：「它底宗旨是反抗滿清的，它底名字叫南社，就是反對北庭的標幟了」〔註6〕。柳亞子以詩歌創作的方式鼓吹宣揚反清革命，將詩歌創作與政治、種族聯繫在一起，以政治取向判定詩派、詩人、詩歌優劣，其倡唐音，重布衣之詩。並且簡單粗率的以唐音、宋詩，布衣之詩、官吏之詩作為評判進步、落後的尺規。「論者亦知倡宋詩以為名高，果作俑於誰氏乎？蓋自一二罷官廢吏，身見放逐，利祿之懷，耿耿勿忘。既不得逞，則塗飾章句，附庸風雅，造為艱深以文淺陋……而今之稱詩壇渠率者，日暮途窮，東山再出，曲學阿世，迎合時宰，不惜為盜臣民賊之功狗，……余與同人倡南社，思振唐音以斥傖楚，而尤重布衣之詩」〔註7〕。故此對宗宋之同光體詩人予以不遺餘力的口誅筆伐、詆毀攻擊。其作於 1914 年的《論詩六絕句》中即有針對同光體代表詩人鄭孝胥、陳三立的抨擊之語：「鄭陳枯寂無生趣，樊易淫哇亂正聲。一笑嗣宗廣武語，而今豎子盡成名」〔註8〕。由於其以個人意氣行事，盲目尊唐貶宋，對於南社內部成員的詩學宗尚亦指手畫腳、橫加干涉，遂激起內部宗宋成員的不滿，引發曠日持久的論爭，並於 1917 年演變為激烈之內訌〔註9〕。圍繞著對同光體的評價問題，南社內部宗唐與宗宋兩派分別在報刊上撰文論戰，使一場詩歌領域內的爭論升級成為帶有濃厚政治色彩和嚴重人身攻擊的無謂之爭。柳亞子對同光體的抨擊之詞中，除卻「造為艱深以文淺陋」之語屬於詩歌領域內之正常評論，其餘均從政治立場、人格品行來否定打擊同光體。

　　國事至清季而極壞，詩學亦至清季而急衰。鄭、陳諸

〔註6〕 柳亞子：《新南社成立布告》轉引自楊天石、王學莊：《南社史長編》，中國人民大學出版社 1995，第 579 頁。

〔註7〕 柳亞子：《胡寄塵詩序》，柳亞子著：《柳亞子選集》，人民出版社 1989，第 100 頁。

〔註8〕 柳亞子：《論詩六絕句》，柳亞子著：《柳亞子選集》，人民出版社 1989，第 715 頁。

〔註9〕 參見楊萌芽：《從 1917 年唐宋詩之爭看南社與晚清民初宋詩派的關係》，《蘭州學刊》2007 年第 3 期。

家，名為學宋，實則同光派，蓋亡國之音也。〔註10〕

　　亦常見夫世之稱詩者矣，少習胡風，長污偽命，出處不臧，大本先拔。及夫滄桑更迭，陵谷改遷，隨欣然以夏肆殷頑自命，發為歌詠，不勝舺稜京關之思。〔註11〕

　　若同光體之詩，怫鬱悖亂，為天地戾氣所鍾，恰足以代表所處之時代。而主其事者，又與索虜有關，安得不謂之亡國之音耶？……今之鼓吹同光體者，乃欲強共和國民以學亡國大夫之性情，寧非荒謬絕倫耶！〔註12〕

在其時彌漫著除舊布新氣息的時代風潮推動下，柳亞子的批判之詞在當時及以後的政治歲月中幾成蓋棺之論，對同光體的聲名起到了極其惡劣的影響。而這場爭論亦導致了南社的分裂與衰落。時任南社主任的柳亞子悍然決定驅逐與自己意見不合的姚錫鈞、朱璽、成舍我諸人出社，激起更多社員的不滿。而朱鴛雛不久即因此事鬱鬱而死，懊悔不已的柳亞子後來承認其以政治立場作為評判標準的偏執：

　　從滿清末年到民國初年，江西詩派盛行，他們都以黃山谷為鼻祖，而推導為現代宗師的卻是陳散原、鄭孝胥二位，高自標榜，稱為同光體，大有去天尺五之概。我呢，對於宋詩本身，本來沒有什麼仇怨，我就是不滿意於滿清的一切，尤其是一般亡國大夫的遺老們。……當時滿清尚未亡國，他們是尚未授亡國大夫。不過我是反清的，我以為清朝的臣子沒有一個是好的，所以就大大的攻擊，而提倡著布衣之詩了。〔註13〕

而在南社內部因為宗唐宗宋鬧得轟轟烈烈、不可開交之際，柳亞

〔註10〕柳亞子：《質野鶴》，柳亞子著：《柳亞子選集》，人民出版社 1989，第 169 頁。

〔註11〕柳亞子：《習靜齋詩話序》，柳亞子著：《柳亞子選集》，人民出版社 1989，第 153 頁。

〔註12〕柳亞子：《斥朱鴛雛》，柳亞子著：《柳亞子選集》，人民出版社 1989，第 176 頁。

〔註13〕柳亞子：《我和朱鴛雛的公案》，柳無忌編：《柳亞子文集·南社紀略》，上海人民出版社 1983，第 149～150 頁。

子矛頭所向的同光體代表詩人陳三立與鄭孝胥卻對此幾乎沒什麼反應。只有鄭孝胥日記中所載寥寥數語：

> 上海有南社者，以論詩不合，社長曰柳棄疾，字亞子，逐其友朱鴛雛。眾皆不平，成舍我以書斥柳。又有王無為《與太素論詩》一書，言柳貶陳、鄭之詩，乃不知詩者也。〔註14〕（1917 年 8 月 7 日）

> 南社社友登報，舉高吹萬者為社長；柳棄疾以逐朱璽、成舍我事被放。〔註15〕（1917 年 9 月 2 日）

其實，除卻政治立場不同，同光體與南社在文學領域均屬舊體詩派。錢基博在其《現代文學史》中論及南社時說：「南社者，創始於清光緒己酉，為東南革命諸鉅子所組合，雖衡政好言革命，而文學依然篤古」〔註16〕。南社發起人之一的高旭雖亦贊同詩歌創新，並對詩界革命旗手黃遵憲予以高度評價：「世界日新，文界、詩界當造出一新天地，此一定公例也。黃公度詩獨闢異境，不愧中國詩界之哥倫布矣，近世洵無第二人」〔註17〕，但又坦言自己更傾向於舊體詩：「然新意境、新理想、新感情的詩詞，終不若守國粹的，用陳舊語句為愈有味也」〔註18〕；柳亞子在致楊杏佛信中談及胡適對南社的批評時亦言「文學革命，所革當在理想，不在形式。形式宜舊，理想宜新，兩言盡之矣」〔註19〕。南社諸人的創作仍然是遵循傳統學古的詩歌創作途徑。南社宗唐諸人雖反對同光體詩歌之艱深蹇

〔註14〕中國國家博物館編，勞祖德整理：《鄭孝胥日記》第三冊，中華書局1993，第 1678 頁。

〔註15〕中國國家博物館編，勞祖德整理：《鄭孝胥日記》第三冊，中華書局1993，第 1682 頁。

〔註16〕錢基博著：《現代文學史》，上海書店出版社 2004，第 241 頁。

〔註17〕高旭：《願無盡齋詩話》，轉引自楊天石、王學莊：《南社史長編》，中國人民大學出版社 1995，第 154 頁。

〔註18〕高旭：《願無盡齋詩話》，轉引自楊天石、王學莊：《南社史長編》，中國人民大學出版社 1995，第 154 頁。

〔註19〕柳亞子：《與楊杏佛論文學書》，柳亞子著：《柳亞子選集》，人民出版社 1989，第 166 頁。

澀，卻因自身才力所限，並未能動搖同光體在詩壇的地位及影響。
如林庚白所言：「南社諸子，宣導革命，而什九詩才苦薄，詩功甚淺，
亦無能轉移風氣」〔註20〕。其時南社對同光體的攻擊尚屬舊體詩派
內部詩學宗尚之分歧，只是南社諸人始料不及的是，在他們忙於詩
歌宗尚的唐宋之爭的時候，新文化運動已即將登上歷史舞臺，而新
文化提倡者們掀起的這場狂飆突進的文學革命，鋒芒所向不僅有被
視爲腐朽落後的同光體，也包括自謂革命進步的南社。

第二節　新文化運動對包括同光體在內的傳統文化的沉重打擊

　　1916 年 10 月 1 日，《新青年》第 2 卷第 2 號登載了胡適的《寄
陳獨秀》一文。文中同時批評了南社和同光體：「嘗謂今日文學之腐
敗極矣：其下焉者，能押韻而已矣。稍進，如南社諸人，誇而無實，
濫而不精，浮誇淫瑣，幾無足稱者（南社中間亦有佳作。此所譏評，
就其大概言之耳）。更進，如樊樊山、陳伯嚴、鄭蘇龕之流，視南社
爲高矣，然其詩皆規摹古人，以能神似某人某人爲至高目的，極其所
至，亦不過爲文學界添幾件贗鼎耳，文學云乎哉」〔註21〕。在胡適看
來，南社之創作「幾無足稱」，尚且不如同光體。而同光體之「規摹
古人」亦談不上文學。隨後，胡適又於 1917 年 1 月 1 日的《新青年》
第 2 卷第 5 號發表了《文學改良芻議》一文。胡適在文中提出文學改
良八事：「一曰，須言之有物。二曰，不摹仿古人。三曰，須講求文
法。四曰，不作無病之呻吟。五曰，務去爛調套語。六曰，不用典。
七曰，不講對仗。八曰，不避俗字俗語」〔註22〕。這八事中不摹仿古

〔註20〕林庚白：《〈今詩選〉自序》，轉引自楊天石、王學莊：《南社史長編》，
　　　　中國人民大學出版社 1995，第 647 頁。
〔註21〕胡適：《寄陳獨秀》，歐陽哲生編：《胡適文集》第 2 冊，北京大學出
　　　　版社 1998，第 4 頁。
〔註22〕胡適：《文學改良芻議》，歐陽哲生編：《胡適文集》第 2 冊，北京大
　　　　學出版社 1998，第 6 頁。

人、講求文法、務去爛調套語、不用典、不講對仗等都與傳統文學範式背道而馳，對於在西學衝擊下日益風雨飄搖的傳統文學而言，這不啻於一枚重磅炸彈。在此文中，胡適更將矛頭指向學古尊宋之同光體：「昨見陳伯嚴先生一詩云：濤園抄杜句，半歲禿千毫。所得都成淚，相過問奏刀。萬靈噤不下，此老仰彌高。胸腹回滋味，徐看薄命騷。此大足代表今日『第一流詩人』摹仿古人之心理也。其病根所在，在於以『半歲禿千毫』之工夫作古人的鈔胥奴婢，故有『此老仰彌高』之歎。若能灑脫此種奴性，不作古人的詩，而惟作我自己的詩，則決不致如此失敗矣」〔註23〕。

對於胡適改良文學的倡議，陳獨秀迅速起而響應，對包括同光詩派在內的傳統文學大加撻伐，掀起了文學革命的高潮。其在《文學革命論》中說：

> 文學革命之氣運，醞釀已非一日，其首舉義旗之急先鋒，則為吾友胡適。余甘冒全國學究之敵，高張「文學革命軍」大旗，以為吾友之聲援。旗上大書特書吾革命軍三大主義：曰，推倒雕琢的阿諛的貴族文學，建設平易的抒情的國民文學：曰，推倒陳腐的鋪張的古典文學，建設新鮮的立誠的寫實文學：曰，推倒迂晦的艱澀的山林文學，建設明瞭的通俗的社會文學。……今日吾國文學，悉承前代之敝：所謂「桐城派」者，八家與八股之混合體也；所謂駢體文者，思綺堂與隨園之四六也；所謂「西江派」者，山谷之偶像也。求夫目無古人，赤裸裸的抒情寫世，所謂代表時代之文豪者，不獨全國無其人，而且舉世無此想。文學之文，既不足觀：應用之文，益復怪誕……際茲文學革新之時代，凡屬貴族文學，古典文學，山林文學，均在排斥之列。以何理由而排斥此三種文學耶？曰：貴族文學，藻飾依他，失獨立自尊之氣象也：古典文學，鋪張堆砌，失抒情寫實之旨也：山林文學，深晦艱澀，自以為名山著

〔註23〕胡適：《文學改良芻議》，歐陽哲生編：《胡適文集》第 2 冊，北京大學出版社 1998，第 8 頁。

述，於其群之大多數無所裨益也。其形體則陳陳相因，有
肉無骨，有形無神，乃裝飾品而非實用品；其内容則目光
不越帝王權貴，神仙鬼怪，及其個人之窮通利達。所謂宇
宙，所謂人生，所謂社會，舉非其構思所及，此三種文學
公同之缺點也。此種文學，蓋與吾阿諛誇張虛僞迂闊之國
民性，互爲因果。今欲革新政治，勢不得不革新盤踞於運
用此政治者精神界之文學。〔註24〕

　　從 1917 年胡適的《文學改良芻議》發表開始，新文化的提倡者
們頻頻出擊，以強硬專斷的態勢對傳統文化發起了猛攻。陳獨秀在覆
胡適的信中曾說：「改良文學之聲，已起於國中，贊成反對者各居其
半。鄙意容納異議，自由討論，固爲學術發達之原則；獨至改良中國
文學，當以白話爲文學正宗之說，其是非甚明，必不容反對者有討論
之餘地，必以吾輩所主張者爲絕對之是，而不容他人之匡正也」〔註
25〕。陳獨秀以「盤踞吾人精神界根深底固之倫理，道德，文學，藝
術諸端，莫不黑幕層張，垢污深積」〔註26〕爲由，將傳統文學作爲陳
腐、落後、保守的代名詞予以猛烈抨擊。其以文學革新作爲政治革新
先導，以此爲發端，掀起了一場聲勢浩大的全面徹底批判傳統儒家思
想文化的革命。舉凡綱常名教、倫理道德、文學藝術無一逃脫。在這
場愈演愈烈的狂飆突進的風潮中，包括同光體在内的古典文學被批駁
的一無是處，傳統儒學的形象亦被嚴重扭曲醜化。新文化運動以極其
極端偏激的態度對整個傳統文化予以沉重的打擊。

　　1918 年，胡適以勝利者的姿態，寫下了《建設的文學革命論》
一文：

　　　　我想我們提倡文學革命的人，固然不能不從破壞一方
面下手。但是我們仔細看來，現在的舊派文學實在不值得
一駁。什麼桐城派的古文哪，《文選》派的文學哪，江西派
的詩哪，夢窗派的詞哪，《聊齋誌異》派的小説哪，──都

〔註24〕陳獨秀：《文學革命論》，《新青年》第 2 卷第 6 號（1917 年 2 月 1 日）。
〔註25〕陳獨秀：《新青年》第 3 卷第 3 號（1917 年 5 月 1 日）。
〔註26〕陳獨秀：《文學革命論》，《新青年》第 2 卷第 6 號（1917 年 2 月 1 日）。

沒有破壞的價值。他們所以還能存在國中，正因爲現在還
沒有一種眞有價值，眞有生氣，眞可算作文學的新文學起
來代他們的位置。有了這種「眞文學」和「活文學」，那些
「假文學」和「死文學」，自然會消滅了。〔註27〕

　　在新文化提倡者的眼中，傳統文學不過都是一些「假文學」、「死
文學」，根本沒有存在的價值。胡適在此文中將同光詩派作爲其抨擊
「假文學」和「死文學」的標靶。「……明明是賀陳寶琛七十歲生日，
他們卻須說是賀伊尹周公傳說。……難道把鄭孝胥、陳三立的詩翻成
了白話，就可算得新文學了嗎」〔註28〕。即使到後來，胡適在回顧清
末民初數十年間的傳統文學時，仍然對同光詩派學古、摹古的創作手
法評價甚低：「陳三立是近代宋詩的代表作者，但他的《散原精舍詩》
裏實在很少可以獨立的詩。近代的作家之中，鄭孝胥雖然也不脫模仿
性，但他的魄力大些，故還不全是模仿」〔註29〕。

　　在攻擊傳統的所謂「假文學」、「死文學」的同時，胡適致力於建
設一種他認爲有價值有生氣的新文學：

　　我曾仔細研究：中國這二千年何以沒有眞有價值眞有
生命的「文言的文學」？我自己回答道：「這都因爲這二千
年的文人所做的文學都是死的，都是用已經死了的語言文
字做的。死文學決不能產出活文學。所以中國這二千年只
有些死文學，只有些沒有價值的死文學。」……如今且問，
怎樣預備方才可得著一些高明的文學方法？我仔細想來，
只有一條法子：就是趕緊多多的翻譯西洋的文學名著做我
們的模範。我這個主張，有兩層理由：第一，中國文學的
方法實在不完備，不夠作我們的模範。……若從材料一方
面看來，中國文學更沒有做模範的價值。……第二，西洋

〔註27〕　胡適：《建設的文學革命論》，《新青年》第4卷第4號（1918年4月
　　　　　15日）。
〔註28〕　胡適：《建設的文學革命論》，《新青年》第4卷第4號（1918年4月
　　　　　15日）。
〔註29〕　胡適：《五十年來中國之文學》，歐陽哲生編：《胡適文集》第3冊，
　　　　　北京大學出版社1998，第227頁。

的文學方法，比我們的文學，實在完備得多，高明得多，

不可不取例。〔註30〕

新文化的提倡者們帶著一種睥睨四顧無敵手的躊躇滿志和意氣洋洋，品味著將傳統文化踩踏在腳下的快意，一頭紮進了全盤西化的狂潮中，而與對西學的崇拜嚮往相呼應的則是對傳統思想文化的徹底全面的否定推翻。

錢玄同在《寄陳獨秀》的信中揚言：「弟以為今後之文學，律詩可廢，以其中四句必須對偶，且須調平仄也」〔註31〕。他把傳統的駢體文和古文學派冠以妖孽謬種之稱謂，認為「彼選學妖孽與桐城謬種方欲以不通之典故與肉麻之句調戕賊吾青年」〔註32〕。更為甚者，他將舊中國學問、道德、政治等一切不如人意的方面均歸咎於儒學。大呼廢儒學，廢文字，給傳統文化來了個釜底抽薪。「欲廢孔學，不可不先廢漢文；欲驅除一般人之幼稚的野蠻的頑固的思想，尤不可不先廢漢文。……二千年來所謂學問，所謂道德，所謂政治，無非推衍孔二先生一家之學說。……二千年來用漢字寫的書籍，無論那一部打開一看，不到半頁，必有發昏做夢的話。……欲使中國不亡，欲使中國民族為二十世紀文明之民族，必以廢孔學，滅道教為根本之解決；而廢記載孔門學說及道教妖言之漢文，尤為根本解決之根本解決」〔註33〕。而魯迅《狂人日記》中所說的傳統文化等同於吃人惡魔的言論更是深入人心，也為這種徹底的反傳統思潮起到了推波助瀾的作用。

凡事總須研究，才會明白。古來時常吃人，我也還記得，可是不甚清楚。我翻開歷史一查，這歷史沒有年代，歪歪斜斜的每葉上都寫著「仁義道德」幾個字。我橫豎睡

〔註30〕 胡適：《建設的文學革命論》，《新青年》第 4 卷第 4 號（1918 年 4 月 15 日）。

〔註31〕 錢玄同：《致陳獨秀》，《新青年》第 3 卷第 1 號（1917 年 3 月 1 日）。

〔註32〕 錢玄同：《新青年》第 4 卷第 1 號（1918 年 1 月 15 日）。

〔註33〕 錢玄同：《中國今後之文字問題》，《新青年》第 4 卷第 4 號（1918 年 4 月 15 日）。

不著，仔細看了半夜，才從字縫裏看出字來，滿本都寫著
兩個字是「吃人」〔註34〕！

在革故鼎新的歲月裏，新生的弄潮兒踏著時代的步伐狂飆突進，將他們視爲腐朽落後，一無是處的傳統文化全盤否定、徹底打倒，支撐了傳統社會數千年的儒家思想文化體系就此崩潰。在這場時代的悲劇中，整個傳統文化都以不光彩的面目出現在新文化以來漫長的政治歲月中，更遑論那些甘守荒寒之路的末代士人。於是在人們的唾棄貶斥中，同光體作爲頑固腐朽的「妖孽謬種」最終被打入另冊。

第三節　後輩子弟的薪盡火傳

「同光體」作爲傳統的舊體詩派，在清末民初詩壇有著廣泛的影響。「同光體」詩人眾多、陣容強大。閩派有詩論家陳衍、詩人鄭孝胥、陳寶琛、沈瑜慶、林旭、李宣龔諸人；浙派有沈曾植、袁昶、金蓉鏡等；贛派有陳三立、夏敬觀、華焯、胡朝梁、王易、王浩，包括陳三立之子陳衡恪諸人。從 1912 年「同光體」的詩歌理論著作《石遺室詩話》在《庸言》雜誌上連載後，聲勢更大。1923 年陳衍又輯錄出版了《近代詩鈔》，一時之間後學者紛起，學宋者甚眾。「同光體」詩對其內部詩人影響之大自不待言。尤可注意的是「同光體」對其他詩派的滲透性影響。清末社會形勢日益嚴峻，士人們要求變革的呼聲日大，與政治上的維新相呼應的是文學領域內的革命。黃遵憲、康有爲、梁啓超等人倡導的「詩界革命」遂應時而起。「詩界革命」派之創作以「舊風格含新意境」，從內容到語言都對傳統詩歌有所變革，然而倡導新派詩的「詩界革命」派與固守傳統詩歌規範的「同光體」卻並非互不相容。被譽爲「詩界革命」旗幟的黃遵憲就與陳三立、鄭孝胥等「同光體」詩人多有交往。鄭孝胥曾在其日

〔註34〕魯迅：《狂人日記》，魯迅著：《魯迅全集》第一卷，人民文學出版社 2005，第 447 頁。

記中數次提到與黃遵憲之往來:「午後,往拜黃公度,談良久。其人甚黠,頗有才氣」〔註35〕。還曾以「吾道流沙外,君應繼伯陽。高歌驚海若,奇事破天荒。事難成危局,勞生久異鄉。沉吟一拊枉,雷電繞虛堂」〔註36〕一詩相贈。而陳三立與黃遵憲更是相交甚厚,二人時常探討詩藝,惺惺相惜。陳三立以「馳域外之觀,寫心上之語,才思橫軼,風格渾轉,出其餘技,乃近大家。此之謂天下健者」〔註37〕之語高度評價黃遵憲之《人境廬詩草》。而黃遵憲則譽陳之詩作「胸次高曠,意境奇雅,當其佳處,有商榷萬古之情,具睥睨一切之概。葛君名士,此足當之」〔註38〕。

陳衍在其《石遺室詩話》中也對「詩界革命」派的詩作予以好評:「自古詩人足跡所至,往往窮荒絕域,山川因而生色,更千百年成為勝蹟,表著不衰。……中國與歐、美諸州交通以來,持英鎊與敦槃者不絕於道,而能以詩鳴者惟黃公度,其關於外邦名跡之作,頗為夥頤。而南海康長素先生,以逋臣留寓海外十餘年,多可傳之作」〔註39〕。在這種切磋交流之中,「詩界革命」派所為詩亦漸漸趨向宗宋。梁啓超不僅稱讚陳三立之詩「不用新異之語,而境界自與時流異,醰深俊微,吾謂於唐、宋人集中罕見倫比」〔註40〕,後來更一意學宋詩,並在其創辦的《庸言》雜誌上大量登載「同光體」詩人之詩作。〔註41〕

〔註35〕中國國家博物館編,勞祖德整理:《鄭孝胥日記》第一冊,中華書局1993,第471頁。

〔註36〕鄭孝胥:《題黃公度詩後》,鄭孝胥著,黃珅、楊曉波校點:《海藏樓詩集》,上海古籍出版社2003,第451頁。

〔註37〕陳三立:《人境廬詩草序》,陳三立著,李開軍校點:《散原精舍詩文集》,上海古籍出版社2003,第1127頁。

〔註38〕參見陳三立:《飲劉觀察高樓,看月上》之注釋,陳三立著,潘益民、李開軍輯注:《散原精舍詩文集補編》,江西人民出版社2007,第61頁。

〔註39〕陳衍撰:《石遺室詩話》,卷九,張寅彭、戴建國校點:民國詩話叢編本,上海書店出版社2002,第125頁。

〔註40〕梁啓超:《飲冰室詩話》,梁啓超著:《飲冰室合集》文集四十五上,中華書局1988,第9頁。

〔註41〕參見楊萌芽:《〈庸言〉雜誌與清末民初宋詩派文人群體》,《蘇州科技學院學報》,2008年第3期。

　　柳亞子雖與「同人倡南社，思振唐音以斥儈楚」〔註42〕，但南
社成員中如姚錫鈞、朱璽、林庚白、胡先驌等人卻一直宗尚宋詩，並
與陳衍、沈曾植諸人有師弟之誼。因此，柳亞子倡唐音的號召並未能
阻止宗宋者對「同光體」的喜好。1912 年姚錫鈞在其任職的《太平
洋報》上發表了一組論詩絕句，對鄭孝胥、陳寶琛、陳三立等「同光
體」諸人頗有揄揚之意：

> 海內宮商有正聲，瓣香誰爲拜詩盟？庚郎生被清流
> 誤，竟使微雲點太清。
>
> 　　　　　　　　　　　　　　　　（鄭海藏孝胥）
>
> 螺州高隱文章伯，八俊風流碩果存。欲識致光魏闕意，
> 金鑾一記最消魂。
>
> 　　　　　　　　　　　　　　　（侯官陳伯潛寶琛）
>
> 早年風概越公兒，晚歲津梁老導師。地下撫寧應張目，
> 剩將大句作雄奇。〔註43〕
>
> 　　　　　　　　　　　　　　　（義寧陳伯嚴三立）

　　此後不久，酷嗜《海藏樓詩》的姚錫鈞還曾向鄭孝胥索要詩集。
據鄭孝胥此年 6 月 16 日的日記中記載：「有江蘇姚某號鵷雛者，能背
誦《海藏樓詩》全本，乞以一本遺之。姚今在《太平洋報》，琴南之
弟子」〔註44〕。再後來，作爲對柳亞子大肆詆毀「同光體」諸人的回
應，姚錫鈞更公然發表詩話大贊鄭孝胥、陳衍、陳寶琛、陳三立等人：
「同光而後，北宋之說昌，健者多爲閩士，如海藏、石遺、聽水諸家，
以及義寧陳散原。其人生平可以勿論，獨論其詩，則皆不失爲一代作
者矣」〔註45〕。以此爲由頭，姚錫鈞等宗尚宋詩的南社成員與以柳亞

〔註42〕柳亞子：《胡寄塵詩序》，柳亞子著：《柳亞子選集》，人民出版社
　　　　1989，第 100 頁。
〔註43〕姚錫鈞：《論詩絕句二十首》，轉引自楊天石、王學莊：《南社史長編》，
　　　　中國人民大學出版社 1995，第 275 頁。
〔註44〕中國國家博物館編，勞祖德整理：《鄭孝胥日記》第三冊，中華書局
　　　　1993，第 1420 頁。
〔註45〕姚錫鈞：《赭玉尺樓詩話》，轉引自楊天石、王學莊：《南社史長編》，
　　　　中國人民大學出版社 1995，第 412～413 頁。

子爲首的宗唐派紛紛在報紙上發表文章互相論爭，雙方你來我往，進行了一場曠日持久的宗唐宗宋之爭，南社成員捲入者日多。雖然姚錫鈞、朱璽、成舍我諸人後來被驅逐出社，但南社宗唐派卻始終沒能轉移民初詩壇宗宋之風，同光體在民初仍然活躍。在這場論爭基本平息的 1918 年，姚錫鈞還曾致書鄭孝胥爲其友之《水村第五圖》索題〔註 46〕，對同光體詩人的仰慕之意依舊。事實上，這場同光體諸人並未出面的「保守的同光體詩人」和「進步的南社派詩人」的爭霸戰最後還是以南社的失敗而告終。

在傳統文學受到猛烈抨擊的新文化運動中，舊體詩派中聲名最著的「同光體」首當其衝，作爲腐朽落後的典型出現在新文化旗手們的筆端。如：

> 晚近惟黃公度可稱健者。餘人如陳三立、鄭孝胥，皆言之無物也。文勝之敝，至於此極，文學之衰，此其總因矣。〔註47〕

> 今日吾國文學，悉承前代之敝：所謂「桐城派」者，八家與八股之混合體也；所謂駢體文者，思綺堂與隨園之四六也；所謂「西江派」者，山谷之偶像也。〔註48〕

> 現在的舊派文學實在不值得一駁。什麼桐城派的古文哪，《文選》派的文學哪，江西派的詩哪，夢窗派的詞哪，《聊齋誌異》派的小說哪，——都沒有破壞的價值。〔註49〕

這種經常性的批判也剛好從反面說明了「同光體」在當時詩壇的影響。而林庚白在其《今詩選自序》中說的一段話則更耐人尋味：「洎

〔註46〕參見中國國家博物館編，勞祖德整理：《鄭孝胥日記》第三冊，「姚鵷雛者致書，代其友周芷頤求題《水村第五圖》」(1918 年 2 月 1 日)，中華書局 1993，第 1708 頁。
〔註47〕曹伯言整理：《胡適日記全編》(二)，安徽教育出版社 2001，第 376 頁。
〔註48〕陳獨秀：《文學革命論》，《新青年》第 2 卷第 6 號 (1917 年 2 月 1 日)。
〔註49〕胡適：《建設的文學革命論》《新青年》第 4 卷第 4 號 (1918 年 4 月 15 日)。

五四新文化之運動，震撼全國，語體詩突起，欲取舊體詩而代之，卒以作者但剽竊歐美人之糟粕，與『同光體』詩人撏扯古人之殘骸於壙墓中者，其弊惟均。而又以舊體詩流傳較久之故，浸假而語體詩人，亦爲舊體詩所溺，競爲五七言，顧詩之不振愈甚，莫爲之前，又莫爲之後使之然也」〔註50〕。林庚白對新文化與同光體均持異議，但從其「浸假而語體詩人，亦爲舊體詩所溺，競爲五七言」之語卻似乎透露出一絲玄機。即使遭受毀滅性打擊，舊體詩乃至傳統文化卻仍然葆有頑強的生命力，猶如那野火燒不盡的原上草，只待他年風再起了。

從柳亞子「夏肆殷頑」、「亡國之妖孽」的判語到新文化運動的徹底否定，「同光體」詩人因其政治立場與文化態度上的雙重「守舊」，迭遭批判抨擊。處於破舊立新的風口浪尖，「同光體」詩人最終淹沒在歷史的大潮之中，長期被忽略不計。在以政治標準衡量一切的歲月裏，他們可以被世人刻意忽視，但其對於後輩子弟的影響卻並未因此消失，與同光體諸人糾葛甚深者頗多，後世最爲知名者莫過於王國維與陳寅恪。他們秉承其師輩父輩的流風遺澤，致力於傳承國學之一線命脈，承前啓後，一以貫之。

辛亥革命後，王國維盡棄昔日所學轉而治傳統經史及古文字，雖與沈曾植素未謀面，但因羅振玉之故頗知沈氏之名。其時寓居日本的羅振玉與沈氏書信往來頻繁，信中亦常提到王國維。1914 年沈曾植見王國維爲羅振玉所作《殷墟書契考釋後序》之後，大爲歎賞〔註51〕。次年，羅振玉赴滬拜訪沈曾植，二人言談之間提到王國維，沈曾植對其推許之意溢於言表。對此羅振玉在其《五十日夢痕錄》中有過詳細記述：「方伯爲予言，君與靜安海外共朝夕賞析之樂，可忘濁亂。指

〔註50〕林庚白：《〈今詩選〉自序》，轉引自楊天石、王學莊：《南社史長編》，中國人民大學出版社 1995，第 647 頁。

〔註51〕參見王國維：《爾雅草木蟲魚鳥獸釋例・自序》「甲寅歲莫，余僑居日本，爲上虞羅叔言參事作《殷墟書契考釋後序》，略述三百年來小學盛衰。嘉興沈子培方伯見之，以爲可言古音韻之學也。」見《王國維遺書》，王國維著：《觀堂集林》卷四，上海古籍出版社 1983。

案上靜安所撰《簡牘檢署考》，曰：即此戔戔小冊，亦豈今世學者所能為？因評騭靜安新著，謂如《釋幣》及地理著作，並可信今傳後，毫無遺憾，推挹甚至。老輩虛衷樂善，至可欽也」〔註52〕！不久王國維特由日本赴滬向沈曾植請教音韻之學，二人至此正式訂交。1916年2月王國維返國居滬，乃時與沈曾植相過從，抵掌論學，相交忘年。

乙老言及，古樂家所傳《詩》與《詩》家所傳《詩》次序不同，考之古書，其說甚是。因申其說為一文，入《樂詩考略》中。乙老學說著於竹帛者，將來或僅此篇，然此篇乃由乙老一語所啓發，亦不得謂為此老之說也。〔註 53〕（1916年5月17日）

前日與乙老言齊詩五際事。以《後漢書‧朗顗傳》所云之法，推至今日，則自甲寅入戌孟，今年為戌三年，又三十年入亥，更三十年乃入子，以此注於《紀元編》之眉。凡歷代遇戌亥子丑，無一佳者，而五際中戌亥二際相接，可知古人說災異亦有偶合者，不可解也。〔註54〕（1916年10月28日）

《爾雅草木蟲魚鳥獸釋例》至前日始脫稿，昨日作一序。書僅十八頁，序乃有三頁，專述乙老口說並與乙老談論之語，因乙老萬無成書之日，非記其說不可也。〔註 55〕（1916年12月20日）

初二以後無事，為乙老寫去年詩稿十八頁，二日半而成。其中大有傑作，一為王聘三方伯作《鬻醫篇》，一為《陶然亭詩》，而去年還嘉興諸詩，議論尤佳。其《衛大夫宏演

〔註52〕羅振玉：《五十日夢痕錄》，羅振玉撰：《羅振玉文集》第二頁，1915年鉛印本。

〔註53〕王國維：《致羅振玉》1916年5月17日，吳澤主編，劉寅生、袁英光編：《王國維全集‧書信》，中華書局1984，第78頁。

〔註54〕王國維：《致羅振玉》1916年10月28日，吳澤主編，劉寅生、袁英光編：《王國維全集‧書信》，中華書局1984，第138頁。

〔註55〕王國維：《致羅振玉》1916年12月20日，吳澤主編，劉寅生、袁英光編：《王國維全集‧書信》，中華書局1984，第163頁。

墓》詩云「亡虜幸偷生，有言皆糞土」，今日往談此句，乙
云非見今日事，不能為此語。〔註56〕（1916 年 12 月 28 日）

　　如上言及沈曾植之處，在王國維與羅振玉頻繁往來的書信中比比
皆是。王國維居滬期間與沈曾植往來密切，常在一起觀賞書畫，探討
學問，談論時事。王國維《爾雅草木蟲魚鳥獸釋例》一書即是受沈曾
植啓發而為。1916 年冬王國維更是不顧嚴寒親為沈曾植謄抄詩稿〔註
57〕，並對其詩句中透露出的遺民之感大為歡賞。二人還不時有詩歌
唱和：

　　　寂寞王居士，江鄉樂考槃。論宜資聖證，道不變貞觀。
滬鳥忘機喻，鷦枝適性安。善來尋蔣徑，何處有田盤？〔註
58〕（沈曾植《伏日雜詩簡叔言靜安》之三）

　　　平生子沈子，遲暮得情親。冥坐皇初意，樓居定後身。
精微在口說，頑獻付時論。近枉泰州作，篇篇妙入神。〔註
59〕（王國維《和巽齋老人伏日雜詩四章》之三）

　　王國維為和沈氏贈詩至有苦思三日無好句之歎〔註 60〕，不意沈
曾植見到和詩後卻譽為「辭意深美，而格制清遠，非魏晉後人語也」

〔註56〕王國維：《致羅振玉》1916 年 12 月 28 日，吳澤主編，劉寅生、袁英
　　　　光編：《王國維全集・書信》中華書局 1984，第 167 頁。
〔註57〕王國維：《致羅振玉》1917 年 1 月 5 日，「連日苦寒，硯池皆凍，以
　　　　火炙之始得作書，而抄寐叟詩得五十紙。壬癸甲三年詩已畢，乙卯
　　　　詩前已寫出，嗣擬編壬癸詩為一卷，甲乙詩為一卷，每卷各得三十
　　　　餘頁，故乙卯詩尚須再錄一過，如此則與此次所抄一律。此稿如不
　　　　刻，即付石印亦可也。乙老擬仿小字本《玉臺新詠》式刊之，然此
　　　　老不自收拾，此稿錄得後擬與之對校並補所缺字，決不付之，恐又
　　　　失之也。」見吳澤主編，劉寅生、袁英光編：《王國維全集・書信》
　　　　中華書局 1984，第 171 頁。
〔註58〕沈曾植：《伏日雜詩簡叔言靜安》，沈曾植著，錢仲聯校注：《沈曾植
　　　　集校注》，中華書局 2001，第 965～967 頁。
〔註59〕王國維：《致羅振玉》1916 年 8 月 30 日，吳澤主編，劉寅生、袁英
　　　　光編：《王國維全集・書信》，中華書局 1984，第 112 頁。
〔註60〕王國維：《致羅振玉》1916 年 8 月 30 日，「索乙老書扇，為書近作四
　　　　律索和，三日間僅能交卷，而苦無精思名句，即乙老詩亦晦澀難解，
　　　　不如前此諸章也。（四詩另紙錄呈）」吳澤主編，劉寅生、袁英光編：
　　　　《王國維全集・書信》，中華書局 1984，第 112 頁。

〔註61〕。並興味盎然的再度賦詩酬贈：「木落歸根水順流，老翁無感長年秋。榮桐葉有先凋警，腐草光成即炤遊。吟比魚山聞梵入，身依鵠寺怖情收。王筠沈約今焉向？判作琅書脈望休」〔註62〕，王國維遂作《再酬巽齋老人》一首答之。二人相互推重，情誼日深。王國維甚至在致羅振玉信中有「然處此間久，除乙老外無可共語者」〔註63〕之語。1919 年沈曾植七十壽辰之際，王國維特作長序盛讚沈氏之學術成就，以爲「學者得其片言，具其一體，猶足以名一家，立一說。其所以繼承前哲者以此，其所以開創來學者亦以此。使後之學術，變而不失其正鵠者，其必由先生之道矣」〔註64〕。沈曾植病逝後，王國維更以「是大詩人，是大學人，是更大哲人，四照炯心光，豈謂微言絕今日；爲家孝子，爲國純臣，爲世界先覺，一哀感知己，要爲天下哭先生」〔註65〕一聯挽之。

王國維在上承沈曾植「冶新舊思想於一爐」〔註66〕的思想基礎上，進一步提出「學無新舊」之說：「學之義不明於天下久矣！今之言學者有新舊之爭，有中西之爭，有有用之學與無用之學之爭。余正告天下曰：『學無新舊也，無中西也，無有用無用也。凡此立名者，均不學之徒，即學焉而未嘗知學者也。』……余謂中西二學，盛則俱盛，衰則俱衰，風氣既開，互相推助。且居今日之世，將今日之學，

〔註61〕沈曾植：《靜安和詩四章辭意深美而格制清遠非魏晉後人語也適會新秋賦此以答》，沈曾植著，錢仲聯校注：《沈曾植集校注》，中華書局 2001，第 968 頁。

〔註62〕沈曾植：《靜安和詩四章辭意深美而格制清遠非魏晉後人語也適會新秋賦此以答》，沈曾植著，錢仲聯校注：《沈曾植集校注》，中華書局，2001，第 968 頁。

〔註63〕王國維：《致羅振玉》1916 年 10 月 3 日，吳澤主編，劉寅生、袁英光編：《王國維全集・書信》中華書局 1984，第 128 頁。

〔註64〕王國維：《沈乙庵尚書七十壽序》，《王國維遺書》，王國維著：《觀堂集林》卷二十三，上海古籍出版社 1983。

〔註65〕王國維：《致羅振玉》1922 年 11 月 27 日，吳澤主編，劉寅生、袁英光編：《王國維全集・書信》中華書局 1984，第 331 頁。

〔註66〕王蘧常編著：《沈寐叟年譜》，商務印書館 1938，第 50 頁。

未有西學不興，而中學能興者，亦未有中學不興而西學能興者」〔註67〕。其雖認為中西之學應相輔相成、共同發展，卻不贊同盲目從西。王國維堅信西學功利之弊，非以「東方道德政治」療治裨補不可。曾言：「世界新潮潰洞澎湃，恐遂至天傾地折。然西方數百年功利之弊非是不足一掃蕩，東方道德政治或將大行於天下。此不足爲淺見者道也」〔註68〕。而當王國維內心深深眷戀的傳統文化最終無可挽回的衰落，王氏乃作爲傳統文化精神凝聚之人，也最終「與之共命而同盡」〔註69〕，殉了其心中至高無上的道。而守先待後之歷史使命就責無旁貸的落到了陳寅恪的身上。

晚清時期，傳統儒家思想雖然在新思潮的衝擊下日漸衰落，但是在傳統社會中卻依然發揮著其固有的作用，社會氛圍在整體上依然因循保守。如魯迅所言：「那時讀書應試是正路，所謂學洋務，社會上便以爲詩一種走投無路的人，只得將靈魂賣給鬼子，要加倍的奚落而且排斥的」〔註70〕。而就是在這種保守的社會環境中，被後來者目爲頑固守舊的陳寶琛、鄭孝胥、陳三立諸人卻幾乎不約而同的做了一件在當時堪稱開風氣之先的事情：送子弟出國留學。1902 年陳三立子衡恪、寅恪赴日留學；1904 年鄭孝胥子鄭垂赴日；1906 年陳寶琛子懋復遊學日本。以陳寶琛而言，其畢生尊奉儒家聖賢之道，素以秉承詩禮傳家之家風教導子弟，嘗有教子詩云：「舊書插架已三傳，垂暮生兒敢望賢？讀罷孝經授儒行，老夫遺汝別無田」〔註71〕。可是他卻

〔註67〕　王國維：《國學叢刊序》，《王國維遺書》，王國維著：《觀堂別集》卷四，上海古籍出版社 1983。
〔註68〕　王國維：《致狩野直喜書》，1920 年，吳澤主編，劉寅生、袁英光編：《王國維全集·書信》，中華書局 1984，第 311 頁。
〔註69〕　陳寅恪：《王觀堂先生挽詞》，陳寅恪著：《陳寅恪先生全集》，臺北里仁書局 1980，第 1441 頁。
〔註70〕　魯迅：《吶喊·自序》，魯迅著：《魯迅全集》第一卷，人民文學出版社 2005，第 437〜438 頁。
〔註71〕　陳寶琛：《滄趣樓雜詩》，陳寶琛著，劉永翔、許全勝校點：《滄趣樓詩文集》，上海古籍出版社 2006，第 63 頁。

在多數國人依然蒙昧的晚清時代毅然遣子出國：「桑蓬有志例割慈，海市神山更壯觀。古書新法泱泱風，今日一家孰胡漢？生成世好不掛眼，言大學疏是吾患。出門攻錯慎自求，開卷精華要常玩」〔註72〕。在這首送別贈詩中，飽含了對兒子的諄諄囑託和殷殷期望之意。其時，日本已經由明治維新迅速崛起稱盛一時。又因地近文同，自然成為無數渴望擺脫外侮，強國富民之仁人志士取法之首選。陳寶琛諸人在這種想法之下送子弟出國學習，此舉在當時的社會大環境之下實屬難能可貴，又豈能以頑固守舊論之。

而在這些出國遊學的「同光」子弟之中，陳三立之三子陳寅恪更是其中之佼佼者。陳寅恪於1902年先隨長兄衡恪赴日，後在1904年與二兄隆恪同考取官費留日，赴日之時，陳三立親至吳淞相送：「風虐雲昏捲怒潮，東西樓舶競聯鑣。忍看雁底憑欄處，隔盡波聲萬帕招。遊隊分明雜兩兒，扶桑初日照臨之。送行余亦自厓返，海水澆胸吐與誰」〔註73〕。此後陳寅恪又先後留學德國、瑞士、法國，其學問淹雅、通貫中西。而思想觀念卻上承家風，堅持以傳統文化為本位的思想：「平生為不古不今之學，思想囿於咸豐同治之世，議論近乎湘鄉南皮之間」〔註74〕。在傳統文化岌岌可危，西方文化成為主流思潮之際，陳寅恪乃明確提出：「竊疑中國自今日以後，即使能忠實輸入北美或東歐之思想，其結局當亦等於玄奘唯識之學，在吾國思想史上，既不能居最高之地位，且亦終歸於歇絕者。其真能於思想上自成系統，有所創獲者，必須一方面吸收輸入外來之學說，一方面不忘本來民族之地位。此二種相反而適相成之態度，乃道教之真精神，新儒家之舊途

〔註72〕陳寶琛：《送復兒遊學日本》，陳寶琛著，劉永翔、許全勝校點：《滄趣樓詩文集》，上海古籍出版社2006，第80頁。

〔註73〕陳三立：《十月二十七日江南派送日本留學生百二十人登海舶隆寅兩兒附焉送送至吳淞而別其時派送泰西留學生四十人亦聯舟併發悵望有作》，陳三立著，李開軍校點：《散原精舍詩文集》，上海古籍出版社2003，第138～139頁。

〔註74〕陳寅恪：《馮友蘭中國哲學史下冊審查報告》，陳寅恪著，陳美延編：《金明館叢稿二編》，三聯書店2001，第284～285頁。

徑。而二千年吾民族與他民族思想接觸史之所昭示者也」〔註75〕。

可是在新文化以來愈演愈烈的政治歲月中，整個傳統文化都遭到無情的批判與否定，個別有識之士微弱的呼聲終究還是淹沒在全盤西化的狂潮之中。「凡一種文化值衰落之時，爲此文化所化之人，必感苦痛，其表現此文化之程量愈宏，則其所受之苦痛亦甚」〔註76〕，當王國維因內心極深之苦痛無以消解而自沉昆明湖後，陳寅恪則繼續咀嚼著這份苦痛獨守於寂寞荒寒之路，數十年如一日。雖有「至若追蹤昔賢，幽居疏屬之南，汾水之曲，守先哲之遺範，託末契於後生者，則有如方丈蓬萊，渺不可即，徒寄之夢寐，存乎遐想而已」〔註77〕之歎，但陳寅恪心中對傳統文化之再興始終存有希望：「華夏民族之文化，歷數千載之演進，造極於趙宋之世。後漸衰微，終必復振。譬諸冬季之樹木，雖已凋落，而本根未死，陽春氣暖，萌芽日長，及至盛夏，枝葉扶疏，亭亭如車蓋，又可庇蔭百十人矣」〔註78〕。

〔註75〕陳寅恪：《馮友蘭中國哲學史下冊審查報告》，陳寅恪著，陳美延編：《金明館叢稿二編》，三聯書店 2001，第 285 頁。

〔註76〕陳寅恪：《王觀堂先生挽詞》，陳寅恪著：《陳寅恪先生全集》，臺北里仁書局 1980，第 1441 頁。

〔註77〕陳寅恪：《勸蔣秉南序》，陳寅恪著，陳美延編：《寒柳堂集》，三聯書店 2001，第 182 頁。

〔註78〕陳寅恪：《鄧廣銘宋史職官志考證序》，陳寅恪著，陳美延編：《金明館叢稿二編》，三聯書店 2001，第 277 頁。

結　語

　　清末數十年間，西學東漸的進程日漸加快。士人們從師夷長技以應對西方堅船利炮的器物層面漸漸的開始關注西方的政治思想文化等層面。爲維繫君國，士人們竭其才智盡其所能，但古老腐朽的封建機器已不能通過自行調節來應對新形勢。西方列強步步緊逼、而軟弱無能的清政府只是節節退讓。經過一次又一次的憤懣、無奈、失望，士人們心裏對王朝的政治信念也不再那麼堅定，在西方自由、平等、民主思想的衝擊下，很多士人開始質疑乃至批判曾經篤信的天經地義。傳統的儒家思想已經無法有效的約束世道人心，傳統的文化也日益受到衝擊而岌岌可危。

　　陳寶琛、沈曾植、陳三立、鄭孝胥這幾位同光體詩人均自幼秉承傳統儒家思想文化教育，其思想之中儒家聖人之道根深蒂固，雖一生之中迭遭世變，思想文化價值取向仍然歸於傳統。他們篤守著儒家的綱常倫理，滿懷著對傳統文化的摯愛，有感於世道人心的變遷，從對經亡道息的憂懼，到對挽回世運的努力，到無力回天的默然，又到守先待後的擔承……心裏充滿了無奈與苦澀：「仲尼已死文王沒，乞得閒愁賦落花」〔註1〕；「展卷暗傷嗟，古道恐遂滅」〔註2〕；「三綱漢

〔註1〕陳三立：《誦樊山濤園落花詩託戲題一絕》，陳三立著，李開軍校點：《散原精舍詩文集》，上海古籍出版社2003，第411頁。
〔註2〕鄭孝胥：《題邵位西手書與戴醇士曾滌生梅伯言三詩卷子》，鄭孝胥著，

後看眞絕，六籍秦餘恐卒焚」〔註3〕；「天與朋簪忘老至，世傷王跡恐詩亡」〔註4〕。不同的人生經歷卻因共有的對傳統文化沒落之虞的共鳴而自覺的形成以道自荷的共識：「已迷靈瑣招魂地，余作前儒託命人」〔註5〕；「危冠到老仍強項，吾道何傷舉世非」〔註6〕；「舉世笑迂惟通道，斯文留脈倘關天」〔註7〕；「大道誰傳無盡火？群公自積後來薪」〔註8〕。而當革故鼎新成爲大勢所趨，這些倍感獨木難撐的傳統士人在感慨著風雅滅裂、道術無寄的同時，也只能寄望於存留儒學一脈、藏之名山以待後世了：「平生結習在，聊待後世知」〔註9〕。

事實上當西潮洶洶而來之際，很多在政治上要求革新、高呼革命的士人亦對傳統文化的沒落感到憂心。梁啓超在 1896 年時就曾說：「今日非西學不興之爲患，而中學將亡之爲患」〔註10〕。1902 年又提出「以保國粹爲主義」〔註11〕；鼓吹反滿革命的陳天華政治上雖然

黃坤、楊曉波校點：《海藏樓詩集》，上海古籍出版社 2003，第 219 頁。

〔註 3〕陳寶琛：《得幼雲青島書卻寄》，陳寶琛著，劉永翔、許全勝校點：《滄趣樓詩文集》，上海古籍出版社 2006，第 148 頁。

〔註 4〕陳寶琛：《六月再與校士之役瑞臣侍郎見和四月闈中作疊韻奉酬並呈春卿尚書》，陳寶琛著，劉永翔、許全勝校點：《滄趣樓詩文集》，上海古籍出版社 2006，第 125 頁。

〔註 5〕陳三立：《余過南昌留一日渡江來山中適聞胡御史亦至有任刊豫章叢書之議賦此寄懷》，陳三立著，李開軍校點：《散原精舍詩文集》，上海古籍出版社 2003，第 453 頁。

〔註 6〕陳寶琛：《和惜仲除夕即用其韻》，陳寶琛著，劉永翔、許全勝校點：《滄趣樓詩文集》，上海古籍出版社 2006，第 218 頁。

〔註 7〕陳寶琛：《題文叔瀛前輩手鈔近思錄》，陳寶琛著，劉永翔、許全勝校點：《滄趣樓詩文集》，上海古籍出版社 2006，第 234～235 頁。

〔註 8〕陳寶琛：《閱遊學廷試卷宿文華殿西廡懷鄧鐵香鴻臚同治甲戌殿試予爲收掌官鄧以御史監試》，陳寶琛著，劉永翔、許全勝校點：《滄趣樓詩文集》，上海古籍出版社 2006，第 138 頁。

〔註 9〕陳三立：《讀顧所持自寫遺詩悼以此作》，陳三立著，李開軍校點：《散原精舍詩文集》，上海古籍出版社 2003，第 401 頁。

〔註 10〕梁啓超：《西學書目表後序》，梁啓超著：《飲冰室合集》文集之一，中華書局 1988，第 126 頁。

〔註 11〕丁文江、趙豐田編：《梁啓超年譜長編》，上海人民出版社 1983，第 292 頁。

激進，卻亦認爲應當保留傳統文化：「鄙人於宗教觀念，素來薄弱，然如謂宗教必不可無，則無寧仍尊孔教」〔註12〕；南社成立之初，發起人之一的高旭即言：「國有魂則國存，國無魂則國將從此以亡矣。夫人莫哀於亡國，若一任國魂之飄蕩失所，奚其可哉！然則國魂果何所寄？曰寄於國學。欲存國魂，必自存國學始。而中國國學中尤可貴者，斷推文學」〔註13〕。

在新舊交替的歷史轉折期，同光體諸人仍然堅持傳統儒家的綱常倫理，寧願作封建王朝的孤臣孽子。其在政治上的保守落後毫無疑問，受到批判攻擊也是理固亦然。然而撇開政治上的分歧不論，同光體諸人在對待傳統文化的態度，保存傳統文化命脈的努力等方面，其實與清末民初那些爲免傳統文化的淪亡致力於保存國學一脈的仁人志士有異曲同工之處。

陳寶琛、沈曾植、陳三立、鄭孝胥這幾位同光體代表詩人均以傳統儒家的聖人之道爲安身立命之本，在其眼中封建的政治制度與文化傳統是二而一，不可分割的整體。儘管清王朝的衰落已是由來已久，儘管大廈將傾已是勢所難免。他們卻依然懷抱著上報君國下濟黎庶的理想積極入世，尋求著哪怕是微弱的力挽狂瀾，再造清平的可能性。雖然腐朽無能的清政府讓他們感到的只是一次又一次的失望、打擊，但這個王朝卻有著他們過去時代的全部記憶。曾經的慷慨激昂，熱心豪情；曾經的嘔心瀝血，鞠躬盡瘁；曾經的悲歡離合，生死血淚。這個王朝已經成爲一種逝去時代的象徵，承載著他們刻骨銘心的熟悉的一切。清王朝滅亡之時，這些大多出生於 19 世紀中葉的詩人都已過盛年，他們一生呼號奔走，孜孜以求的理想抱負，說到底莫過於一個國強民富的太平盛世。無奈數十年飽經憂患，垂暮之年見到的卻是天

〔註12〕陳天華：《絕命辭》，郅志選注：《猛回頭──陳天華、鄒容集》，遼寧人民出版社 1994，第 175 頁。

〔註13〕高旭：《南社啓》，轉引自楊天石、王學莊：《南社史長編》，中國人民大學出版社 1995，第 129 頁。

崩地裂。黍離之悲或可隨歲月流逝慢慢淡去，而與亡國之變相隨而來
的世道陵夷、人心丕變、道德淪喪、秩序混亂等狀況卻並未因民國的
建立而有所好轉。於是，記憶中那些曾有的安定承平歲月，那些聲明
文物的流風遺韻被持續的強化固化，恍恍惚惚之中成爲心底最深的眷
戀。念之於心，發之爲言，反反覆覆、不厭其煩：

> 乾嘉以來盛觴詠，忍使流風到今寢？〔註14〕
>
> 不須遠溯乾嘉盛，説著同光已惘然！〔註15〕
>
> 閒閒簪履相娛地，歷歷乾嘉最盛時。〔註16〕
>
> 東坡生日觴詠誇，都下盛集稱乾嘉。〔註17〕
>
> 披圖誰念承平日，四海康莊任往來。〔註18〕
>
> 含情莫問同光事，只有西山雨意深。〔註19〕

這種對往日的追憶之情愈深愈摯，也就意味著對現狀的不滿愈多
愈劇。而這種不滿之意日積月累，鬱積在心，又只能借諸過去的殘留
記憶予以排遣。久而久之，對現實愈不滿也就對過去愈懷念，對過去
愈懷念也就對現實更不滿。追慕舊世，感慨今朝，感慨今朝復追慕舊
世。可是隨著時間的推移，他們又清醒的意識到逝者已矣。當往日的
是非恩怨漸漸如風散去、如煙淡去，這些歷經滄桑仍然恪守傳統的士
人只剩下一個最簡單最強烈的願望：那就是在有生之年能夠見到一個
安定太平的社會局面。

〔註14〕 陳寶琛：《極樂寺海棠》，陳寶琛著，劉永翔、許全勝校點：《滄趣樓
　　　　詩文集》，上海古籍出版社2006，第116頁。

〔註15〕 陳寶琛：《瑞臣屬題羅兩峰上元夜飲圖摹本》，陳寶琛著，劉永翔、
　　　　許全勝校點：《滄趣樓詩文集》，上海古籍出版社2006，第133頁。

〔註16〕 陳三立：《酒集胡園作》，陳三立著，李開軍校點：《散原精舍詩文集》，
　　　　上海古籍出版社2003，第105頁。

〔註17〕 陳三立：《題陶齋尚書京師無悶園東坡生日雅集圖》，陳三立著，李
　　　　開軍校點：《散原精舍詩文集》，上海古籍出版社2003，第314頁。

〔註18〕 鄭孝胥：《題虎口餘生圖》，鄭孝胥著，黃珅、楊曉波校點：《海藏樓
　　　　詩集》，上海古籍出版社2003，第381頁。

〔註19〕 鄭孝胥：《和立之極樂寺坐雨韻》，鄭孝胥著，黃珅、楊曉波校點：《海
　　　　藏樓詩集》，上海古籍出版社2003，第386頁。

村居水宿吾都習，但祝年豐永息兵。〔註20〕

人間何世更商聲？忍死終思見太平。〔註21〕

他山有日資攻錯，大地何年話太平。〔註22〕

倘及餘年見清晏，相從一醉荔支陰。〔註23〕

但留微命待澄清，孰必宿憤痛洗刮。〔註24〕

莫問紛紛鬥蠻觸，癡兒有淚埃河清。〔註25〕

老味各私眞率會，餘生猶戀太平年。〔註26〕

　　陳寶琛、沈曾植、陳三立、鄭孝胥諸人深受儒家思想濡染，心中
的傳統價值取向根深蒂固。其在民主、平等觀念深入人心的民國時代
仍然固執的守其封建臣節，不仕民國。相對於當時的主流價值觀而
言，自難免頑固迂腐之嫌。然而隨著民初混亂動盪社會局面的長時期
持續，這種原本具有政治意味的不合作態度反而漸漸淡化了其政治色
彩，成爲一種處亂世而潔身自好、獨善其身的道德態度，在其時時局
混亂、戰亂不休、政治腐敗、民不聊生的社會狀況下，折射出一種獨
標高格，不與流俗的人格魅力。

　　徐一士在論及沈曾植之立身行事時曾言：

　　　　吾人知人論世，應諒其所生之時代，所處之環境，個
　　人信念，先入爲主，不必以現代之眼光，苛責勝朝之遺老
　　也。而觀其立身自有本末，亦可謂不欺其志者。……遺老

〔註20〕陳寶琛：《天津至勝芳舟中偶占》，陳寶琛著，劉永翔、許全勝校點：
　　　　《滄趣樓詩文集》，上海古籍出版社 2006，第 209 頁。

〔註21〕陳寶琛：《次韻蘇庵九日作》，陳寶琛著，劉永翔、許全勝校點：《滄
　　　　趣樓詩文集》，上海古籍出版社 2006，第 196 頁。

〔註22〕陳寶琛：《贈日本内藤虎》，陳寶琛著，劉永翔、許全勝校點：《滄趣
　　　　樓詩文集》，上海古籍出版社 2006，第 175 頁。

〔註23〕陳寶琛：《次韻答畏廬人日見寄》，陳寶琛著，劉永翔、許全勝校點：
　　　　《滄趣樓詩文集》，上海古籍出版社 2006，第 154 頁。

〔註24〕陳三立：《十月十五日旭莊社集樊園即席得點韻》，陳三立著，李開
　　　　軍校點：《散原精舍詩文集》，上海古籍出版社 2003，第 383 頁。

〔註25〕陳三立：《答伯弢自常德鄉居寄示之作》，陳三立著，李開軍校點：《散
　　　　原精舍詩文集》，上海古籍出版社 2003，第 512 頁。

〔註26〕陳三立：《次韻庸庵同年寄懷》，陳三立著，李開軍校點：《散原精舍
　　　　詩文集》，上海古籍出版社 2003，第 636 頁。

之可鄙者，約有三類：當清室之亡，蓄辮遠引，言必流涕，一若南山可移此志不可奪者，而一面仍潛向新朝當局，目挑心招，藉遺老之聲價，爲干祿之媒介。一旦所欲既償，新命遙頒，則如所謂「西山薇蕨吃精光，一陣夷齊下首陽」者，踴躍奔赴，甘爲新朝之佐命矣，此一類也。清季政治混濁之際，以仕致巨富，鼎革而後，坐擁厚資，乃以遺老自鳴，作租界之寓公，享貴族之生活，己雖不出，而爲其子弟營美官，俾富而益富，此一類也。亦有自託貞臣，追隨遜帝，而實則藉爲衣食之資，甚且天家故物，幹乞入己，貌爲恭謹，心存利欲，此又一類也。是三類者，良爲清議所不貸，而沈氏故均非其倫矣。〔註27〕

清王朝的統治內憂外患，積重難返。有識之士早已料到江山社稷之變只是時日問題。當宣統宣布退位，大清王朝就此成爲歷史，很多士人在理智上清醒的知道此乃大勢所趨無可如何。然而這個讓士人們既愛又恨的王朝畢竟承載著士人們所熟悉的一切，出於情感上的留戀，士人們也還是不願意接受亡國的事實。清王朝滅亡了，曾經的仕清之臣無論仕途顯達還是蹭蹬，得志還是失意，一朝都成亡國之民。對於深受傳統儒家思想影響的士人而言，滄海橫流乃見士人節義。迭代之交便是考驗前朝臣民是否忠君愛國，是否持守士人風操的關鍵時刻。即使不能殉國殉君，至少也要做個苟活草間的前朝遺民。方能不負前朝之恩、不違內心之道義準則、不受士論清議之鄙視譴責。於是不管是否甘心情願，民國成立之後還是出現了一批自甘爲清室遺老之人。

然而袁世凱上臺執政，使得民國政府與前清舊臣有了千絲萬縷的聯繫。當袁世凱爲個人野心以高官厚祿大量羅致前清士人之時，遺老們中間便開始不可避免的分化。很多遺老心猿意馬聞風而動，而二陳、沈氏皆不爲一己功利得失所動，始終堅持其個人道德操守。即使

〔註27〕徐凌霄、徐一士：《讀沈寐叟年譜》，徐凌霄、徐一士著：《凌霄一士隨筆》山西古籍出版社1996，第96～97頁。

如功名心非常強烈的鄭孝胥，也還是堅守其忠於清室，不仕二朝的準則。至於後來的叛國投敵，喪失民族大節，自是為人所不齒。不過畢竟也還算是始終如一，忠於自己的選擇。

而且民初數十年軍閥混戰，致使生靈塗炭。這種動盪不安的社會局面使很多人產生不滿、厭倦、失望之情。厭亂傷時、渴盼太平本是人之常情，而這與政治立場無關。

中華民國取代大清王朝是從專制皇權的舊時代跨越到民主共和的新紀元，與歷史上的王朝更迭有著本質區別。但對於恪守儒家綱常倫理觀念的傳統士人而言，食祿之臣仍然要守君臣之義。陳寶琛、沈曾植、陳三立、鄭孝胥諸人皆為前清舊臣，為保全自己的名節，他們必須在出處仕隱之間有所選擇。而這君臣大義、出處大節，對於雖中舉人卻從未出仕的林紓來說，就不成其為重負。鼎革之後鄭孝胥以遺老自守，而他的鄉試同年林紓則更換新裝，頗欲自食其力以為共和之民。然而民初混亂不堪的社會現實，以及對傳統儒家思想文化的全面否定卻讓林紓日漸失望，終至以遺老自居；而本來名不見經傳的梁濟更以投湖自殺這樣一種激烈極端的方式來表明自己對社會現狀的不滿。此時這些甘為亡清遺老的人群對民國的態度已經不是一句簡單的政治立場可以涵蓋。

值得深思的是，很多開始致力於破舊立新的人後來對待傳統的態度都有了微妙的轉變。甚至與這些甘為遺老，固守傳統的士人有了相似共通之處。梁啟超早年積極致力於引進西方的社會政治制度，希望通過對西方先進思想文化的學習，使中國走上富強興旺之路。然而推翻了專制皇權，卻沒有迎來他預想中百廢待興，生氣蓬勃的新局面。民初政治腐敗不堪、兵燹經年不息，民主共和成為軍閥、政客爭權奪利的幌子。隨著第一次世界大戰的爆發，很多人為之心醉神迷、頂禮膜拜的西方世界陷入了戰火之中。在戰爭的影響下，歐洲經濟衰退、物質缺乏、民生凋敝、社會動盪：「誰又敢說那老英老法老德這些闊老倌，也一個個像我們一般叫起窮來，靠著重利借債過日子；誰又敢

說那如火如荼的歐洲各國，他那很舒服過活的人民竟會有一日要煤沒煤，要米沒米，家家戶戶開門七件事，都要皺起眉頭來」〔註28〕。梁啓超旅歐之後，深爲戰後歐洲的景況所震驚。印象中完美的西方文明開始在梁啓超的心中褪色；原本無比羨慕的心情也開始大打折扣。而與此同時，彌漫一時的西方文化破產論使很多處於迷茫中的西方人轉而向古老的東方文明尋求救世良方。梁啓超在其《歐遊心影錄》中曾記述了他和西方人士的談話：

記得一位美國有名的新聞記者賽蒙氏和我閒談，（他做的戰史公認是第一部好的）他問我：「你回到中國幹什麼事，是否要把西洋文明帶些回去？」我說：「這個自然。」他歎一口氣說：「唉！可憐。西洋文明已經破產了。」我問他：「你回到美國卻幹什麼？」他說：「我回去就關起大門老等，等你們把中國文明輸進來救拔我們。」我初初聽見這種話，還當他是有心奚落我，後來到處聽慣了，才知道他們許多先覺之士，著實懷抱無限憂危，總覺得他們那些物質文明，是製造社會險象的種子，倒不如這世外桃源的中國，還有辦法。這就是歐洲多數人心理的一斑了。〔註29〕

我在巴黎曾會著大哲學家蒲陀羅（Boutroux）（柏格森之師），他告訴我說：「一個國民最要緊的是把本國文化發揮光大。好像子孫襲了祖父遺產，就要保住他而且叫他發生功用。就算很淺薄的文明，發揮出來都是好的。因爲他總有他的特質，把他的特質和別人的特質化合，自然會產出第三種更好的特質來。你們中國著實可愛可敬，我們祖宗裏塊鹿皮拿石刀在野林裏打獵的時候，你們不知已出了幾多哲人了。我近來讀些譯本的中國哲學書，總覺得他精深博大，可惜老了，不能學中國文，我望中國人總不要失掉這分家當才好。」我聽著他這番話，覺得登時有幾百斤

〔註28〕梁啓超：《歐遊心影錄節錄·歐遊中之一般觀察及一般感想》，梁啓超著：《飲冰室合集·專集》之二十三，中華書局 1988，第 3～4 頁。
〔註29〕梁啓超：《歐遊心影錄節錄·歐遊中之一般觀察及一般感想》，梁啓超著：《飲冰室合集·專集》之二十三，中華書局 1988，第 15 頁。

重的擔子加在我肩上。又有一回和幾位社會黨名士閒談，我說起孔子的「四海之內皆兄弟」，「不患寡而患不均」，跟著又講到井田制度，又講些墨子的「兼愛」，「寢兵」。他們都跳起來說道：「你們家裏有些寶貝卻藏起來不分點給我們，眞是對不起人啊！」〔註30〕

　　有感於民初社會現狀的不盡人意，有感於西方文明的倒退不足，梁啓超開始重新審視中國的傳統文化：「革命成功將近十年，所希望的件件都落空，漸漸有點廢然思返，覺得社會文化是整套的，要拿舊心理運用新制度，決計不可能，漸漸要求全人格的覺悟」〔註31〕。針對當時軍閥混戰、國事敗壞的社會狀況，以及對新文化運動中諸多極端言論的不滿，梁啓超甚至認爲：「今日中國國事之敗壞，那一件不是由在高位的少數個人造出來，假如把許多掌握權力的馬弁強盜，都換成多讀幾卷書的士大夫，至少不至鬧到這樣糟。假使穿長衫的穿洋服的先生們，眞能如儒家理想所謂『人人有士君子之行』，天下事有什麼辦不好的呢」〔註32〕？

　　而這種對傳統儒家思想文化的回歸，也不約而同的出現在諸如嚴復、章太炎等人身上。嚴復與章太炎早期亦激進趨新，一個仇滿排滿，昌言種族革命；一個傳播西方啓蒙思想，開風氣之先，而二人晚年思想均歸於傳統的價值取向。從破舊立新到存舊立新，都經歷了一個迂迴曲折的過程。嚴復晚年曾言：「吾垂老親見脂那七年之民國，與歐羅巴四年亙古未有之血戰，覺歐人三百年之進化只做到『利己殺人，寡廉鮮恥』八個字，回觀孔孟之道，眞覺量同天地，澤被寰區〔註33〕……

〔註30〕梁啓超：《歐遊心影錄節錄・歐遊中之一般觀察及一般感想》，梁啓超著：《飲冰室合集・專集》之二十三，中華書局1988，第35～36頁。

〔註31〕梁啓超：《五十年中國進化概論》，梁啓超著：《飲冰室合集・文集》之三十九，中華書局1988，第45頁。

〔註32〕梁啓超著：《清代學術概論・儒家哲學》，天津古籍出版社2003，第109頁。

〔註33〕嚴復：《與熊純如書》七十五，嚴復著，王栻主編：《嚴復集》中華書局1986，第692頁。

老夫行年將近古稀，竊常究觀哲理，以爲耐久無敵，尚是孔子之書。
《四子》、《五經》，固是最富礦藏，惟須改用新式機器，發掘淘煉而
已」〔註34〕；而章太炎亦以保存國粹爲己任，「身衣學術的華袞，粹
然成爲儒宗」〔註35〕了。

　　清末民初之際，舊的社會規範被打破，而新的規範未及建立。思
想文化空前活躍，新潮迭起讓人目不暇接，「今日認爲眞理，明日已
成謬見」〔註36〕。在新文化運動掀起的破舊立新狂潮下，幾乎所有提
倡保存傳統文化命脈的人們都被冠以保守落後之名，受到譏笑嘲諷。
無論是一直堅持中學本位的同光體詩人，還是接受過西學薰陶的梁啓
超、嚴復等人。其實，處於新舊交替的時代，在時代的侷限之下，即
使是新文化運動的諸位旗手也根本割不斷與傳統文化千絲萬縷的聯
繫。陳獨秀以科學與民主的口號反對傳統的思想文化，但其身上卻仍
然洋溢著傳統儒家士人以天下爲己任的文化精神。如其在《新青年》
創刊的社告中所言：「國勢陵夷，道衰學弊。後來責任，端在青年。
本志之作，蓋與青年諸君商榷將來所以修身治國之道」〔註37〕。而同
樣激烈批判傳統文化的魯迅，在《京報副刊》向其徵求青年必讀書書
目時，公然回覆以「我以爲要少——或者竟不——看中國書，多看外
國書」〔註38〕的偏頗言論。可其本人卻喜好傳統文化，是古代小說史
與小說版本方面的專家。其《中國小說史略》至今都是治小說之人的
必讀書籍。

　　在清末民初這個特殊的時代，中西新舊混雜，守舊者固守傳統，

〔註34〕嚴復：《與熊純如書》五十二，嚴復著，王栻主編：《嚴復集》中華
　　　書局 1986，第 668 頁。
〔註35〕魯迅：《太炎先生二三事》，《且介亭雜文末編》，魯迅著：《魯迅全集》
　　　第六卷，人民文學出版社 2005，第 567 頁。
〔註36〕梁啓超：《歐遊心影錄節錄・歐遊中之一般觀察及一般感想》，梁啓
　　　超著：《飲冰室合集・專集》之二十三，中華書局 1988，第 11 頁。
〔註37〕陳獨秀：《新青年》第一卷第一號，（1915 年 10 月 23 日）。
〔註38〕魯迅：《青年必讀書》，《華蓋集》，魯迅著：《魯迅全集》第三卷，人
　　　民文學出版社 2005，第 12 頁。

趨新者傾向西學。當新文化運動掀起了一場對西方思想文化的崇拜狂潮後，潮流所向竟致以簡單的二分法來區別進步落後，趨新者皆爲先進，守舊者都屬落後。而同光體諸人既因其文學上的守成受到詬病，更因其在共和的新時代堅持爲一個不得人心的封建舊王朝恪守臣節而遭致批判。在民國以後政治標準衡量一切的歲月裏便成爲頑固不化、陳腐反動的代名詞。長期以扭曲異化的形象出現在現代人的歷史描述之中。

余英時曾說：「儒學不只是一種單純的哲學或宗教，而是一套全面安排人間秩序的思想體系，從一個人自生至死的整個歷程，到家、國、天下的構成，都在儒學的範圍之內。在兩千多年中，通過政治、社會、經濟、教育種種制度的建立，儒學已一步步進入百姓的日常生活的每一個角落」〔註39〕。這種潛移默化、日積月累的影響遍及整個社會，作爲四民社會之首的士人階層自然是首當其衝，所受影響尤大。在新文化運動的衝擊下，傳統儒家思想文化體系徹底崩潰，在西學武裝下的趨新者自難理解體會那些視儒家聖人之道爲安身立命之本的傳統士人的選擇。後之視今如今之視昨，要想客觀的評判其人其事，自然要將其人置於當時的歷史環境中。不以後來者的眼光去苛責前人，才能理智客觀的知人論世。

陳寅恪在評馮友蘭之《中國哲學史》時嘗言：「凡著中國古代哲學史者，其對於古人之學說，應具瞭解之同情，方可下筆。蓋古人著書立說，皆有所爲而發。故其所處之環境，所受之背景，非完全明瞭，則其學說不易評論，而古代哲學家去今數千年，其時代之眞相，極難推知。吾人今日可依據之材料，僅爲當時所遺存最小之一部，欲藉此殘餘斷片，以窺測其全部結構，必須備藝術家欣賞古代繪畫雕刻之眼光及精神，然後古人立說之用意與對象，始可以眞瞭解。所謂眞瞭解者，必神遊冥想，與立說之古人，處於同一境界，而對於其持論所以

〔註39〕余英時：《現代儒學的困境》，余英時著：《中國思想傳統及其現代變遷》，廣西師範大學出版社2004，第262頁。

不得不如是之苦心孤詣，表一種之同情，始能批評其學說之是非得失，而無隔閡膚廓之論。否則數千年前之陳言舊說，與今日之情勢迥殊，何一不可以可笑可怪目之乎？」〔註40〕此語雖是論說後人應如何研究古代哲學，然而以之作爲一種對待傳統文化應具有的態度亦爲的論。

在新舊交替的時代，與時俱進者固然難得，而主旋律之外的人群也應予以關注。在清王朝滅亡之後，不能順應時代潮流的清遺民已脫離主流社會，並將隨著舊時代的逝去而成爲歷史。但他們作爲末代士人，在傳統儒家思想文化受到衝擊的時候，堅守自己的道德操守和文化信念，守先待後。這種不隨時俯仰、不因利忘義、不妄自菲薄的人格精神是值得欽敬的。在中西文化激烈碰撞的清末民初，清遺民作爲傳統文化的擔承者，苦心孤詣的守護傳統文化，客觀上確實起到了存留傳統文化命脈的作用。在國學昌明的今天，以客觀理性的態度去吸納數千年文化傳統中的精華，將傳統文化中蘊含的合理成分發揚光大，秉承傳統士人以天下爲己任的責任感和使命感，眞正的弘揚時代精神，而不是將關注點放到前人限於時代的不足之處，才是今天的學人在現代性視野下應具有的氣魄和態度。

〔註40〕陳寅恪：《馮友蘭中國哲學史上冊審查報告》，陳寅恪著，陳美延編：《金明館從稿二編》，三聯書店 2001，第 279 頁。

主要參考文獻

（按編、著者姓氏音序先後排列）

一、文獻、專著舉要

A

1. 愛新覺羅·溥儀著：《我的前半生》，群眾出版社，2007 年版。

B

1. 班固撰：《漢書》，中華書局，1962 年版。
2. 寶廷著，聶世美校點：《偶齋詩草》，上海古籍出版社，2005 年版。

C

1. 陳寶琛著，劉永翔、許全勝校點：《滄趣樓詩文集》，上海古籍出版社，2006 年版。
2. 陳鼓應注譯：《莊子今注今譯》，中華書局，1983 年版。
3. 陳亮著，鄧廣銘點校：《陳亮集》，中華書局，1987 年版。
4. 陳榮捷著：《近思錄詳注集評》，華東師範大學出版社，2007 年版。
5. 陳寶箴著，汪叔子、張求會編：《陳寶箴集》，中華書局，2005 年版。
6. 陳三立著，李開軍校點：《散原精舍詩文集》，上海古籍出版社，2003 年版。
7. 陳三立著，潘益民、李開軍輯注：《散原精舍詩文集補編》，江西人民出版社，2007 年版。
8. 陳衍撰，陳步編：《陳石遺集》，福建人民出版社，2001 年版。
9. 陳衍撰，張寅彭、戴建國校點：《石遺室詩話》，民國詩話叢編本，

上海書店出版社，2002 年版。

10. 陳衍撰，張寅彭、戴建國校點：《石遺室詩話續編》，民國詩話叢編本，上海書店出版社，2002 年版。

11. 陳衍輯：《近代詩鈔》，商務印書館，1928 年版。

12. 陳寅恪著：《陳寅恪先生全集》，臺灣里仁書局，1979 年版。

13. 陳寅恪著：《陳寅恪先生全集》，臺北里仁書局，1980 年版。

14. 陳寅恪著，陳美延編：《金明館叢稿二編》，三聯書店，2001 年版。

15. 陳寅恪著，陳美延編：《寒柳堂集》，三聯書店，2001 年版。

16. 陳少明、單世聯、張永義著：《近代中國思想史略論》，廣東人民出版社，1999 年版。

17. 陳桐生著：《天柱斷裂之後——戰國文人心態史》，河北教育出版社，2001 年版。

18. 程俊英譯注：《詩經譯注》，上海古籍出版社，2004 年版。

D

1. 戴震著，何文光整理：《孟子字義疏證》，中華書局，1961 年版。

2. 丁文江、趙豐田編：《梁啓超年譜長編》，上海人民出版社，1983 年版。

F

1. 樊增祥著，涂曉馬、陳宇俊校點：《樊樊山詩集》，上海古籍出版社，2004 年版。

2. 范當世著，馬亞中師、陳國安校點：《范伯子詩文集》，上海古籍出版社，2003 年版。

3. 〔英〕馮客著，楊立華譯：《近代中國之種族觀念》，江蘇人民出版社，1999 年版。

4. 馮天瑜、黃長義著：《晚清經世實學》，上海社會科學院出版社，2002 年版。

5. 〔美〕費正清著，劉廣京編：《劍橋中國晚清史（下卷）1800～1911》，中國社會科學出版社，1985 年版。

G

1. 關愛和著：《中國近代文學論集》，中華書局，2006 年版。

2. 郭嵩燾著：《養知書屋詩文集》，沈雲龍主編：近代中國史料叢刊本，文海出版社，1968 年版。

3. 郭嵩燾撰：《郭嵩燾日記》，湖南人民出版社，1983 年版。

4. 郭廷以編定：《郭嵩燾先生年譜》，中央研究院近代史研究所，1971 年版。

5. 龔鵬程著：《近代思潮與人物》，中華書局，2007 年版。

6. 高誘注：《戰國策》，北京商務印書館，1958 年版。

7. 高瑞泉著：《天命的沒落——中國近代唯意志論思潮研究》，上海人民出版社，2007 年版。

8. 顧炎武著：《日知錄集釋》，上海古籍出版社，1985 年版。

9. 顧炎武撰，華忱文點校：《顧亭林詩文集》，中華書局，1959 年版。

10. 龔自珍著：《龔自珍全集》，上海人民出版社，1975 年版。

H

1. 何剛德著：《春明夢錄·客座偶談》，上海古籍書店，1983 年影印本。

2. 黃濬著：《花隨人聖庵摭憶》，上海古籍出版社，1983 年版。

3. 黃叔琳注、李詳補注、楊明照校注拾遺：《文心雕龍校注》，中華書局，2000 年版。

4. 胡樸安選錄：《南社叢選》，解放軍文藝出版社，2000 年版。

5. 胡適著，曹伯言整理：《胡適日記全編》，安徽教育出版社，2001 年版。

6. 胡思敬著：《退廬全集》，沈雲龍主編：近代中國史料叢刊本。

7. 賀瑞麟著：《清麓文集》，中華書局，1985 年版。

J

1. 江慶柏編著：《清朝進士題名錄》，中華書局，2007 年版。

K

1. 康有爲撰：《康有爲全集》，中國人民大學出版社，2007 年版。

2. 康有爲著：《康南海先生詩集》，中國近代史料叢刊續編本，文海出版社，1977 年版。

3. 康有爲著：《康南海自編年譜》，楊家駱主編：《戊戌變法文獻彙編》，臺灣鼎文書局，1973 年版。

L

1. 黎靖德編：《朱子語類》，中華書局，1986 年版。

2. 李慈銘著：《越縵堂國事日記》，中國近代史料叢刊續編本，文海出版社，1977年版。

3. 李慈銘著：《越縵堂日記》，商務印書館，1920年影印本。

4. 李鴻章著，顧廷龍，戴逸主編：《李鴻章全集》，安徽教育出版社，2008年版。

5. 李喜所主編：《梁啓超與近代中國社會文化》，天津古籍出版社，2005年版。

6. 李澤厚著：《中國古代思想史論》，人民出版社，1985年版。

7. 利瑪竇著，何高濟、王遵仲、李申譯，何兆武校：《利瑪竇中國箚記》，中華書局，1983年版。

8. 梁廷枏撰：《粵海關志》，近代中國史料叢刊續編本，文海出版社，1977年版。

9. 梁啓超著：《中國近三百年學術史》，團結出版社，2006年版。

10. 梁啓超著：《飲冰室合集》，中華書局，1988年版。

11. 梁啓超撰，朱維錚導讀：《清代學術概論》上海古籍出版社，1998年版。

12. 梁啓超著：《清代學術概論·儒家哲學》，天津古籍出版社，2003年版。

13. 林紓著：《畏盧文集·詩存·論文》，近代中國史料叢刊本，文海出版社，1968年版。

14. 林庚白著：《麗白樓遺集》，中國人民大學出版社，1996年版。

15. 劉向著，趙善論疏證：《說苑疏證》，華東師範大學出版社，1985年版。

16. 劉成禺著：《洪憲紀事詩本末簿注》，山西古籍出版社，1997年版。

17. 劉錦藻撰：《清朝續文獻通考》，商務印書館1936年版。

18. 劉寅生、袁英光編：《王國維全集·書信》，中華書局，1984年版。

19. 劉克敵著：《陳寅恪與中國文化》，上海人民出版社，1999年版。

20. 柳亞子著：《柳亞子選集》，人民出版社，1989年版。

21. 柳無忌編：《柳亞子文集·南社紀略》，上海人民出版社，1983年版。

22. 魯迅著：《魯迅全集》，人民文學出版社，2005年版。

23. 羅振玉撰：《羅振玉文集》，1915年鉛印本。

M

1. 馬亞中師著：《中國近代詩歌史》，臺灣學生書局，1992年版。

2. 馬衛中著：《光宣詩壇流派發展史論》，蘇州大學出版社，2000 年版。

3. 馬衛中、董俊珏著：《陳三立年譜》，蘇州大學出版社，2010 年版。

O

1. 歐陽詢撰，汪紹楹校：《藝文類聚》，上海古籍出版社，1965 年版。

2. 歐陽漸著，黃夏年主編：《歐陽竟無集》，中國社會科學出版社，1995 年版。

3. 歐陽哲生編：《胡適文集》，北京大學出版社，1998 年版。

Q

1. 《清實錄》，中華書局，1987 年影印本。

2. 錢基博著：《現代文學史》，上海書店出版社，2004 年版。

3. 錢仲聯著：《夢苕庵詩詞》，北京圖書館，2004 年版。

4. 錢仲聯主編：《近代詩鈔》，江蘇古籍出版社，2001 年版。

5. 錢仲聯著：《夢苕庵清代文學論集》，齊魯書社，1983 年版。

6. 錢仲聯編：《陳石遺詩論合集》，福建人民出版社，2001 年版。

7. 錢鍾書著：《錢鍾書集》，三聯書店，2002 年版。

8. 全祖望撰，朱鑄禹匯校集注：《全祖望集匯校集注》，上海古籍出版社，2000 年版。

R

1. 榮孟源、章伯鋒主編：《近代稗海》，四川人民出版社，1985 年版。

S

1. 蘇輿編：《翼教叢編》，上海書店出版社，2002 年版。

2. 桑兵著：《晚清民國的學人與學術》，中華書局，2008 年版。

3. 史革新著：《晚清理學研究》，商務印書館，2007 年版。

4. 上海中山學社編：《近代中國（第十八輯）》，上海社會科學院出版社，2008 年版。

5. 司馬遷撰：《史記》，中華書局，1959 年版。

6. 宋濂等撰：《元史》，中華書局，1976 年版。

7. 沈曾植著，錢仲聯校注：《沈曾植集校注》，中華書局，2001 年版。

8. 沈雲龍主編：《太平天國史料》，近代中國史料叢刊本，文海出版社，1968 年版。

9. 沈雲龍主編：《戊戌變法檔案史料》，近代中國史料叢刊本，文海出版社，1968年版。

10. 單正平著：《晚清民族主義與文學轉型》，人民出版社，2006年版。

11. 孫中山著：《孫中山全集》，中華書局，1981年版。

T

1. 譚嗣同著：《譚嗣同全集》，三聯書店，1951年版。

2. 湯奇學著：《中國近代思想文化史探索》，安徽大學出版社，2005年版。

3. 湯志均編：《戊戌變法人物傳稿》，近代中國史料叢刊續編本，文海出版社，1976年版。

4. 湯志鈞編：《章太炎年譜長編》，中華書局，1979年版。

5. 湯志鈞編：《康有爲政論集》，中華書局，1981年版

6. 脫脫等撰：《宋史》，中華書局，1977年版。

W

1. 王士禛撰：《古夫于亭雜錄》，中華書局，1988年版。

2. 王闓運著，吳容甫點校：《湘綺樓日記》，嶽麓書社，1997年版。

3. 王韜著：《弢園文錄外編——王韜》，遼寧人民出版社，1994年版。

4. 王先慎著，鍾哲點校：《韓非子集解》，中華書局，1998年版。

5. 王先謙撰，王星賢點校：《荀子集解》，中華書局，1988年版。

6. 王國維著：《觀堂集林》，上海古籍書店，1983年版。

7. 王逸塘著：《今傳是樓詩話》，民國詩話叢編本，上海書店出版社，2002年版。

8. 王文錦譯解：《禮記譯解》，中華書局，2001年版。

9. 王蘧常編著：《沈寐叟年譜》，商務印書館，1938年版。

10. 王元化主編：《學術集林》，上海遠東出版社，1995年版。

11. 王爾敏著：《中國近代思想史論》，社會科學文獻出版社，2003年版。

12. 王國良著：《明清時期儒學核心價值的轉換》，安徽大學出版社，2002年版。

13. 汪辟疆撰：《汪辟疆說近代詩》，上海古籍出版社，2001年版。

14. 汪辟疆撰：《光宣詩壇點將錄》，民國詩話叢編本，上海書店出版社，2002年版。

15. 汪康年著，上海圖書館編：《汪康年師友書札》，上海古籍出版社，

1986 年版。

16. 汪兆鏞纂錄：《碑傳集三編》，近代中國史料叢刊續編本，文海出版社，1980 年版。

17. 汪榮祖著：《陳寅恪評傳》，百花洲文藝出版社，1992 年版。

18. 汪受寬撰：《孝經譯注》，上海古籍出版社，2004 年版。

19. 魏源著，中華書局編輯部編：《魏源集》，中華書局，1976 年版。

20. 魏源撰：《聖武記》，世界書局，1980 年版。

21. 翁同龢撰，陳義杰點校：《翁同龢日記》，中華書局，1993 年版。

22. 吳偉業著，李學穎集評標校：《吳梅村全集》，上海古籍出版社，1990 年版。

23. 吳毓江著，孫啓治點校：《墨子校注》，中華書局，1993 年版。

X

1. 薛福成著，徐素華選注：《籌洋芻議——薛福成集》，遼寧人民出版社，1994 年版。

2. 夏敬觀撰：《學山詩話》，民國詩話叢編本，上海書店出版社，2002 年版。

3. 徐一士著：《一士類稿》，近代中國史料叢刊本，文海出版社，1968 年版。

4. 徐一士著：《一士譚薈》，近代中國史料叢刊本，文海出版社，1968 年版。

5. 徐凌霄、徐一士著：《凌霄一士隨筆》，山西古籍出版社，1996 年版。

6. 許全勝著：《沈曾植年譜長編》，中華書局，2007 年版。

Y

1. 姚瑩撰：《東溟文後集》，續修四庫全書本，上海古籍出版社，2002 年版。

2. 姚光著，姚昆群、昆田、昆遺編：《姚光全集》，社會科學文獻出版社，2007 年版。

3. 嚴復著，王栻主編：《嚴復集》，中華書局，1986 年版。

4. 楊國楨編：《林則徐書簡》，福建人民出版，1985 年版。

5. 楊伯峻譯注：《論語譯注》，中華書局，1980 年版。

6. 楊伯峻編著：《孟子譯注》，中華書局，1960 年版。

7. 楊伯峻編著：《春秋左傳注》，中華書局，1981 年版。

8. 楊家駱主編：《洋務運動文獻彙編》，臺灣世界書局，1963 年版。

9. 楊家駱主編：《戊戌變法文獻彙編》，臺灣鼎文書局，1973 年版。

10. 楊聯芬著：《晚清至五四：中國文學現代性的發生》，北京大學出版社，2003 年版。

11. 楊國強著：《晚清士人與世相》，三聯書店，2008 年版。

12. 楊天石、王學莊編著：《南社史長編》，中國人民大學出版社，1995 年版。

13. 袁進著：《近代文學的突圍》，上海人民出版社，2001 年版。

14. 葉昌熾撰：《緣督廬日記抄》，續修四庫全書本，上海古籍出版社，2002 年版。

15. 葉瑞昕著：《危機中的文化抉擇——辛亥革命時期國人的中西文化觀》，商務印書館，2007 年版。

16. 喻大華著：《晚清文化保守思潮研究》，人民出版社，2001 年版。

17. 于蔭霖撰：《于中丞奏議》，近代中國史料叢刊本，文海出版社 1968 年版。

18. 于迎春著：《秦漢士史》，北京大學出版社，2000 年版。

19. 余英時著：《士與中國文化》，上海人民出版社，2003 年版。

20. 余英時著：《朱熹的歷史世界——宋代士大夫政治文化的研究》，三聯書店，2004 年版。

21. 余英時著：《中國知識人之史的考察》，廣西師範大學出版社，2004 年版。

22. 余英時著：《中國思想傳統及其現代變遷》，廣西師範大學出版社，2004 年版。

23. 由雲龍撰：《定庵詩話》，民國詩話叢編本，上海書店出版社，2002 年版。

Z

1. 張廷玉等撰：《明史》，中華書局，1974 年版。

2. 張之洞著，苑書義主編：《張之洞全集》，河北人民出版社，1998 年版。

3. 張樹聲撰：《張靖達公奏議（樹聲）》，近代中國史料叢刊本，文海出版社，1968 年版。

4. 張謇撰：《張季子九錄·政聞錄》，近代中國史料叢刊續編本，文海出版社，1977 年版。

5. 張謇著：《張謇全集》，江蘇古籍出版社，1994 年版。

6. 張雙棣注譯：《呂氏春秋譯注》，北京大學出版社，2000 年版。

7. 張岱年主編：《猛回頭——陳天華、鄒容集》，遼寧人民出版社，1994 年版。

8. 張岱年主編：《採西學議——馮桂芬、馬建忠集》，遼寧人民出版社，1999 年版。

9. 張岱年主編：《使西紀程——郭嵩燾集》，遼寧人民出版社，1994 年版。

10. 趙爾巽等撰：《清史稿》，中華書局，1977 年版。

11. 鄭孝胥著，黃珅、楊曉波校點：《海藏樓詩集》，上海古籍出版社，2003 年版。

12. 鄭孝胥著，勞祖德整理：《鄭孝胥日記》，中華書局，1993 年版。

13. 鄭大華、鄒小站著：《西方思想在近代中國》，社會科學文獻出版社，2005 年版。

14. 鄭觀應著：《盛世危言·西學》，遼寧人民出版社，1994 年版。

15. 曾國藩著：《曾國藩全集》，嶽麓書社出版，1995 年版。

16. 《中國近代文學的歷史軌跡》，上海書店出版社，1999 年版。

17. 震鈞著：《天咫偶聞》，北京古籍出版社，1982 年版。

18. 鍾叔河主編：《日本日記·甲午以前日本遊記五種·扶桑日記·日本雜事詩》，嶽麓書社，1985 年版。

19. 周敦頤著，陳克明點校：《周敦頤集》，中華書局，1990 年版。

20. 周昌龍著：《新思潮與傳統——五四思想史論集》，百花洲文藝出版社，2004 年版。

21. 周樹模撰：《沈觀齋詩》，宣統 2 年石印本。

22. 朱壽朋編：《光緒朝東華錄》，中華書局，1958 年版。

二、期刊、學位論文舉要

（一）期刊論文

B

1. 白堅撰：《簡論南社詩人姚鵷雛的詩論和詩作》，《南京理工大學學報》，2008 年第 4 期。

C

1. 陳獨秀撰：《文學革命論》,《新青年》,1917 年第 2 卷第 6 號。
2. 陳正宏撰：《新發現的陳三立早年詩稿及黃遵憲手書批語》,《文學遺產》,2007 年第 2 期。

F

1. 傅道彬、王秀臣撰：《鄭孝胥和晚清文人的文化遺民情結》,《北方論叢》,2002 年第 1 期。

G

1. 萬金根撰：《王國維與沈曾植》,《嘉興學院學報》,2005 年第 2 期。
2. 葛春蕃撰：《南社分裂考述》,《湖南人文科技學院學報》,2009 年第 1 期。

H

1. 胡適撰：《建設的文學革命論》,《新青年》1918 年第 4 卷第 4 號。
2. 胡先驌撰：《評俞恪士觚庵詩存》,《學衡》1922 年第 11 期。
3. 胡迎建撰：《論陳三立政治思想的三個階段》,《南昌大學學報》,2000 年第 4 期。
4. 胡迎建撰：《論南社與同光體》,《中國韻文學刊》,2003 年第 1 期。
5. 胡迎建撰：《試論南社裏的宗宋派詩人》,《徐州師範大學學報》,2010 年第 2 期。

L

1. 藍公武撰：《立憲問題》,《教育》,1906 年第 1 號。

Q

1. 錢玄同撰：《致陳獨秀》,《新青年》,1917 年第 3 卷第 1 號。
2. 錢玄同撰：《中國今後之文字問題》,《新青年》,1918 年第 4 卷第 4 號。
3. 錢仲聯撰：《沈曾植海日樓文鈔佚序（中）》,《文獻》,1990 年第 4 期。
4. 錢仲聯撰：《沈曾植海日樓佚碑傳》,《文獻》,1993 年第 2 期。

S

1. 沈曾植撰：《海日樓遺箚》,《同聲月刊》,1945 年第四卷第三期。

W

1. 王森然撰:《陳太保弢庵夫子七十壽序》,《國民雜誌》,1913 年第一卷第二期。

2. 王慶祥撰:《陳寶琛與偽滿洲國──兼論陳寶琛的民族立場問題》,《社會科學戰線》,1996 年第 2 期。

3. 王雷撰:《民國初年生存空間的歧異──前清遺老圈裏的生死節義》,《安徽師範大學學報》,2003 年第 1 期。

4. 王標撰:《空間的想像和經驗-──民初上海租界的殉清遺民》,《杭州師範學院學報》,2006 年第 1 期。

5. 王維江撰:《「清流」張之洞》,《社會科學》,2008 年第 1 期。

6. 王維江撰:《張佩綸:悲情「清流」》,《史林》,2008 年第 5 期。

X

1. 熊月之撰:《辛亥鼎革與租界遺老》,《學術月刊》,2001 年第 9 期。

2. 宣樊撰:《政治之因果關係論》,《東方雜誌》第 7 卷,第 12 號。

Y

1. 袁進撰:《重新理解「同光體」作家的思想和創作》,《社會科學》,2006 年第 9 期。

2. 楊志娟、陳敏撰:《晚清民初中國知識分子文化回歸原因初探》,《西北民族大學學報》,2004 年第 2 期。

3. 楊萌芽撰:《從 1917 年唐宋詩之爭看南社與晚清民初宋詩派的關係》,《蘭州學刊》,2003 年第 3 期。

4. 楊萌芽撰:《碧湖雅集與陳三立早年在湖湘的交遊》,《洛陽師範學院學報》,2007 年第 4 期。

5. 楊萌芽撰:《〈庸言〉雜誌與清末民初宋詩派文人群體》,《蘇州科技學院學報》,2008 年第 3 期。

Z

1. 詹冠群撰:《陳寶琛漳廈鐵路的籌建》,《福建師範大學學報》,1999 年第 2 期。

2. 章開沅、劉望齡撰:《民國初年清朝「遺老」的復辟活動》,《江漢學報》,1964 年第 4 期。

3. 張儷霞撰:《沈曾植與海日樓》,《圖書館雜誌》,2003 年第 1 期。

4. 張帆撰:《論陳寶琛近代新式教育實踐》,《福建師範大學學報》,

2001 年第 2 期。

5. 張帆撰：《陳寶琛憫農憂民詩篇評析》，《閩江學院學報》，2008 年第 3 期。

6. 鄭峰撰：《論晚清前清流之清議》，《甘肅社會科學》，1999 年論文輯刊。

7. 莊明水撰：《近代教育的奠基人——陳寶琛教育思想探微》，《福建師範大學學報》，1996 年第 2 期。

8. 周育民撰：《從陳寶琛論清流黨》，《上海師範大學學報》，1998 年第 1 期。

（二）學位論文

1. 涂小馬撰：《同光體研究》，蘇州大學博士學位論文 1997 年。

2. 李瑞明撰：《雅人深致——沈曾植詩學略論稿》，華東師範大學博士學位論文，2003 年。

3. 王雷撰：《民國初年前清遺老群體心態剖析》，廣西師範大學碩士學位論文，2003 年。

4. 楊曉波撰：《鄭孝胥詩歌研究》，華東師範大學博士學位論文，2004 年。

5. 林誌宏撰：《民國乃敵國也：清遺民與近代中國政治文化的轉變》，臺灣大學博士學位論文，2005 年。

6. 賀國強撰：《近代宋詩派研究》，蘇州大學博士學位論文，2006 年。

7. 侯長生撰：《同光體派的宋詩學》，復旦大學博士學位論文，2007 年。

8. 葛春蕃撰：《古今之際：晚清民國詩壇上的同光派》，復旦大學博士學位論文，2007 年。

9. 楊萌芽撰：《清末民初宋詩派文人群體研究——以 1895～1921 年爲中心》，復旦大學博士學位論文，2007 年。

10. 楊劍鋒撰：《現代性視野中的陳三立》，上海大學博士學位論文，2007 年。

11. 侯宏堂撰：《從陳寅恪、錢穆到余英時——以「新宋學」之建構爲線索的探論》，華東師範大學博士學位論文，2007 年。

12. 趙晉波撰：《陳寶琛清流風格研究》，東華大學碩士學位論文，2007 年。

13. 董俊玨撰：《陳三立評傳》，蘇州大學博士學位論文，2008 年。

14. 趙騰騰撰：《陳寶琛詩歌研究》，蘇州大學碩士學位論文，2008 年。

15. 朱興和撰：《超社逸社詩人群體研究》，華東師範大學博士學位論文，2009 年。

16. 袁家剛撰：《舊人物入新世界——民國初年上海遺民摭論（1911～1917）》，上海社會科學院碩士學位論文，2009 年。

17. 盧川撰：《沈曾植詩歌研究》，山東大學博士學位論文，2010 年。